Horst Bosetzky

Rumbalotte

Roman

Jaron Verlag

Originalausgabe
1. Auflage 2010

www.jaron-verlag.de
Umschlaggestaltung: Bauer + Möhring, Berlin
Satz: Pinkuin Satz und Datentechnik, Berlin
Druck und Bindung: CPI – Clausen & Bosse, Leck

ISBN 978-3-89773-634-4

Nächste Woche geht es nicht, da bin ich auf Lesereise.» Allen hatte es Henry Lakenreißer mitteilen müssen, auch denen, die es nicht im Geringsten interessierte. Denn zu einer Lesereise eingeladen zu werden kam der Verleihung einer kleinen Version des Nobelpreises gleich, jedenfalls schmückte es ungemein. Seht her, wurde signalisiert, ich bin wer und werde landauf, landab so sehr geschätzt, dass man bereit ist, viel Geld für mich auszugeben, für Lesehonorar, für Reise- und Hotelkosten. Eine Lesereise durch fünf Orte brachte mehr Prestige als fünfzig Lesungen in ein und derselben Stadt. Eine Lesereise war Kult.

Mit wohligem Gefühl saß Lakenreißer im ICE nach Hannover. Ihm gehörte die Welt. Müsste nicht eigentlich jeder ihm ansehen, wie bedeutsam er war? Doch bei keinem, der an ihm vorbei zur Toilette oder in den Bistrowagen hastete, erkannte er das typische Zeichen im Gesicht: Das ist doch der bekannte ... Gern hätte er auch eines seiner Bücher signiert und auf Wunsch mit einer persönlichen Widmung versehen: *Für Charlotte, zur Erinnerung an unsere Begegnung im ICE.* Nun, leider war er nicht Günter Grass ... Aber das hatte ja durchaus auch seine Vorteile. Man konnte ungestört aus dem Fenster sehen und die Landschaft genießen.

Da es im Waggon nicht viel zu beobachten gab und die Dialoge, die seine Mitreisenden am Handy führten, durchweg uninteressant waren, holte Lakenreißer seine Lektüre hervor. Es war ein vergilbtes Buch, gedruckt im Jahre 1923: *Stilpe*. Ein Roman von Otto Julius Bierbaum. Erschienen war er 1897, und Lakenreißer hielt die 26. bis 27. Auflage in den Händen. Sagenhaft! Er, Henry Lakenreißer, war froh, wenn er es bis zur ersten Auflage brachte. Damit war er freilich immer noch besser dran als Hunderte Kolleginnen und Kollegen, die gar nicht gedruckt wurden.

Seinen *Stilpe* hatte er im Antiquariat gekauft, und als er das nun Buch aufschlug, entdeckte er im hinteren Drittel ein Lesezeichen, einen alten BVG-Fahrschein. Er steckte zwischen den Seiten 328 und 329. Dort hatte einer der Vorbesitzer mit rotem Stift eine Textstelle markiert und mit dem Kommentar *Wie wahr!* versehen. Es ging offensichtlich um die *Litteratur*, damals noch mit Doppel-T geschrieben. *Diese ganze Schreiberei überhaupt: Geplärr ... Kann man zeitlebens seine Freude daran haben, Lesefraß zu kneten? ... Ist denn Schreiben Leben? Handlangerei für den besseren Mob! Kellnergewerbe ...*

Lakenreißer brauchte bis zum ersten Halt in Wolfsburg, um sich von diesen Sätzen halbwegs zu erholen. Was, wenn Stilpe recht hatte? War das Schreiben nichts anderes als eine Dienstleistung? Bei seinem letzten Roman, so hatte er ausgerechnet, war er auf einen Stundenlohn von drei Euro und 64 Cent gekommen – weit weniger als der von der EU festgelegte Mindestlohn. Das stützte Stilpes These.

Henry Lakenreißer liebte es, in Interviews seine Gedanken darzulegen. Aber da die Medien nicht im Entferntesten daran dachten, ihn zu interviewen, sprach er in

Situationen wie dieser gern mit sich selbst, indem er ein Interview mit einem Fernsehmoderator simulierte.

«Sie hätten doch in Ihren Berufen bleiben können, Herr Lakenreißer: U-Bahn-Fahrer, Psychologe ...» – «Schreiben ist eine Sucht, ebenso schlimm wie die nach Nikotin, Alkohol oder Kokain. Gegen sie ist nicht anzukommen. Vergleichbar ist sie vielleicht mit der Droge Macht bei den Politikern. Das hat mit der narzisstischen Bedürftigkeit zu tun.»

So ein innerer Dialog ermüdete, und er lehnte sich zurück, um die Augen zu schließen und ein wenig zu schlafen. Wer schläft, der denkt nicht, der hat nur seine Träume zu fürchten. Lakenreißers größte Angst war, schreibimpotent zu werden. Das in Traumbilder umzusetzen, schaffte seine Psyche aber nicht, also konnte er unbesorgt einnicken.

Die Stimme des Zugführers weckte ihn. «In Kürze erreichen wir Hannover.» Lakenreißer schreckte hoch. Hier hatte er umzusteigen in die Regionalbahn nach Oldenburg. Mit seinem Ziehköfferchen hatte er einige Mühe, sich durch die Massen hindurchzukämpfen, und erreichte gerade noch seinen Zug. Wie entwürdigend für einen Mann wie ihn!

Er geriet in ein Abteil, in dem alle mit Hilfe von Stöpseln im Ohr Musik hörten. Furchtbar, die Popmusik war der Tod der Literatur! Nein, am Fenster saß tatsächlich eine Frau und las. Aber keines seiner Bücher. Und auch kein Werk eines deutschsprachigen Kollegen, sondern Rosemarie Pilcher.

«Wie sehen Sie das, Herr Lakenreißer?» – «Ich sehe es mit großer Freude, wie Sie sich denken können. Houellebecq für die Freunde der Hochliteratur, die Pilcher für den, der Unterhaltung sucht, Mankell für die Krimifreunde und Harry Potter für die Kin-

der. Deutsche Autoren wären mir zwar lieber. Aber warum soll es bei uns besser sein als beim Fußball oder Basketball!»

Sein Gegenüber war eine Lehrerin von schätzungsweise vierzig Jahren, Single, wie er bei einem Handy-Gespräch mit ihrer Freundin mitbekam. Sie regte ihn zu unzüchtigen Gedanken an – bis sie ein Exemplar von *Psychologie heute* aus der Tasche zog. Bei dem Wort Psychologie zuckte er regelmäßig zusammen.

Sie hielt die Zeitschrift so, dass er die Werbung auf der Rückseite lesen konnte. *Ist es schon lange Ihr Wunsch, erfolgreicher Autor oder Autorin zu sein?* wurde da gefragt. *Erfüllen Sie sich Ihren Traum – mit einer Ausbildung in der Schule des Schreibens!* Zwei Kolleginnen und ein Kollege von ihm, alle mit kleinem Foto ihre Authentizität unter Beweis stellend, legten Zeugnis ab: *Schreiben hat meine Grenzen erweitert. – Mein elftes Buch ist vor kurzem erschienen. – Ich bin begeistert: Mein Name in einer Zeitschrift!* Lakenreißer überlegte, ob er den Namen der Kollegin mit dem elften Buch schon einmal gelesen oder gehört hatte: Christine Fehér. Sein Grübeln blieb ergebnislos. Aber sie schrieb ja auch Kinderbücher, und das war ein sehr spezielles Feld. Doch auch der Name des als Bestsellerautor bezeichneten Betreuers der Schule des Schreibens sagte ihm nichts. *Unser tägliches «Lesefutter» stammt in der Regel von guten, aber unbekannten Autoren*, hieß es in seiner Vorrede. Lakenreißer geriet wieder ins Nachdenken. War ein unbekannter Bestsellerautor nicht ein Widerspruch in sich? Was hatte man von seinen Bestsellern, wenn niemand einen kannte oder erkannte? Nur das Geld. Aber das war es nicht, was süchtig machte. Nein, was reizte, war die Aussicht, dass die Frau, die ihm gegenübersaß, ihn erkannt hätte und dann ...

«Sind Sie nicht der Henry Lakenreißer?» – «Ja ... Und Sie ha-

ben mich sofort erkannt?» – «Ich habe alles von Ihnen gelesen.» – «Und ich habe mir beim Schreiben immer vorgestellt, dass eine Frau wie Sie alles liest, was ich schreibe.» – «Dürfte ich ein Autogramm von Ihnen haben, eine kleine Widmung? Bitte!» – «Haben Sie denn ein Buch von mir dabei?» – «Nein, aber wenn wir in Oldenburg zusammen aussteigen, könnten Sie vielleicht schnell mit in meine Wohnung kommen …»

Lakenreißer stöhnte auf. Über den Genuss, den er sich da ausmalte, ebenso wie über die Tatsache, dass er ihm versagt bleiben würde. Denn die Frau hatte ihn nicht erkannt. Kein Wunder, war er doch schon lange nicht mehr im Fernsehen zu sehen gewesen, und auch längere Zeitungsartikel mit Foto waren rar geworden. Aber das schloss ja nicht aus, dass sie seine Bücher kannte. Also stand er auf, reckte sich hoch zur Gepäckablage und nahm seinen neuesten Roman aus dem Koffer. Ein Bild von ihm schmückte die Rückseite. Er schlug das Buch auf und hielt es ihr so hin, wie es die Zeugen Jehovas mit ihrem *Wachtturm* zu tun pflegten.

Ihre Augen wanderten von dem Foto auf dem Umschlag zu seinem Gesicht. Jetzt musste sie erkennen, dass beide identisch waren!

«Henry Lakenreißer, ‹Rumbalotte›. Ein wunderbarer Roman! Und den haben SIE geschrieben?» – «Ja, von der ersten bis zur letzten Zeile.» – «Gott, dass ich Sie hier treffe! So ein Zufall.» – «Das ist kein Zufall. Ich fahre nämlich ungern allein zu einer Lesung. Aber in Ihrer Begleitung …» – «Ich wäre doch sowieso heute Abend gekommen. Und danach haben Sie noch nichts vor?»

Doch die Frau gegenüber reagierte nicht mit Begeisterung, sondern mit ostentativ zur Schau gestellter Langeweile. Wahrscheinlich war sie auf strohdumme Männer mit Waschbrettbäuchen fixiert.

Endlich erreichten sie Oldenburg, wo in einen Triebwagen der Nordwestbahn umzusteigen war. Dort herrschte ein Getümmel, wie es Lakenreißer nur von Berliner S- und U-Bahnhöfen kannte, von Ostkreuz oder Zoo zum Beispiel. Trotz seiner diesbezüglichen Erfahrungen schaffte er es nicht, einen Sitzplatz zu ergattern. Während sich Krethi und Plethi auf den Sitzen fläzte, hing er an einer Haltestange. Und das, obwohl er als Schriftsteller doch etwas Besonderes war! Auch Stilpe hatte schließlich gejubelt: *Ecce poeta.* Ihr Berufsstand hatte allen anderen voraus, die Welt und die Menschen zu verstehen. Mehr noch, wie Gott konnte er neue Menschen und Welten erschaffen.

So erwartete Lakenreißer eigentlich auch, dass sich am Zielbahnhof ein Blasorchester aufgebaut hätte und ihn der Bürgermeister auf dem ausgerollten roten Teppich mit einer kleinen Ansprache begrüßen würde. Musste der doch wissen: Glücklich die Stadt, die Henry Lakenreißer mit seinem Besuch beehrte!

Doch die Realität sah anders aus. Keiner nahm, nachdem er ausgestiegen war, Notiz von ihm, und als er sich am Kiosk die lokale Tageszeitung kaufte, fand er dort nur zwei Zeilen über seine Lesung, wobei sein Name auch noch falsch geschrieben war: *Lakenreiser.* Erwartet hatte er wenigstens eine halbe Seite mit Foto. Die aber war einem Christian Mutschmann eingeräumt worden, der – Gott, wie sensationell! – eine neue Postagentur eröffnet hatte: *Jetzt auf einen Streich: Briefe und Brötchen!* Da konnte er, Lakenreißer, natürlich nicht mithalten. Auch nicht mit dem städtischen Jugendorchester: *Sven Stumpenhorst, 16, überzeugte mit seinem sensiblen Spiel auf der Violine.* Getoppt wurde das nur noch durch den ganzseitigen Bericht vom

Spiel der örtlichen Kreisligamannschaft, die im Spiel um den Abstieg dem Spitzenreiter nach einem Rückstand von 0:3 noch ein 4:4 abgetrotzt hatte. Lakenreißer hätte schon zweimal hintereinander den Nobelpreis für Literatur gewinnen müssen, um so viel Aufmerksamkeit zu finden.

Das Hotel lag gleich in Bahnhofsnähe, und danach sah es auch aus. Lakenreißer fühlte sich an eine Jugendherberge erinnert. Die Auszubildende an der Rezeption hatte natürlich keine Ahnung, wer er war. Mit Sicherheit las sie nichts anderes als die Begierde in den Augen ihrer wechselnden Partner. Lange suchte sie seinen Namen vergeblich, weil nicht er das Zimmer bestellt hatte, sondern die Stadtbibliothek. Er dachte an die Zeiten zurück, da man ihm sofort das Gästebuch hingeschoben hatte. Der Zeitungsausschnitt mit Foto und Würdigung seines Werkes war immer schon eingeklebt. Ob er wohl so freundlich sein würde, etwas hineinzuschreiben? Das waren noch Zeiten ...

Endlich bekam er seinen Schlüssel ausgehändigt. Einen Fahrstuhl gab es nicht, und er musste seinen Koffer über eine schmale Treppe in den zweiten Stock tragen. Das Zimmer war so karg ausgestattet, dass es an Asylantenunterkünfte erinnerte. Aber immerhin war es mit einer Nasszelle versehen, und auf einer wackligen Konsole stand sogar ein kleiner Fernsehapparat. Eine Schnellanalyse des Miefs ergab eine Mischung aus Zigarettenrauch, Darmgasen, Schweiß und anderen Körpersäften. Lakenreißer riss das Fenster auf. Am liebsten hätte er sich jetzt sinnlos betrunken, doch leider Gottes hatte er dem Alkohol abgeschworen. So verließ er diese Gruft schnellstmöglich und machte sich auf den Weg, um die Innenstadt zu erkunden.

Das Besondere an der Fußgängerzone war, dass sie aussah wie hundert andere Fußgängerzonen auch. Nur am Rande gab es ein paar schöne Backsteinbauten: das Waisenstift, das Heimatmuseum, die alte Pastorei und die Pfarrkirche St. Magnus, das Krankenhaus, das Wasserschloss. Lakenreißer fand das alles sehr anheimelnd. In Berlin vermisste er solch eine Idylle. Denn in ihm brannte eine tiefe Sehnsucht nach dem Biedermeier.

Die Mauern waren vollgepflastert mit Plakaten. Es war erstaunlich, wie viele Veranstaltungen es in solchen kleinen Städten gab. Nur ein Plakat, das auf seine Lesung hingewiesen hätte, fehlte. Selbst in der einzigen Buchhandlung vor Ort konnte er keinen entdecken, und im Schaufenster wie auf dem Wühltisch war kein einziges seiner Bücher zu finden. Er ging auf den Buchhändler zu, ein früh ergrautes Männlein, freundlich und mit Mundgeruch.

«Haben Sie *Rumbalotte* von Henry Lakenreißer?»

«Bitte? Wo soll das erschienen sein?»

«Im Tinz-Verlag Berlin.»

«Ah so ... Ich kann es Ihnen gerne bestellen.»

«Nein danke! Ich habe noch genügend Belegexemplare zu Hause.»

Nicht einmal dieser Wink mit dem Zaunpfahl brachte den Buchhändler dazu, Lakenreißer zu erkennen.

Lakenreißer trat wieder auf die Straße hinaus. Er brauchte jetzt irgendeine Befriedigung! Da an Sex nicht zu denken war, blieb ihm nur, in ein Restaurant zu gehen und frischen Fisch zu essen. Wo, wenn nicht hier, lag doch die Nordsee fast vor der Tür, war auf den zu hoffen?

Doch was er dann auf dem Teller hatte, war ein Desaster. Die Fischstückchen waren in altem Fett frittiert worden. Bei einem Test mit geschlossenen Augen hätte er auf die Frage, was er denn da äße, lange mit einer Antwort gezögert. «Vielleicht Putenfleisch?»

Was Lakenreißer aber noch viel mehr erschütterte, war ein Flyer, den er auf dem Gang zur Toilette neben dem Kondomautomaten liegen sah: die Werbung der Stadtbibliothek für die heutige Veranstaltung. In großen, fetten Lettern stand da: *Edo Gödens kommt und liest aus seinem heiteren Roman «More Moor»*. Darunter und wesentlich kleiner war hinzugefügt: *Abgerundet wird der Abend durch den Schriftsteller Henry Lakenreißer aus Berlin.*

Da meldete sich sofort der imaginäre Fernsehmoderator wieder zu Wort.

«Wie fühlen Sie sich denn als Vorspiel für den Local hero, Herr Lakenreißer? Tiefer kann man doch kaum sinken!» – «Ich würde das nicht so negativ sehen. Die Leiterin der Stadtbibliothek war früher Lektorin bei Tinz, meinem Verleger, und der hat sie schnell mal angerufen, ob sie nicht eine Lesung für mich organisieren könne. Da aber kein Termin mehr frei war, hat sie mich nur noch sozusagen auf Gödens draufsatteln können.» – «Bei Freud heißt so etwas Rationalisierung. Sie sollten die Kraft haben, sich einzugestehen, dass das nichts weiter ist als ein Akt der Entwertung.»

Lakenreißer ging zurück in sein Hotel und schaltete den Fernseher ein, obwohl die Enttäuschung vorprogrammiert war. Die einzige Sendung, die ihn interessiert hätte, gab es ja nicht: ein Special über Henry Lakenreißer. So blieben ihm lediglich die Sportkanäle. Aber auf Eurosport zeigten sie nur Kickboxen, und das fand er grässlich, und das DSF war in dem alten Kasten nicht reinzukriegen. Also streckte er sich auf dem Bett aus, steckte sich die Stöpsel seines Taschenradios ins Ohr und suchte ein Programm, das Schmusemusik brachte. Er nahm sich zwar vor, nicht einzuschlafen, stellte aber seinen Wecker vorsichtshalber auf 19 Uhr.

Als er aufwachte, fühlte er sich so verkatert wie nach einer durchzechten Nacht und verfluchte sich im Jargon seines Vaters: «Warum hast du Idiot deinen Arsch nicht zu Hause lassen können!» Nichts fand er jetzt abwegiger, als sich vor fremden Leuten hinzusetzen und denen etwas vorzulesen. Das waren doch keine Kinder und keine Analphabeten, die konnten sich doch seinen Roman kaufen und zu Hause selber lesen! Er war in der Stimmung, den Fernseher aus dem Fenster zu werfen, die Vorhänge herunterzureißen und sein Hotelzimmer zu zertrümmern.

Doch langsam beruhigte er sich wieder, rasierte sich noch einmal und versuchte, seine grau gewordenen Haare so zu drapieren, dass er möglichst durchgeistigt aussah. Dann wickelte er sein Leseexemplar in einen Leinenbeutel und zog los. Es war ihm wohlbewusst, wie armselig das wirkte, wenn er so allein zum Auftritt eilte. Erfolgsmenschen kamen immer mit Gefolge. So ein Tross aus Freunden, Journalisten und Groupies wertete ungemein auf.

Die Vorhalle der Stadtbibliothek war so mit Menschen über- und mit Leben erfüllt wie eine Kirche am Heiligen Abend. Es erinnerte ihn ans Umsteigen auf dem Bahnhof Ostkreuz. Bald blieb er stecken in den Menschenmassen. Das lag daran, dass die örtliche Buchhandlung einen Tisch aufgebaut hatte, an dem der Local hero saß und schon vor der Lesung kräftig signierte. Lakenreißer schaute mehrmals hin, konnte aber neben den Türmen von *More Moor* kein einziges Exemplar seiner *Rumbalotte* entdecken. Weiter voran kam er erst, als Edo Gödens aufstand, um sich in einem Nebenraum interviewen zu lassen. Ein Kulturjournalist vom NDR, an seinem Mikrophon zu erkennen, eine

Journalistin vom lokalen Blatt und ein Fotograf bemühten sich um ihn. Lakenreißer blieb nichts weiter, als es altersweise hinzunehmen und seinen eigenen Interviewer ins Spiel zu bringen.

«Edo Gödens ist nun wirklich ein No-Name-Autor und kommt aus einem Weiler, der auf keiner Karte verzeichnet ist. Sie, Herr Lakenreißer, füllen hingegen mehrere Seiten in Kürschners Literaturkalender und sind eigens aus der deutschen Hauptstadt angereist. Was geht Ihnen da durch den Kopf?» – «Ich freue mich natürlich für meinen Kollegen, dass ihm der Durchbruch gelungen ist. Sein Roman ist ja auch wirklich großartig.» – «Heucheln Sie immer so?» – «Das ist keine Heuchelei, das sage ich ehrlichen Herzens, denn wir Schreibenden bilden eine verschworene Gemeinschaft.»

Was er wirklich dachte? Dieser Edo Gödens schien ein netter Mensch zu sein, und warum sollte er ihn hassen? Das Schicksal spülte eben den einen nach oben, den anderen nicht. Doch war einer oben, dann ließ man ihn bald wieder abstürzen, denn dem großartigen Debütroman folgte in der Regel nichts weiter als Schrott, und die Branche musste sich einen neuen Helden backen. Darin glich die Literatur immer mehr der Popmusik.

Lakenreißer nahm also die Welt hin, wie sie war, und machte sich auf den Weg zum Ort des Auftritts. Vor dem Saal, in dem die Lesungen stattfinden sollten, war mit Hilfe eines Tisches eine Barriere aufgebaut worden. Hinter ihr saß eine sehr englisch wirkende Dame etwa seines Jahrgangs mit der Kasse und den Eintrittskarten. Er nickte ihr freundlich zu.

«Haben Sie reserviert?», wurde er gefragt.

«Ja.»

«Und auf welchen Namen bitte?»

«Lakenreißer.»

Die sehr englische ältere Dame ging ihre Liste durch, fand aber keinen Lakenreißer. «Tut mir leid, keine Reservierung. Und wir sind bis auf den letzten Platz ausverkauft.»

Lakenreißer sah sie traurig an. «Und ich bin extra aus Berlin gekommen. Aber vielleicht können Sie ganz vorn einen zusätzlichen Stuhl für mich hinstellen? Ich soll nämlich bei Ihnen lesen.»

«Heute liest doch Herr Gödens.»

«Und ich.» Lakenreißer wies auf den Flyer, der neben ihr lag. «Hier, der kleingedruckte Name, das bin ich!»

«Oh, Entschuldigung, ich bin neu hier und kenne mich nur mit Kinder- und Jugendbüchern aus. Ich hole Ihnen mal Frau Sassenholz.»

Helga Sassenholz war die Leiterin, die vor Lakenreißers Zeit im Tinz-Verlag als Lektorin gearbeitet hatte. Sie kam nach einigen Minuten, und Lakenreißer sah ihr an, dass sie ihn als Schriftsteller nicht sonderlich schätzte und ihn nur in ihre Bibliothek eingeladen hatte, weil sie Tinz noch die eine oder andere Gefälligkeit schuldete.

«Moin», sagte sie und gab ihm die Hand.

«Guten Morgen», erwiderte er, obwohl es bereits auf zwanzig Uhr zuging. Erst als sie erstaunt guckte, fiel ihm ein, dass man ja in diesen Landesteilen den ganzen Tag über «Moin» sagte. «Herzlichen Dank für die Einladung!»

«Gern geschehen. Ich hoffe, Sie werden sich wohl fühlen bei uns und Immanuel Tinz nur Gutes über uns berichten.»

«Das werde ich sicherlich.»

Damit war das Gespräch beendet, und Lakenreißer durfte nun den Raum betreten, in dem die Lesung stattfinden sollte. Mit seinen ansteigenden Rängen sah er aus wie ein kleines Amphitheater. Die meisten Besucher hatten schon Platz genommen und warteten auf das, was da kommen sollte. Auf der kleinen Bühne stand ein antiker Tisch mit einer schön verschnörkelten Leselampe. Offensichtlich waren beide Stücke aus dem Heimatmuseum entliehen. Es gab nur einen Sessel, was Lakenreißer aufatmen ließ, denn so brauchte er nicht vorn wie auf dem Präsentierteller zu sitzen, wenn der andere an der Reihe war. So etwas war immer lästig, weil man sich nicht ungesehen räkeln oder in der Nase bohren konnte, vor allem aber krampfhaft darauf achten musste, dass man nicht einschlief.

Es war mittlerweile schon zehn nach acht geworden, und die Bibliotheksleiterin entschloss sich, nicht länger auf den Herrn Bürgermeister zu warten, sondern die Veranstaltung mit ihrer eigenen kleinen Rede zu beginnen. Sie hieß alle herzlich willkommen, ging kurz auf den Sinn der Lesereihe «Literatur bei uns zu Haus» ein und erklärte, weshalb diese einen so hohen Stellenwert für die Kultur des ganzen Landkreises hatte. Am Ende stellte sie die beiden Autoren vor.

«Über Edo Gödens brauche ich Ihnen ja nicht viel zu erzählen, alle kennen ihn, alle lieben ihn, und er wird den Höhepunkt des Abends bilden. Vorher aber hören wir noch Henry Lakenreißer aus Berlin.» Jetzt griff sie zu einer gelben Karteikarte, um abzulesen, was sie aus dem Katalog des Tinz-Verlags abgeschrieben hatte. «Henry Lakenreißer ist am 2. Dezember 1943 in Vierraden in der Uckermark geboren, wohin seine Mutter evakuiert worden war, ist aber an sich Berliner. Eingeschult wird er 1949 in Berlin-Siemensstadt. Hochbegabt, aber faul, bleibt er 1959 in der zehnten Klasse sitzen, verlässt die Schule und fängt bei der BVG, den Berliner Verkehrsbetrieben, an. Erst ist er als Bahnhofsaufsicht eingesetzt, dann wird er Zugbegleiter und Fahrer bei der Berliner U-Bahn. 1969 macht er das Abitur an der Abendschule und beginnt, Psychologie zu studieren. Schon während seiner Zeit bei der BVG hat er zu schreiben begonnen, jetzt aber will er mit Macht gedruckt werden. Er bricht das Studium ab, um sich ganz dem Schreiben zu widmen. 1977 erscheint sein erster Roman: *Licht am Ende der Tunnel*, in dem er seine Erlebnisse bei der U-Bahn verarbeitet, unter anderem seine Traumatisierung durch einen Selbstmörder, der sich vor seinen Zug geworfen hatte. Seine biographischen Romane über den Dichter Oskar Loerke, den Architekten Franz Schwechten und die Freiheitskämpferin Eleonore Prohaska, erschienen in den Jahren 1980 bis 1985, lassen die Fachwelt auf ihn aufmerksam werden. 1987 folgt sein wohl bekanntester Roman *Ruf doch mal an*, der später für das Kino verfilmt wurde. Bald schreibt er nur noch für Fernsehserien, wird dann aber auch durch eine verschleppte Lyme-Borreliose nach einem Zeckenbiss, den er sich in Süddeutschland zugezogen hatte, an der weiteren literarischen Produktion gehindert. Nur kleinere Sachen entstehen, so Beiträge für Anthologien und Rätselkrimis in Tageszeitungen. Sein Geld verdient Henry Lakenreißer in dieser Zeit hauptsächlich als Stadterklärer in Bussen und auf Dampfern, teilweise verkleidet als der Alte Fritz. 2003 versucht er sein literarisches Comeback. Im Tinz-Verlag Berlin erscheint *Zurück auf Start*, die Geschichte einer Lehrerin aus der DDR, die ihren Studienabschluss nach der Wende nicht anerkannt bekommt und die ganze Ausbildung wiederholen muss, am Ende aber trotzdem keine Stelle findet. Sein neuester Roman ist wiederum bei Tinz erschienen und trägt den Titel

Rumbalotte. Mit ihm ist er heute zu uns gekommen. Er wird Ihnen etwas über seine Entstehung erzählen und dann ein Viertelstündchen daraus lesen, bis Edo Gödens zu Worte kommt. Bitte sehr, Henry Lakenreißer!»

Er realisierte nur langsam, dass er es war, den sie da, während der Beifall verebbte, zu sich heranwinkte. Er verspürte einen starken Fluchtimpuls. Nur raus hier! Selbstverständlich aber hielt er stand und postierte sich brav hinter dem antiken Tisch, um Frau Sassenholz wie der ganzen Stadt herzlich für die Einladung zu danken. Während er sprach, zählte er die Zuhörerinnen und Zuhörer. Über hundert waren es. Sensationell! Auch wenn zu bedenken war, dass sie nicht seinetwegen gekommen waren. Aber immerhin.

Als er sich setzte, erschrak er heftig. Zum einen war das Licht der alten Lampe viel zu schwach für seine Augen, und zum anderen war der Korbsessel, den sie ihm hingestellt hatten, viel zu niedrig für ihn. Tief wie er saß, musste er nicht nur komisch wirken, sondern sein Buch auch eine Armlänge von sich weghalten, um die Buchstaben erkennen zu können. Auf den Rängen kicherten sie.

Er nahm einen Schluck aus dem obligatorischen Wasserglas, das gehörte zum Ritual, dann begann er, den Leuten das zu erzählen, was sie unbedingt wissen mussten, um die Handlung zu verstehen und ihm folgen zu können.

«Es geht um Sixtus Tenhagen, einen älteren, nicht wahrgenommenen Schriftsteller, der aus Frust alle Buchhandlungen abfackelt, in denen seine Bücher nicht zu finden sind. Der Roman trägt den Titel *Rumbalotte*, was sich aus einem vor Jahren aktuellen Witz ableitet: Kommt ein alter Mann zum Urologen, und der liest auf dem geschrumpelten Penis seines Patienten mit Erstaunen das

Wort *Rumbalotte*. Gefragt, was das zu bedeuten habe, antwortet der alte Mann, er sei früher Matrose gewesen und da habe man sich auf den aufgerichteten Penis voller Stolz *Ruhm und Ehre der baltischen Flotte* tätowieren lassen.»

Lakenreißer machte eine kleine Pause, damit die Leute seine Worte begreifen konnten. *Ru* und *m* von Ruhm, *ba* von baltisch und *lotte* von Flotte. Ihr Schweigen zeigte ihm an, dass sie es entweder nicht verstanden oder aber genierlich fanden. Oder auch nur langweilig. Es gab in dieser Welt nichts Uninteressanteres als einen alternden Schriftsteller. Doch was sollte er die Sache weiter kommentieren! Also fing er an zu lesen. Eine Viertelstunde würde schnell vorüber sein, und am Ende hätte er 200 Euro verdient.

Er las nun mit wenig Kunstfertigkeit, denn schließlich war er kein Schauspieler, den Leuten vor, wie Sixtus Tenhagen, der von Hause aus Ingenieur ist, einen seiner dicken Hardcover-Romane – für den er einen Druckkostenzuschuss hatte zahlen müssen – mit einem Brandsatz und einem Zünder präpariert, der auf 23.55 Uhr programmiert ist. Die Bombe ist so miniaturisiert, dass sie in das ausgehöhlte Buch passt. Er geht nun, das kunstvoll wieder eingeschweißte Buch unter seiner Jacke verborgen, kurz vor Ladenschluss in die ausgesuchte Buchhandlung und platziert es unauffällig in einem Regal. Es klappt immer wieder. Wenn das Dutzend voll ist, will er sich stellen. Seine Hoffnung ist, dass er damit überall in die Medien kommt und sein Buch ein Bestseller wird.

Lakenreißer versprach sich dabei unverhältnismäßig oft, denn es irritierte ihn, dass so gar keine Reaktion aus dem Publikum kam. Selbst an Stellen, an denen er sich beim Schreiben wie beim Lesen der Druckfahnen vor Lachen ausgeschüttet hatte, war nicht einmal ein leises

Glucksen zu vernehmen. Die Leute schienen von Anfang an entschlossen zu sein, ihn als Spielverderber zu sehen, als einen, der daran schuld war, dass sie auf Edo Gödens warten mussten.

«Sixtus Tenhagen steht auf der anderen Straßenseite inmitten der Gaffenden», schloss Lakenreißer nach knapp dreizehn Minuten, *«und genießt die Flammen, die aus der Buchhandlung schlagen, wie ein Sportler das olympische Feuer.»*

Damit schlug er das Buch zu und erhob sich mit einer kleinen Verbeugung. Der Beifall war kümmerlich. Nur ein Dutzend Frauen klatschte. Ob aus Höflichkeit oder aus Mitleid, war nicht erkennbar.

Die Bibliotheksleiterin kam aus den Kulissen und dankte ihm für «die interessanten Einblicke in sein literarisches Schaffen». Lakenreißer wäre am liebsten aus der Halle gestürzt und hätte sich schnurstracks in einen Zug Richtung Heimat gesetzt, doch sein Honorar bekam er erst am Ende der Veranstaltung. Also hieß es für ihn, irgendwo hinten Platz zu nehmen und Edo Gödens zu lauschen.

Der wurde fast so lautstark und enthusiastisch begrüßt wie einer der Klitschko-Brüder vor einem Kampf um die Weltmeisterschaft. Dann las er aus *More Moor*, und Lakenreißer musste sich eingestehen, dass der Mann wirklich ein begnadeter Humorist war. Es war einfach klasse, was er da geschrieben hatte.

Als alles ausgestanden war, bekam Henry Lakenreißer einen Briefumschlag mit seinen 200 Euro, und er schämte sich ein wenig, weil er sich darüber so freute wie ein Zirkusgaul über ein Stückchen Zucker. Da er sich vor der Einsamkeit seiner Hotelzelle fürchtete, hoffte er, dass das Bibliotheks-Team Gödens und ihn zu einer kleinen Nachfeier in die nächstbeste Pizzeria einladen würde. Doch nachdem der Local hero sein letztes Buch signiert hatte, machten sich alle so schnell wie möglich auf den Heimweg. Edo Gödens selber legte keinen Wert auf ein Gespräch mit einem erfahrenen Kollegen. Offensichtlich war er der Meinung, dass es nichts einbrachte, wenn man gegenüber Journalisten oder Verlegern zum Besten gab, mit Henry Lakenreißer bekannt zu sein.

«Den Weg zum Hotel zurück finden Sie ja allein?», fragte Gödens nur.

«Ich glaube schon ...»

«Dann einen guten Heimweg morgen! Und grüßen Sie Tinz von mir!», rief Helga Sassenholz.

«Und weiterhin viel Erfolg mit *Rumbalotte*», fügte Gödens hinzu. «Hat mir sehr gut gefallen.»

Tiefer kann ich nicht mehr sinken, dachte Lakenreißer. Gibt sich dieser No-Name-Autor aus der Provinz doch tatsächlich gönnerhaft mir gegenüber! Aber ein wenig suhlte er sich auch in seinem Elend: Wie er litt, das hatte schon stille Größe.

So schaffte er es, den Abend ohne Suizidgedanken zu überstehen. Ohne den Fernseher einzuschalten, fiel er noch vor Mitternacht erschöpft in tiefen Schlaf.

Beim Frühstück hatte er wieder «seinen Moralischen», wie seine Mutter das genannt hatte: seinen Schub an Melancholie und Depression. Dreißig Jahre waren vergangen, seit er zum letzten Mal mit einer Frau im Hotel gefrühstückt hatte. Doch es galt die Weisheit, die Karl Kraus zugeschrieben wurde: Der Beischlaf hält nie, was die Onanie verspricht.

Er vergaß nicht, den Schlüssel an der Rezeption abzugeben. Aber dass er während des gesamten Frühstücks zwanghaft daran gedacht hatte, rechnete er sich als Minuspunkt an. Einem Genie konnte dies doch scheißegal sein – nur Kleingeister machten sich über so was Gedanken.

«Die Rechnung bezahlt Frau Sassenholz von der Stadtbibliothek.»

Die Auszubildende nickte ihm zu und ließ ihn passieren. Einsam zog er seinen Koffer zum Bahnhof. Es begann zu nieseln. Er stellte sich vor, dass ihn jemand filmte. Warum war es ihm nicht vergönnt, etwas wie *Harry Potter* zu schreiben? Dazu fiel ihm nur Fontane ein: *Wie viel hat das Leben, aber für wie wenige nur.* Doch er machte sich klar, dass es Tausende gab, deren große Sehnsucht es war, ihren Roman in den Buchhandlungen zu finden und zu einer Lesereise eingeladen zu werden, die aber keinerlei Chance hatten, jemals gedruckt zu werden. Gemessen an ihnen, gehörte auch er zu den Privilegierten. Er berauschte sich an diesem Gedanken, erst in der luxuriösen Ferkeltaxe einer Privatbahn, die ihn nach Oldenburg brachte, und noch mehr oben im Doppelstockzug der Deutschen Bahn AG nach Hannover. Die Welt lag ihm zu Füßen. Er war erst 62 Jahre alt und hatte noch zwei Jahrzehnte Zeit, den großen Wurf zu landen. Fontane war ja auch erst im reifen Alter zu Fontane geworden.

Von Hannover nach Stendal konnte er einen IC benutzen und war schneller am Ziel, als ihm eigentlich lieb war. Da kam ihm die Idee, nicht zum Anschlusszug zu hetzen, sondern den Koffer in ein Schließfach zu stellen und einen kleinen Bummel durch Stendal zu machen. Zwar wurde er am Zielort vom örtlichen Kulturreferenten erwartet, aber den konnte er per Handy informieren, dass er erst eine Stunde später ankommen würde. Gesagt, getan. Lakenreißer kam sich danach um Jahre jünger und ungeheuer dynamisch vor.

«Was wissen Sie von Stendal?», fragte ihn sein innerer Reporter. – «DDR-Fußball: Lokomotive Stendal. Stadtgründer wird Albrecht der Bär gewesen sein. Der Name der Stadt ist bekannt geworden durch Stendhal, eigentlich Marie Henri Beyle, der hier als Soldat gewesen ist und bei der Suche nach einem Pseudonym schnell fündig wurde.» – «Der berühmteste Sohn Stendals ist aber ein anderer ...» – «Keine Ahnung.» – «Nie etwas vom Altertumsforscher Johann Joachim Winckelmann gehört?» – «Nein.» – «Lakenreißer, setzen! Fünf!»

Es war schon ein Fluch, nicht in einem bildungsbürgerlichen Milieu aufgewachsen zu sein, sondern in einfachen, kleinbürgerlichen Verhältnissen.

Er schlenderte zum Marktplatz, betrachtete Marienkirche, Rathaus und Roland mit einigem Genuss und hakte dann auch die anderen Sehenswürdigkeiten ab. Vielleicht hatten sie in Stendal die Institution eines Stadtschreibers, um die er sich bewerben konnte? Schließlich hieß auch er Henri, wie Stendhal, wenn auch mit einem Y hinten.

Pünktlich war er wieder am Bahnhof und fuhr mit einem Triebwagen in die Prärie hinaus. Hier sei die Wiege Preußens, stand im Reiseführer. Er staunte ein wenig, glaubte es aber. Schließlich war auch Fontane in dieser Gegend gewesen und hatte Grete Minde ganz Tangermünde in Brand stecken lassen. Tanger hatte er immer für eine Stadt in Marokko gehalten, nun las er, dass es ein Flüsschen war, das in die Elbe mündete und der Stadt ihren Namen gegeben hatte. Reisen bildete eben.

Der Kulturreferent, der ihn zum Altmärker Literaturfestival eingeladen hatte, wartete mit seinem Wagen direkt am Tangermünder Bahnsteig.

«Herzlich willkommen, wir haben uns schon lange auf Sie gefreut. Seit *Ruf doch mal an* bin ich ein Fan von Ihnen.

Auch in der DDR haben wir das mit heißem Herzen gelesen. Und Ihr U-Bahn-Roman war ebenfalls sehr begehrt: *Licht am Ende der Tunnel.* Gleichsam der Bitterfelder Weg in westlicher Variante. ‹Literatur der Arbeitswelt› hieß das bei Ihnen. Und Sie ganz vorneweg!»

Lakenreißer fühlte sich geschmeichelt. Von wegen «Dem Mimen flicht die Nachwelt keine Kränze»! In der DDR hatten die Schriftsteller einen hohen Stellenwert gehabt, und das wirkte fort. Sehr schön!

Auf der Fahrt vom Bahnhof in die Altstadt informierte ihn der Kulturreferent darüber, wie man ihn für den Rest des Tages verplant hatte.

«Ich setze Sie jetzt vor dem besten Restaurant ab, das wir haben, der ‹Museumsklause›, und Sie essen dort auf Kosten unserer Kulturagentur. Danach wollen Sie ja sicher einen Spaziergang durch die Stadt unternehmen und sich alles ansehen. Verschnaufen können Sie dann wieder in der ‹Museumsklause›, wo im Hinterzimmer ein bequemes Sofa steht. Ein Hotelzimmer ist nicht gebucht worden, Sie wollten ja partout mit dem letzten Zug nach Berlin zurück. Also ... Um 19 Uhr hole ich Sie vom Restaurant ab, und wir fahren in die alte Kreiskulturhalle. Dort unterhalte ich mich dann mit Ihnen über Ihren Roman *Ruf doch mal an*, und bevor wir Ausschnitte aus dem Film sehen, der nach ihm entstanden ist, lesen Sie noch eine Viertelstunde aus Ihrem neuen Buch. Einverstanden?»

«Ja, sehr sogar.»

Lakenreißer genoss den Nachmittag, zumal in der örtlichen Buchhandlung *Zurück auf Start* und *Rumbalotte* nebeneinander im Schaufenster standen. Sein Glück war vollkommen, als sie dann in die alte Kreiskulturhalle kamen und es dort so voll war wie in der Arena am Ostbahnhof, wenn die Basketballer von Alba Berlin ihre Play-off-Spiele bestritten.

«An die 400 Besucher sind es sicher», sagte der Kulturreferent.

«400 Besucher ...», wiederholte Lakenreißer mit einer gewissen Verzückung. Er hatte schon genügend Lesungen erlebt, eigene wie fremde, zu denen nur vier Interessierte gekommen waren.

Der Kulturreferent entschuldigte sich, weil er noch etwas Wichtiges zu erledigen habe, und Lakenreißer streifte durch den Vorraum. In der rechten hinteren Ecke drängten sich die Menschen, und er vermutete, dass dort der Büchertisch stand. So groß seine Freude auch war, so dachte er doch mit Schrecken daran, dass er nachher den letzten Zug nach Berlin vielleicht nicht mehr erreichen würde, wenn er Hunderte von Büchern zu signieren hatte. Ein jedes Mal die Frage: «Was soll ich schreiben? Für ...». Und fast immer ein langes Zögern und die Antwort: «Schreiben Sie einfach irgendwas.» Also schrieb er *Zur Erinnerung an die Lesung in ...* oder *Für XY mit herzlichem Dank für die Wertschätzung meiner Romane*. Darunter Unterschrift, Ort und Datum. Das war fast so schön wie ein Koitus, dauerte aber erheblich länger. Also musste er zusehen, dass er schon vor Beginn der Lesung möglichst viele Bücher signieren konnte.

Er kämpfte sich durch die Menge ... und erstarrte, als er erkannte, was da wirklich vor sich ging. Am Tisch saß nicht etwa die Buchhändlerin und verkaufte seine Werke. Da hatten vielmehr eine Schauspielerin und ein Schauspieler Platz genommen, um die stapelweise mitgebrachten Autogrammkarten zu signieren. Die beiden spielten in irgendeiner Vorabendserie ein Liebespaar und standen hoch im Kurs. Lakenreißer musste erkennen, dass sich an der fehlenden Wertschätzung des Geistes nichts geändert hatte: Mindestens 396 Gäste waren wegen der Schauspieler gekommen und nicht etwa, um ihn zu hören und zu sehen.

Für die restlichen vier gab er dann auch in der Viertelstunde, die man ihm eingeräumt hatte, sein Bestes, war witzig im Interview und so souverän wie selten, als er aus *Rumbalotte* las. Das Auditorium war so fair, während seines Vortrags nicht zu schwatzen, und dankte ihm mit schütterem Beifall. Lakenreißer wertete das als Achtungserfolg und hoffte, dass der eine oder andere morgen doch in die Buchhandlung ging und nach *Rumbalotte* fragte.

Die Schauspielerin und der Schauspieler genossen ein Maß an Verehrung, das für ihn unfassbar war. Er wusste, dass sie umfassend ungebildet waren. Auch galten sie als intrigant, und hinter ihrem Rücken wurden sie «die Kulissennutte mit ihrem Kotzbrocken» genannt. Lakenreißer selber fand beide nicht unsympathisch.

«Und Sie sind nicht neidisch auf ihren Ruhm und ihre Millionen?», fragte ihn seine innere Reporterstimme. «Und nicht aggressiv, weil sie Ihnen jetzt die Show gestohlen haben?» – Lakenreißer zog sich altersweise hinter seinen Fontane zurück: «Es gibt nur ein Mittel, sich wohl zu fühlen: Man muss lernen, mit dem Gegebenen zufrieden zu sein, und nicht immer das verlangen, was gerade fehlt.» – «Und das lernen Sie jetzt?» – «So ist es, wenn auch unter Zähneknirschen. Mein aggressives Ich habe ich ja ausgelagert. Es heißt Sixtus Tenhagen und begeht in ‹Rumbalotte› die Taten, deren Begehung ich mir selber versage.»

Lakenreißer gab sich alle Mühe, das zu glauben, was er sagte, und schaffte es dadurch, den ganzen Abend über als Grandseigneur zu erscheinen. Dass es ihm gelang, machte ihn stolz.

So plauderte er auch gelöst mit dem Kulturreferenten, als der ihn mit dem Wagen nach Stendal fuhr und vor dem Bahnhof absetzte. Es war kurz vor elf, und der ICE fuhr erst um 23.33 Uhr. So beschloss er, in der Bahnhofsgaststätte einen Kaffee zu trinken. Doch die hatte schon geschlossen. Um 23 Uhr schien in Stendal alles schon geschlossen zu haben. Auch eine Bahnhofsaufsicht war nicht zu finden. Der ganze Bahnhof schien von irgendwo aus der Ferne per Computer gesteuert zu werden.

Lakenreißer ging auf und ab, denn es war verdammt kalt geworden. Mit Schrecken erkannte er plötzlich, dass es weit und breit außer ihm keinen Menschen mehr gab. Er schien mutterseelenallein auf dem ganzen großen Bahnhof. Nirgendwo ein Fahrgast, nirgendwo ein Bahnbeamter oder ein Polizist. Und das im deutschen Osten, wo es von Rechtsradikalen nur so wimmelte, die keinen Pardon kannten, wenn sie einem Intellektuellen wie ihm begegneten! Er zog seine Pfefferspraydose aus der Jackentasche, um zu prüfen, ob sie noch funktionierte. Zum Glück war das der Fall. Unglücklich war hingegen, dass er den Wind nicht berücksichtigt hatte und etwas von dem Pfefferspray in die Augen bekam. In der ersten Panik fürchtete er, stante pede zu erblinden und dann womöglich auf die Gleise zu stürzen und von einem Zug überrollt zu werden. Doch dieser Kelch ging noch mal an ihm vorbei ...

Aus dem Dunkel drangen mit einem Mal drei helle Lichter zu ihm, dann hielt der ganze, 400 Meter lange ICE nur seinetwegen in Stendal. Was für ein Erfolgserlebnis! So nahm die Lesereise doch noch ein versöhnliches Ende.

Ging es Lakenreißer schlecht, dann kramte er aus seinem Gedächtnis Durchhalteparolen hervor, die ihm sein Elternhaus mit auf den Lebensweg gegeben hatte und die vermutlich überwiegend nationalsozialistischen Ursprungs waren: «Es geht alles vorüber, es geht alles vorbei» oder «Ich weiß, es wird noch einmal ein Wunder geschehen». Auch der gute alte Gemeinplatz «Die Hoffnung stirbt zuletzt» gehörte zum Repertoire. Die Hoffnung auf eine Rezension, die eines seiner Werke bejubelte, auf die Verfilmung von *Rumbalotte*, auf einen renommierten Literaturpreis. Zwar kannte er auch die alte Volksweisheit, dass Hoffen und Harren manchen zum Narren machten, und doch schaute er alle Stunde nach, ob nicht eine erfreuliche Mail eingetroffen war, und ging ab elf Uhr in regelmäßigen Abständen zum Hausbriefkasten hinunter, obwohl er sicher sein konnte, dass die Briefträgerin die Livländische Straße erst zwei bis drei Stunden später erreichte.

Immerhin fand er heute einen kleinen Krumen im Briefkasten, nämlich die Einladung seines Schriftstellerverbandes, sich an einer Anthologie mit dem Titel *Es geschah auf einem Bahnhof in Berlin* zu beteiligen. Die Vorgaben waren detailliert aufgelistet:

Nicht mehr als fünf DIN-A4-Seiten oder etwa 10 000 Zeichen (inklusive Leerzeichen) auf dem Computer.
Bitte nur Kurzgeschichten, keine Gedichte.
Jedes Genre (Liebesgeschichte, Beziehungskiste, Krimi, Satire, Farce etc.) ist willkommen. Aber die entscheidenden Szenen müssen auf einem Berliner Bahnhof (S-, U- oder Fernbahn) spielen und authentisch sein, das heißt, die Geschichten sollten bei allen schriftstellerischen Verfremdungen autobiographischen Charakter tragen.

Wenn möglich Originaltexte, bereits Veröffentlichtes soll die Ausnahme bleiben.
Das Honorar ist für alle gleich und beträgt 75 Euro.
Die Autoren vergeben nur ein einmaliges Abdruckrecht. Alle weiteren Rechte verbleiben bei ihnen.
Herausgeber ist der Vorsitzende.
Der Herausgeber schlägt eine Auswahl der abzudruckenden Beiträge vor. Die letzte Entscheidung liegt beim Verlag.

Es folgten der Einsendeschluss sowie eine Post- und eine Mail-Adresse, an welche die Texte zu senden waren.

Lakenreißer überlegte, ob er etwas in der Schublade hatte, das den genannten Kriterien entsprach. Nichts! Also musste er die Arbeit an seinem neuen Roman unterbrechen und sich etwas einfallen lassen. Seiner Schätzung nach gab es in Berlin über 300 S- und U-Bahnhöfe, und auf vielen hatte er etwas erlebt, das sich für eine Kurzgeschichte eignete. Er setzte sich an seinen Computer, legte den Ordner *AnthoBahnhof* an und hielt unter dem Dateinamen *Erlebnisse* fest, was ihm zu diesem Thema einfiel:

S Wernerwerk (als die «Siemens-Bahn» noch fuhr): Mutprobe unter uns Jungen: Wer traut sich, auf der Stromschiene zu balancieren? Deren Abdeckung war damals noch aus Holz. Bei mir ist das morsche Holz weggebrochen. Fast tödlichen Schlag erlitten.
U Zoologischer Garten: Eine Frau wirft sich in selbstmörderischer Absicht vor meinen Zug und wird trotz sofortiger Notbremsung überrollt. Sie erleidet aber nur ein paar Schürfwunden.
U Wittenbergplatz: Auf Simona gewartet. Streit wegen ihrer pathologischen Unpünktlichkeit. Ende unserer Beziehung.
S Jungfernheide: Ball von den Schienen geholt, der spielenden

Kindern hinuntergefallen war. Fast von plötzlich nahendem Zug überfahren worden.
U Deutsche Oper: Brand eines Zuges der Baureihe «Gisela», Flucht der Fahrgäste durch den verrauchten Tunnel. War aber selber nicht dabei, sondern hatte die Stelle fünf Minuten vorher passiert.
U Heidelberger Platz: Entbindung auf dem Bahnsteig, wo ich gerade Dienst hatte. Die Frau hatte es nicht mehr bis zum Sankt Gertrauden-Krankenhaus geschafft.

Als er sich hingesetzt hatte, hatte er erwartet, dass er von seinen Erinnerungen geradezu überflutet werden würde. Nun hatte es aber nur ein wenig getröpfelt. Das Leben hatte eben nicht viele Höhepunkte zu bieten.

Lakenreißer brauchte anderthalb Tage, um sich zu entscheiden – und zwar für den Bahnhof Wittenbergplatz und die Geschichte mit Simona. Sie war für ihn doppelt lustvoll. Zum einen waren die Gedanken an Simona immer noch mit einer gewissen körperlichen Erregung verbunden. Und zum anderen war auch der mit der Erinnerung verbundene Schmerz von höchster Qualität – er war so subtil, dass sogar Rilke oder Proust Gefallen an ihm gefunden hätten, gleichzeitig aber auch so kitschig schön, wie ihn sonst nur Hollywood zu bieten hatte.

Ein Glück war auch, dass er schon den Namen der Protagonistin und den Titel seiner Geschichte hatte. Wer weiß, wie lange er sonst darüber gebrütet hätte.

Eine andere Qual aber blieb: die, den ersten Satz zu formulieren. Von dem hing alles ab, das wusste er, und darum war es immer wieder so schwer, ihn zu finden. Auch diesmal unternahm er einen Anlauf nach dem anderen – und immer wieder verwarf er seinen ersten Satz.

Ich stand auf dem Bahnhof Wittenbergplatz und wartete auf Simona. – Nein, das ging nicht. Fange niemals einen Text mit «Ich» an, hatte er gelernt. Außerdem klang dieser Satz wenig poetisch – um nicht zu sagen: reichlich alltäglich.

Simona war so schrecklich unpünktlich, und ich hatte mir geschworen, unsere Beziehung zu beenden, wenn sie an diesem Abend nicht pünktlich um 17 Uhr auf dem Bahnhof Wittenbergplatz erscheinen sollte. – Auch nicht wirklich gut. Das fasste zwar das Wesentliche sehr schön zusammen, aber es kam zu früh, alles Pulver war damit verschossen. Außerdem war der Satz verdammt lang und irgendwie unhandlich. Und «pünktlich» und «unpünktlich» so kurz hintereinander, das ging schon gar nicht.

Einmal musste sich alles entscheiden, und heute Abend war es so weit. – Nein, das war für eine Anthologie des Schriftstellerverbandes bei weitem nicht literarisch genug, auch wenn es ihm persönlich gefiel.

«Nichts ist so hart und ehern, dass es nicht durch die Glut der Liebe bezwungen werden könnte», hatte Augustinus geschrieben, aber ob das auch für Simonas Unpünktlichkeit galt, daran hatte ich meine Zweifel. – Nicht schlecht. Das war hübsch ironisch. Aber die Lektorin würde ganz sicher einwenden, dass der große christliche Kirchenlehrer ja wohl kaum die Liebe zwischen Mann und Frau gemeint haben könne.

Keine Simona weit und breit, der Zug war abgefahren, nein, einen wollte ich noch abwarten, den allerletzten. – Auch nicht ideal. Der Satz brachte zwar zum Ausdruck, dass es hier um den großen Showdown einer Beziehung ging, wurde aber durch vier Kommas unschön zerhackt.

Lakenreißer merkte, dass er an diesem Morgen zu keiner befriedigenden Lösung mehr käme, und hielt sich an das alte Rezept seines früheren Mathematiklehrers: «Wenn ihr mit einer schweren Aufgabe nicht zu Rande kommt, dann wendet euch erst einmal den Aufgaben zu, die ihr lösen könnt.»

Also nahm er sich eines seiner Kultbücher aus dem Regal, um sich über die Orte des Geschehens zu informieren. *Berlins U-Bahnhöfe* von Jürgen Meyer-Kronthaler war so teuer, dass er sich diese Ausgabe nie und nimmer selbst geleistet hätte, aber sein Sohn Erik war großherzig genug gewesen, ihm das 325 Seiten dicke Werk zu Weihnachten zu schenken.

In Lakenreißers Geschichte ging es um die Bahnhöfe Rüdesheimer Platz, auf dem Simona in einem Zug saß, der wegen einer Signalstörung nicht weiterfahren konnte, und Wittenbergplatz, wo er auf sie wartete. Beschrieb er die beiden Bahnhöfe ausführlich, sorgte er nicht nur für retardierende Elemente, sondern konnte bequem auch ein paar hundert Zeichen schinden.

Rüdesheimer Platz war 1913 in Betrieb genommen worden. Faune, Satyrn, Weinlaub und Trauben zierten die Keramiken, und an den Pilastern gab es kleine rechteckige Reliefs, auf denen allerlei Insekten und Kriechtiere zu entdecken waren. Angeblich hatte man deshalb früher auch vom «Wanzenbahnhof» gesprochen.

Lakenreißer überlegte, ob er Simona aus dem Fenster blicken lassen sollte. Sie hatte eine Spinnenphobie. Vielleicht sah sie eine Spinne am Fenster, sprang deswegen aus dem Zug und lief auf die Straße hinauf, um nach einer Taxe Ausschau zu halten. Er selber stand derweilen auf dem Bahnhof Wittenbergplatz und ahnte nichts von dieser Verwicklung.

Wittenbergplatz gehörte sozusagen zum Urgestein der Berliner Hoch- und Unterpflasterbahn. Der Bahnhof war schon bei der Eröffnungsfahrt 1902 dabei, anfangs noch schlicht und einfach mit einem Portal nach Art der Pariser Metro, 1913 aber mit einem bombastischen Eingangsgebäude versehen worden, das dem Grabmal der Gallida Placidia in Ravenna nachempfunden sein sollte. Lakenreißer hatte in seiner Zeit als U-Bahn-Fahrer Tag für Tag hier gehalten. Manchmal fuhr er auch die Kehranlage an, denn Wittenbergplatz war einer der Knoten des Kleinprofils.

Plötzlich kamen ihm Bedenken, seiner Story den Titel *Wittenbergplatz* zu geben, denn das Eigentliche geschah nicht dort, sondern auf dem Bahnhof Rüdesheimer Platz. Dort war Simonas Zug steckengeblieben. Es war also keine Charakterschwäche, die sie zu spät kommen ließ, sondern höhere Gewalt. Aber der Bahnhof Rüdesheimer Platz war schon vergeben, wie ihm der Herausgeber auf Anfrage sagte. Dann musste die Geschichte also doch *Wittenbergplatz* heißen. Was ja auch legitim war, vollzogen sie doch hier ihre Trennung.

«Fang doch endlich mal an!», mahnte ihn seine innere Stimme. «Denn der Anfang ist die Hälfte des Ganzen.» – «Aber womit denn?» – «Meinetwegen mit der Szene, wo Simona im Zug sitzt und nicht weiterkommt.» – «Okay!»

Lakenreißer machte sich also ans Werk und versuchte sich an dieser Passage, die weit hinten versteckt war, also nicht so wichtig fürs Urteil seiner Leser.

Simona wusste, dass ich keine Sekunde warten würde, stand sie nicht pünktlich um 17 Uhr auf dem Bahnsteig Wittenbergplatz, doch ihr Zug fuhr und fuhr nicht ab, steckte auf dem Bahnhof Rüdesheimer Platz so fest, als hätte man die Räder an die Schienen geschweißt. Sie wollte schon aus dem Zug springen und zusehen, dass sie oben eine Taxe bekam, da ...

Er brach ab. Sollte er das mit der Spinne hier einbauen, oder sollte er nicht? Ein schöner Gag wäre es schon gewesen, aber leider wusste er nicht, ob es auf dem Bahnhof Rüdesheimer Platz wirklich Spinnen gab. Er überlegte. Schrieb er es, gab es aber keine Spinnen, war mit einem bösen Brief eines aufmerksamen Lesers zu rechnen, und der Irrtum würde ein schlechtes Licht auf ihn werfen: Der Lakenreißer recherchiert nicht richtig. Jetzt aber aufzustehen und zum Rüdesheimer Platz zu fahren, was hin und zurück eine Dreiviertelstunde gedauert hätte, war ihm zu aufwendig. Also verzichtete er lieber auf die Spinne.

Kaum hatte er zehn Zeilen getippt, da spürte er schon die erste Schreibblockade. *Alles fließt*, hatte Platon postuliert. Der hatte ihn aber nicht gekannt. Bei ihm floss es selten. Er versuchte, die Blockade mit den üblichen Hilfsmitteln zu überwinden, doch weder Schokolade noch Kaffee konnten die für Kreativität zuständigen Neurotransmitter im Hirn entscheidend aktivieren.

Lakenreißer starrte auf den Computerausdruck mit seinen Notizen: *Simona Saborowksi, geboren 1946 in Berlin, aufgewachsen in Neukölln, Fukdastraße. Fahrkartenverkäuferin auf dem Bahnhof Breitenbachplatz.*

Wo sollte die Fukdastraße sein? Hatte er die Fuggerstraße gemeint? Erst nach einigen Sekunden begriff er, dass es sich um einen Tippfehler handelte und Fuldastraße heißen musste. Er erschrak: Waren das die ersten Anzeichen von seniler Demenz?

Er konzentrierte sich auf Simona. Kennengelernt hatte er sie auf dem Bahnhof Olympiastadion, beim Sondereinsatz nach einem Fußballspiel. Eigentlich war Breitenbachplatz sein Heimatbahnhof. Als Bahnhofsschaffner hatte er die Zeitkarten und sonstigen Fahrausweise zu kontrollieren, die Umsteigefahrscheine durch Einriss zu entwerten und die Sammelkarten abzustempeln. Bei der Kontrolle einer Zeitkarte war auf die Strecke zu achten, für die sie gültig war und die durch die Endbahnhöfe bezeichnet wurde. Am Bahnhof Breitenbachplatz musste er immer auf das *K* (für Krumme Lanke) achten, am Bahnhof Olympiastadion musste *Rl* auf der Karte stehen (für Ruhleben, die Endstation der Linie B).

Kommt doch da eine Sechzehnjährige und will ihn reinlegen!

«Hallo, Fräulein, Sie da ... Halt!»

«Ick hab doch 'ne Karte.»

«Ja, aber eine für die Linie C!», rief er. *Ri* stand da (für Reinickendorfer Straße), kaum vom *Rl* zu unterscheiden. Doch ihm entging nie etwas, darauf war er stolz. Er stürzte aus seiner Wanne, um das Mädchen festzuhalten und seine Personalien aufzunehmen.

«He, Sie, lassen Se die Kleene loofen!», tönte ein Halbwüchsiger. «Sonst ...»

Ein anderer Hertha-Fan kam dem ersten zu Hilfe: «Du Korinthenkacker, du! Wat entsteht'n der BVG da für'n Schaden? Keena!»

Noch einige weitere Burschen sprangen nun der Bedrohten bei, die Beleidigungen wurden schärfer, und es schien nur noch eine Frage von Sekunden, bis eine handfeste Keilerei ausbrechen würde.

In null Komma nichts war die Polizei zur Stelle, klärte die Sache und nahm Lakenreißer und das Mädchen zur Seite, um ein Protokoll zu fertigen.

Bei dieser Gelegenheit erfuhr Lakenreißer ihre Adresse. Am nächsten Tag stand er mit einem Blumenstrauß vor ihrer Haustür und entschuldigte sich für seine Unnachsichtigkeit.

«Ich habe ja nur auf die Monatskarte geguckt und gar nicht Ihr Gesicht gesehen. Anderenfalls ...» Bei diesen Worten wurde er knallrot. «Aber wenn Sie mit mir ins Kino gehen würden ... Ich hab schon zwei Karten.»

Es stellte sich heraus, dass auch sie bei der BVG war, und zwar arbeitete sie auf dem U-Bahnhof Heidelberger Platz als Fahrkartenverkäuferin.

«Ich werde mich sofort versetzen lassen, um Ihnen nahe zu sein!»

Damals waren solche Redewendungen üblich, und selbstverständlich duzte man sich nicht gleich, sondern frühestens nach dem ersten Kuss. Der folgte bei ihnen, nachdem sie dreimal gemeinsam tanzen gegangen waren und er sie brav nach Hause gebracht hatte. Einen Monat später stellte sie ihn dann ihren Eltern vor. Ihr Vater war Elektriker im Gaswerk Neukölln an der Teupitzer Straße und ihre Mutter Verkäuferin in einer Fleischerei in der Weichselstraße.

Es war die große Liebe, doch Simona war furchtbar unpünktlich. Oft stand er sich die Beine in den Bauch, um auf sie zu warten. Selbst bei Temperaturen um die minus 15 Grad ließ sie ihn warten. Immer hatte sie eine Ausrede. Eines Tages platzte ihm der Kragen.

«Es ist eine ungeheure Missachtung, mich hier stehen und warten zu lassen! Wer bin ich denn?!»

Sie lachte. «Der berühmte Nobelpreisträger Dr. Henry Lakenreißer.»

Er hatte ihr gestanden, was er noch aus seinem Leben machen wollte. Erst Zugbegleiter bei der U-Bahn, anschließend Fahrer. «Und wenn ich das geschafft habe, spare ich eine Weile, damit ich das Abitur an der Abendschule machen und studieren kann. Psychologie. Und Schriftsteller werden möchte ich auch.»

Das war nichts für sie, und sein Geständnis war der Anfang vom Ende ihrer Beziehung, obwohl sie sich noch immer leidenschaftlich liebten. Aber sie spürten instinktiv, dass sie beide unglücklich würden, wenn sie gemeinsam durchs Leben gingen.

So stellte er ihr ein Ultimatum. «Entweder du bist morgen pünktlich um 17 Uhr auf dem Bahnhof Wittenbergplatz, oder ...»

«Oder?»

«Das wirst du schon sehen!»

Sie wollte ihn noch nicht loslassen, und so war sie auf dem Bahnhof Rüdesheimer Platz aus dem liegengebliebenen Zug gesprungen und nach oben gelaufen, um sich eine Taxe zu suchen und doch noch pünktlich zum Treffpunkt zu kommen. Doch sie fand kein freies Taxi, und als sie wieder nach unten auf den Bahnhof gelaufen war, musste sie feststellen, dass der Zug doch das Abfahrtssignal bekommen hatte – und ihr blieb nichts, als den beiden roten Lichtern hinterher zu blicken.

«Zehn Minuten zu spät!», rief Lakenreißer, als sie endlich auf dem Bahnhof Wittenbergplatz angekommen war, und tippte auf seine Armbanduhr.

«Ick kann doch nischt dafür, wenn deine dämliche U-Bahn kaputt is!», schrie sie.

«Das ist auch *deine* U-Bahn», gab er zurück. «Und außerdem hatte der Zug nur drei Minuten Verspätung, du aber bist zehn Minuten zu spät!»

Sie setzte an, ihm zu erklären, dass sie ihr Möglichstes getan hatte, pünktlich zu sein ...

«Ach, hör auf – Unpünktlichkeit ist eine Charakterschwäche!»

«Du glaubst mir also nicht?»

«Nein.»

«Dann kannst du mir mal gestohlen bleiben!»

Lakenreißer wünschte sich nichts sehnlicher, als einmal eine Nacht lang so tief und fest zu schlafen, wie er es ungewollt Abend für Abend vor dem Fernseher tat. Das Quantum Rotwein, das er regelmäßig zu sich nahm, bevor er ins Bett ging, ließ ihn zwar recht schnell einschlafen, aber nach zwei Stunden wurde die Nacht zur Qual. Andauernd wurde er wach. Mal drückte ihn die Blase, und er musste zur Toilette eilen, mal quälte ihn ein Wadenkrampf. Auch die Apnoe plagte ihn regelmäßig und ließ ihn, dem Erstickungstod nahe, steil in die Höhe fahren. Blieb all dies mal aus, sorgten erlesene Alpträume dafür, dass er schlaftrunken aufsprang und zum Lichtschalter eilte. Meist trafen ihn abstürzende Flugzeuge, oder er verpasste eine Lesung, weil er sein Buch nicht finden konnte. Am Morgen fühlte er sich meist wie erschlagen und um vieles müder als am Abend zuvor.

Um 5.55 Uhr fiepte sein Wecker. Er stellte ihn ab und schaltete das Radio ein. Wie jeden Morgen lief die Sendung «Kultur kompakt». Und wie jeden Morgen hoffte er auch heute, dass sein Name fallen würde und *Rumbalotte* dem breiten Publikum empfohlen wurde. Doch auch heute hoffte er vergebens. Statt seiner wurden alle möglichen Menschen bejubelt, die niemanden interessierten. Er rächte sich an den Radiomoderatoren damit, dass er das Gerät ausschaltete.

Seine Morgentoilette beschränkte sich darauf sicherzustellen, dass er nicht der Kategorie «Penner» zugeordnet wurde. Denn wozu sich herrichten, wenn keine Frau da war, der man gefallen wollte?

Sein Frühstücksbrot war so hart, dass er statt des Messers eine Säge gebraucht hätte, aber immerhin war es noch nicht schimmelig. Beim Schneiden verletzte er sich. Doch der kleine Schnitt am linken Mittelfinger würde schnell verheilen. Allenfalls konnte es passieren, dass er wegen des dicken Pflasters beim Tippen die Buchstaben D, R und F immer gleichzeitig drückte. Aber wer weiß, vielleicht wurden seine Texte dadurch literarischer.

Im Kühlschrank fanden sich ein Stück Butter, deren Farbe und Konsistenz ihn an Schmierfett für Pferdehufe erinnerte, und zwei Scheiben Kochschinken, die schon so schimmerten wie Perlmutt. Eine Lebensmittelvergiftung wäre nicht angenehm – aber im Krankenhaus wäre er wenigstens unter Menschen und sparte eine Menge Geld.

Obwohl es ihm finanziell mehr als schlecht ging, konnte er von seiner alten Angewohnheit nicht lassen, beim Frühstück Zeitung zu lesen. Und so eilte er auch an diesem Morgen aus dem dritten Stockwerk nach unten, um das Blatt, das er abonniert hatte, aus dem Briefkasten zu holen. Vielleicht brachten sie heute endlich eine Rezension von *Rumbalotte*? Nein, wieder nicht ... Besprochen wurden immer nur die anderen, und die Literaturpreise gingen meist an Kollegen, deren literarisches Können bei weitem geringer war als seines. Wahrscheinlich soffen sie mit den Kulturjournalisten oder gingen mit ihnen ins Bett. Möglich schien ihm auch, dass die großen Medienkonzerne die namhaften Rezensenten unter Druck setzten oder schmierten, um sicherzustellen, dass ihre eigenen Autoren den Markt beherrschten und einer wie er, der in einem kleinen Verlag veröffentlichte, keine Chance hatte.

Wenig beschwingt setzte sich Lakenreißer an den Computer, um an seinem neuen Roman zu schreiben. Er trug den Titel *Der Schiefe Fritz* und handelte vom Leben des ersten Preußenkönigs, des kleinen, verwachsenen Mannes, der sich 1702 in Königsberg selbst gekrönt hatte.

An und für sich liebte Lakenreißer seinen Computer. Nichtsdestotrotz hatte er die technischen Möglichkeiten, die er bot, nicht im Entferntesten ausgelotet. Er kam sich vor wie ein Seefahrer, der von der riesigen Insel, auf der er gestrandet war, gerade einmal einen Quadratkilometer ausgekundschaftet hatte.

Doch immerhin schaffte er es heute, seinen Rechner ohne Probleme hochzufahren. Und nach einigen Anlaufschwierigkeiten gelang es ihm sogar, die erste Seite zu füllen, immerhin 2465 Zeichen (mit Leerzeichen). Das Abspeichern des Textes auf der Festplatte und vorsorglich noch auf einer CD reichte ihm nicht, er musste das Geschaffene auch ausdrucken, zu groß war die Angst, es könnte verlorengehen. Auch wenn sein technischer Sachverstand ihm sagte, dass diese Angst gänzlich unbegründet war: Was für ein Desaster für die deutsche Kultur wäre es gewesen, wenn sein Text versehentlich gelöscht würde!

Also eilte er zu seinem multifunktionalen Drucker. Doch der hatte wieder einmal seinen schlechten Tag und forderte ihn per Display barsch auf, den Deckel zu öffnen. Kaum hatte er das getan, wurde ihm mitgeteilt: *Deckel offen.* Hightech war doch etwas Herrliches! Im Multifunktionsgerät ratterte es eine Weile, dann kam der Befehl: *Deckel schließen!* Lakenreißer fühlte sich auf den Arm genommen und knallte ihn zu. Das Gerät blieb höflich: *Bitte warten.* Nun unterzog es sich einem mehrminütigen

Selbstreinigungsprozess, der, wie Lakenreißer von seinem Patronenhändler erfahren hatte, immer eine Menge Farbe verbrauchte. Schließlich war der Drucker startbereit. Aber beim ersten Versuch spuckte er nur eine Seite aus, auf der die Buchstaben zudem so schwach geraten waren, dass sie kaum zu erkennen waren. Mühsam suchte er im Benutzerhandbuch nach einem Ratschlag, wie sich dieser Mangel beheben ließe. Falls sich die Druckerqualität nach maximal fünfmaligem Reinigen nicht verbessern würde, las er, solle er sich an seinen Händler wenden. Das würde sich schwierig gestalten, war der doch letzte Woche pleitegegangen. Doch er hatte seinen Glückstag, und schon nach dreimaligem Reinigen konnte Lakenreißer sein Geschriebenes lesen. Allerdings zerriss er es sofort wieder. Was er da zu Papier gebracht hatte, schien ihm noch unter dem Standard des Absolventen eines Volkshochschulkurses zum Thema «Besseres Schreiben» zu liegen, dem es mit viel Mühe gelungen war, mit seiner ersten Kurzgeschichte niederzukommen.

Das Telefon klingelte. Es war Immanuel Tinz. Lakenreißer hatte in *Rumbalotte* über Sixtus Tenhagen geschrieben: *Ein Stromstoß der Freude durchzuckte ihn.* Genau dies widerfuhr nun ihm. Fast so, als hätte Hertha das Siegestor zur Deutschen Meisterschaft geschossen. Lakenreißer ahnte, was der Verleger zu vermelden hatte.

«Mein Lieber, zwei erfreuliche Botschaften. Erstens: Unser ‹Rumbalotte› hat sich so gut verkauft, dass ich die zweite Auflage drucken lasse. Und zweitens: Gerade habe ich den Vertrag abgeschlossen, und nun halten Sie sich fest ... ‹Rumbalotte› wird fürs Kino verfilmt.»

Was Tinz dann wirklich sagte, war nicht ganz so erfreulich. «Leider haben wir ja nicht viel verkauft von *Rum-*

balotte. Aber nun kommt das Wenige auch noch zurück aus dem Buchhandel.»

Na ja, man wird ja noch mal träumen dürfen. Und: Wunder gibt es immer wieder. «Warten wir die ersten Besprechungen ab. Eine gute Rezension, und das Blatt wendet sich wieder.»

«Hoffen und Harren macht manchen zum Narren.»

«Hätte ich das geschrieben, dann hätten Sie mir das garantiert aus dem Manuskript herausgestrichen», sagte Lakenreißer, «als Plattitüde.»

Tinz seufzte. «Ach, mein lieber Lakenreißer, Ihnen fehlt leider alles, um Sie auf die Bestsellerlisten zu bringen: Sie sind nicht als Frau auf die Welt gekommen oder wenigstens ein Transvestit, Sie sind nicht schwul, Sie sind kein Jude und kein Moslem, Sie haben keinen Migrationshintergrund, sind nicht drogenabhängig und kein ausgewiesener Alkoholiker, Sie haben weder Ihre Frau ermordet noch Ihren besten Freund, Sie sind kein Ex-Politiker, Sie haben nicht zehn Jahre in der Psychiatrie verbracht, Sie sind kein Schauspieler oder wenigstens Fernsehmoderator, Sie sind kein Drei-Sterne-Koch, haben sich nicht im Jemen oder im Irak entführen lassen, Sie sind kein Mann mit zwei Penissen und kein 17-Jähriger, der seine Mutter durch AIDS verloren hat oder auf einem katholischen Gymnasium missbraucht worden ist ... Wie soll ich den Leuten einen so entsetzlich normalen Menschen wie Sie nur schmackhaft machen?!»

«Aber es kommt doch auf die Inhalte an», wagte Lakenreißer ganz leise einzuwenden, «auf die Handlung meiner Romane, auf die Diktion, auf die Personen.»

Tinz lachte schallend. «Sie Idealist, Sie Träumer, Sie Narr, Sie Mensch von gestern! Nur Schriftsteller zu sein ist heutzutage zu wenig. Eher wird ein Zwerg Basketballstar bei den Houston Mavericks als ein Mann wie Sie Bestsellerautor.»

«Soll ich mich also gleich aufhängen?»

«Nein, das bringt auch nichts. Es würde den Absatz Ihrer Bücher um höchstens 0,2 Prozent steigern.»

«Das wäre doch aber ein Anfang ...»

«Denken Sie doch auch mal an mich!», bat Tinz. «Solange die Bestsellerautoren den Weg zu mir noch nicht gefunden haben, brauche ich als Kleinverleger B-Autoren wie Sie.»

«Na gut, solange mein Stundenlohn noch fast die Hälfte des EU-Richtsatzes für ungelernte Arbeitskräfte beträgt, will ich gerne weiter schreiben für Sie und den Tinz-Verlag Berlin. Denn Glück hat auf Dauer nur der Süchtige – der Schreibsüchtige.»

Damit war ihr fruchtbares Gespräch beendet, und Lakenreißer machte sich auf den Weg zum Patronenhändler in der Detmolder Straße, denn sein Drucker raubte ihm schon seit Tagen die Nerven mit der Warnung: *Wenig Schwarz.*

Fragte man Henry Lakenreißer, wo er in Berlin wohne, kam die Antwort schnell und überzeugend: «In einem großen Haus am Wilmersdorfer See.» Die meisten verstanden dann «In *meinem* großen Haus am Wilmersdorfer See» und nahmen das auch für bare Münze, war doch allgemein bekannt, dass erfolgreiche Schriftsteller alle in eigenen Häusern lebten. Wer konnte schon ahnen, dass es sich bei Lakenreißers Domizil um ein vierstöckiges Mietshaus handelte, einen sogenannten Seitenflügel auch noch, also ohne Blick auf die Straße. Und der Wilmersdorfer See war schon vor über achtzig Jahren zugeschüttet worden.

Kurzum, er wohnte in der Livländischen Straße. Die kannte kaum ein Berliner, ebenso wie niemand wusste, wo Livland lag – es sei denn, er verwechselte es mit Lettland oder Litauen. Auch Lakenreißer hatte erst im Lexikon nachschlagen müssen. Livland lag tatsächlich ebenfalls im Baltikum, und zwar zwischen Estland und Lettland, die es 1918 zwischen sich aufgeteilt hatten. Seither antwortete er manchmal auf die Frage, womit er denn seinen Lebensunterhalt verdiene, mit dem Schreiben alleine sei dies doch wohl kaum möglich: «Ich übersetze Bücher aus dem Livländischen.» Ob es diese Sprache überhaupt gab, hatte er noch nicht herausfinden können. Lakenreißer überlegte kurz, ob er seine intentionale Nähe zu Livland nicht im Sinne seines Verlegers nutzen konnte, um endlich in die Medien zu kommen. *Ich fordere Freiheit für Livland! Long live Livland!* LLL – daraus musste sich doch was machen lassen.

Die Livländische Straße, gerade einmal 300 Meter lang, zog sich parallel zur Bundesallee in Nord-Süd-Richtung durch Wilmersdorf, das seit Beginn des Jahrtausends zum Bezirk Charlottenburg-Wilmersdorf gehörte, und verband den Volkspark mit der Mainzer Straße. Immerhin kreuzte sie die Hildegardstraße, auf der ganz früher einmal eine Straßenbahn, die 44, und bis in die 90er Jahre ein Linienbus gefahren war. Das Markanteste an der Livländischen Straße war allerdings eine ausgedehnte Kinderkaserne, wie Lakenreißer das Gebäude aufgrund seines Äußeren gerne nannte: eine Kita.

Lakenreißer stieg die Treppen hinunter, überquerte den Innenhof und trat auf die Straße hinaus. Zu den Leuten im Haus unterhielt er nur die notwendigsten Kontakte.

Er galt als hochgradig menschenscheu und sah das selber als bedeutsamen Mangel, denn als Schriftsteller hatte man eigentlich ein Story-Sauger zu sein und alles zu sammeln, was andere dachten, sagten und erlebten. Vielleicht wollte er ja durch seine Zurückhaltung nur sein Gekränktsein darüber zeigen, dass hier niemand wohnte, der ihn zu würdigen wusste. Manchmal stellte er sich vor, in einer kleinen Stadt zu wohnen oder im Berlin der Biedermeierzeit, und alle Bürger zogen ehrfurchtsvoll den Hut, wenn sie ihm begegneten. Wehmütig dachte er daran, dass manch ein Prominenter aus Deutschland flüchtete, weil er nicht einmal auf die Straße gehen konnte, ohne dass sich Dutzende von Verehrern an seine Fersen geheftet hätten.

Nicht einmal die Briefträgerin erkannte ihn. Erstaunlich, bekam er doch eine Menge Post. Zumeist zurückgesandte Manuskripte, Kataloge von Verlagen, die ihn verschmäht hatten, und Einladungen zu Lesungen anderer. Allerdings hatten diese kleinen Grausamkeiten, über welche die Briefträgerin sich bestimmt stillheimlich amüsierte, abgenommen mit dem Siegeszug des E-Mail-Verkehrs.

Als er an der Ecke Mainzer Straße stand, fragte er sich, wozu er überhaupt ausgegangen war. Einzukaufen war eigentlich nichts. Mit seinen jämmerlichen Honoraren, die selten einmal 1000 Euro im Monat überschritten, konnte er eh keine großen Sprünge machen. Also hatte ihn letztlich nur der Bewegungsdrang auf die Straße getrieben. Das unterschied ihn schließlich von einem Strafgefangenen: dass er sich frei bewegen konnte. Die Mainzer Straße bot mit Wochenmarkt, immer montags und donnerstags, Gymnasium, Postamt, Supermarkt, Apotheke, Zeitungshändler, zwei Friseuren, einer Bäckerei, mehreren kleineren Geschäften, etlichen Kinderläden und Horten, vier Kneipen und einem griechischen Restaurant einen Mikrokosmos, der jeden Stadtplaner entzückt hätte, doch Lakenreißer fehlte das, was man landläufig als Flair bezeichnete. Nichts war exotisch, nichts hatte einen besonderen Charme. Kein Tourist verirrte sich in die Mainzer Straße, kein Dichter hatte je von ihr geschwärmt.

Lakenreißer kam zum Bundesplatz, ehemals Kaiserplatz. Vom eigentlichen Platz war nicht mehr viel geblieben, seitdem man, die autogerechte Stadt im Visier, einen Tunnel unter der Wex- beziehungsweise Detmolder Straße und der S-Bahn angelegt hatte. Links und rechts von ihm lagen die beiden Seitenbahnsteige der Linie 9, und Lakenreißer stieg gern hinunter, um ein bisschen U-Bahn-Luft zu schnuppern.

Dass es überhaupt noch U-Bahn-Fahrer gab, versetzte ihn immer wieder in Erstaunen, waren doch längst automatische Züge erprobt worden. Zu seiner Zeit bei der U-Bahn hatten die Soziologen von der unübertrefflichen Entfremdung eines U-Bahn-Fahrers gesprochen: Er sei nur ein Anhängsel der Maschinerie. Als er erfahren hatte, dass er von sich und der menschlichen Gattung total entfremdet war, hatte Lakenreißer den Entschluss gefasst, zur Abendschule zu gehen, das Abitur zu machen und dann Psychologie zu studieren. In seinem Roman *Licht am Ende der Tunnel* hatte er das alles thematisiert. Gedankt hatte es ihm aber keiner bei der Berliner Verkehrsgesellschaft. Nicht einmal ein einziges Exemplar hatte man dem Verlag abnehmen wollen.

Am Südwestkorso kehrte er ans Tageslicht zurück und kam, als er unter dem S-Bahnhof Bundesplatz und der Stadtautobahn hindurchgegangen war, am «Roma» vorbei, einem formidablen Italiener. Ein Blick auf die Speisekarte ließ ihm zwar das Wasser im Mund zusammenlaufen, ihn aber auch erkennen, dass er sich weder den Victoriabarsch noch die Hirschkeule leisten konnte, und eine Pizza war ihm zu dröge.

Also ging er zum Supermarkt und nahm sich eine Büchse Linsen aus dem Regal. «Glücklich ist, wer will, was er bekommt», murmelte er dabei.

«Du solltest einen Ratgeber für positives Denken schreiben», spottete seine innere Stimme. – «Hör mal, Linsen sind mein Lieblingsgericht! Und dafür brauche ich wenigstens nicht gleich meine Seele zu verkaufen.»

Lakenreißer war damals auch deshalb freier Schriftsteller geworden, weil der jeden Tag Siesta halten konnte. So legte er sich auch heute, nachdem er seine Linsen gegessen hatte, mit wohligem Grunzen ins Bett. Dabei vergaß er zu bedenken, dass das Serotonin und die anderen Botenstoffe im Hirn die Mittagspause gerne nutzten, sich selber abzubauen, und so erwachte er mit üblen Depressionen, gegen die auch eine Tasse Kaffee nicht half.

So saß er schon über eine Stunde am Computer, ohne dass es ihm gelungen wäre, auch nur ein Dutzend halbwegs vernünftiger Zeilen zu formulieren. Er schaffte es nicht, den Lesern in lockerem Feuilletonstil zu erklären, warum der Papst dem verwachsenen Friedrich I. in Preußen die Königswürde nicht zuerkennen wollte. Je mehr er an seinen Sätzen drechselte, desto schlimmer wurden sie. Wenn er etwas fürchtete im Leben, dann war es dieses temporäre Schreibunvermögen. Schließlich markierte er alles, was er in anderthalb Stunden geschrieben hatte, mit dem Cursor und löschte es mit einem jähzornigen Druck auf die Entfernen-Taste. Mit zwei weiteren Mausklicks war der Computer ausgeschaltet.

Nachdem er eine Stunde vor dem Fernseher gesessen und vergeblich nach einer Sendung gesucht hatte, die ihn in den Bann hätte schlagen können, raffte er sich auf und machte sich auf zum Jour fixe seines Schriftstellerverbandes. Nichts baute ihn mehr auf, als mit Kolleginnen und Kollegen zusammenzusitzen, denen es noch dreckiger ging als ihm.

Man tagte zum ersten Mal im Obergeschoss eines Restaurants in der Oranienburger Straße. Als Lakenreißer eintraf, stand der Vorsitzende gerade mit dem Wirt zusammen.

«Ich habe extra eine Aushilfe für die Küche eingestellt, damit Ihre dreißig Kollegen alle gleichzeitig ihr Essen bekommen», erklärte der Wirt mit jener Emphase und Theatralik, die Kara ben Nemsi schon bei seinen Ritten durch die Wüste an dieser Ethnie aufgefallen waren.

«Hm ...», antwortete der Vorsitzende nur.

Lakenreißer ahnte, was auf sie zukam, und sah sich schon einmal nach einem Fluchtweg um. Und richtig, als nur sieben seiner Kolleginnen und Kollegen erschienen waren und allesamt nur ein kleines Bier oder ein Glas Mineralwasser orderten, veränderte sich die Miene des Wirtes merklich.

«Keinen Aperitif, keinen Wein?»

«Nein danke!», kam es wie aus einem Munde.

«Und was wünschen Sie zu essen?»

Nachdem die Pause schier peinigende Ausmaße anzunehmen drohte, ergriff der Vorsitzende das Wort. «Nichts. Das kann sich keiner von uns leisten.»

Der Wirt schien kurz zu schwanken, ob sich das Problem besser mit einer Kalaschnikow oder einem Messer lösen ließe.

«Doch, ich esse was!», rief da der Vorsitzende, um zu retten, was zu retten war, und bestellte sich das teuerste Gericht, das sich auf der Karte in der Eile finden ließ. «Die frische Dorade bitte.»

Das stellte den Wirt immerhin so weit ruhig, dass er es ohne Körperverletzung abgehen ließ und sich darauf beschränkte, den Schriftstellern mitzuteilen, dass sie in seinem Hause in Zukunft herzlich unerwünscht seien. «Bei mir kein Jour fick mehr!», rief er in den Saal.

Einerseits fanden Lakenreißer und seine Kollegen den Rettungsversuch des Vorsitzenden sehr nobel, andererseits aber konnten sie auch ihren Neid nicht ganz verhehlen, als er seinen exquisiten Fisch verspeiste, während sie das trockene Brot kauen durften, das er ihnen aus seinem Korb großzügig angeboten hatte. Der Mann war zwar gemäß Satzung Schriftsteller und hatte schon einiges in angesehenen Verlagen veröffentlicht, doch er verdiente sein Geld nicht mit dem Schreiben, sondern mit seinem Job als Filialleiter einer Bank. Ohne seine Spenden hätte der Verband nicht viel auf die Beine stellen können. Das führte natürlich zu ambivalenten Gefühlen bei den Verbandsmitgliedern. Sie waren ihm für seine milden Gaben dankbar, litten aber auch unter ihrer Abhängigkeit von ihm und reagierten hin und wieder ziemlich aggressiv.

«Er hätte uns ja auch alle zum Essen einladen können», murmelte einer.

«Das hätte doch die Sache nur noch schlimmer gemacht», gab Lakenreißer zurück.

Sosehr er den Vorsitzenden beim Jour fixe auch in Schutz genommen hatte, so sehr trug er ihm eine Sache nach, die sich eine Woche später ereignete. Unter dem Motto «Jeder darf mal zehn Minuten» hatte der Verband zu einem Lesemarathon in einer Moabiter Buchhandlung geladen. Das Honorar war mit 150 Euro für einen solchen Kurzauftritt geradezu fürstlich bemessen, und so hatten sich über vierzig Kolleginnen und Kollegen in die Meldeliste eingetragen. Lakenreißer zog die Startnummer vier, und als er an der Reihe war, hatte sich die langgestreckte Galerie, in der die Lesung stattfand, bis zum letzten Platz gefüllt. Der Vorsitzende gab den Moderator und hatte dafür Sorge zu tragen, dass niemand seine Zeit von zehn Minuten überzog.

«Ich lese meine Kurzgeschichte *Wittenbergplatz*», begann Lakenreißer. «Das ist mein Beitrag für eine Anthologie über Geschichten, die auf Berliner U- und S-Bahnhöfen spielen. *Es geschah auf einem Bahnhof in Berlin*, so ihr Titel. Herausgeber ist unser großer Vorsitzender hier.»

«Mach hinne, das geht alles von deiner Zeit ab!»

Lakenreißer beeilte sich. Er hatte zu Hause natürlich Probe gelesen und war nach vielen Kürzungen auf 9:35 Minuten gekommen. Aber nun, in aller Öffentlichkeit, sprach er lauter und artikulierter und machte bei den Dialogen unwillkürlich kleine Pausen, damit die Leute die Akteure besser auseinanderhalten konnten, und so kam es, dass er noch längst nicht am Ende war, als der Vorsitzende mit einem kleinen Pfiff ankündigte, dass er nur noch eine Minute Zeit habe.

Lakenreißer ließ Entbehrliches weg und erhöhte das Tempo, so dass ihm ein Preis für den besten Schnellsprecher des Abends sicher gewesen wäre, doch auch so verrann die Zeit viel zu schnell.

«Noch dreißig Sekunden ...»

Lakenreißer zog das Tempo noch etwas an. «*Simona*

wusste, dass ich keine Sekunde warten würde, stand sie nicht pünktlich um 17 Uhr auf dem Bahnsteig Wittenbergplatz, doch ihr Zug fuhr und fuhr nicht ab, steckte auf dem Bahnhof Rüdesheimer Platz so fest, als hätte man die Räder an die Schienen geschweißt. Sie wollte schon aus dem Zug springen und zusehen, dass sie oben eine Taxe bekam, da ...»

«Schluss!», rief da der Vorsitzende und schaltete ihm kurzentschlossen das Mikrophon ab. «Deine zehn Minuten sind um, Henry, plus dreißig Sekunden Nachspielzeit. Würde jeder überziehen, käme der Letzte zwei Stunden zu spät dran, und das wäre in höchstem Maße unkollegial. Ich bitte um Verständnis.»

Das brachte Lakenreißer ihm natürlich entgegen. So wie er sich ein paar Tage später einsichtsvoll zeigte, als der Vorsitzende ihn anrief und ihm sagte, der Verleger und er hätten sich darüber verständigt, dass seine Kurzgeschichte doch nicht so recht in die neue Anthologie passen würde. Es täte ihm unheimlich leid.

«Mir auch», sagte Lakenreißer.

Zwei Wochen später traf man sich dann im Literaturhaus in der Fasanenstraße zur Jahresvollversammlung und zur Vorstandswahl. Viele Schreibende liebten dieses Schauspiel, so auch Henry Lakenreißer. An sich hätte man es nur alle vier Jahre genießen können, denn so lange dauerte laut Satzung die Legislaturperiode eines ordnungsgemäß gewählten Vorstandes. Da aber alle seine Mitglieder wussten, wie sehr die Menge nach Vorstandswahlen lechzte, stritt man sich zumeist nach kurzer Amtszeit so heftig, dass Neuwahlen abgehalten werden mussten.

Etwa siebzig Mitglieder hatten sich im Literaturhaus versammelt. Ein paar notorische Ost-Autoren beklagten sich wie üblich darüber, dass man immer im Westen tagte. Andere monierten, dass die Getränke hier zu teuer seien.

Der Vorsitzende begrüßte seine Lieben mit heiteren Worten, denn er kam aus der Sparte Unterhaltungsliteratur. Das brachte ihm die ersten Minuspunkte ein, denn Literatur hatte, wenn sie gut sein sollte, ernst zu sein. Dann listeten die fünf Vorstandsmitglieder nacheinander auf, was sie in den vergangenen drei Jahren alles geleistet hatten, bis hin zur nichtigsten Aktivität. Die einen lasen alles vom Blatt ab, die anderen versuchten sich in freier Rede, doch Lakenreißer fand sie allesamt ziemlich amateurhaft.

Die richtige Show begann erst, als die Aussprache über den Bericht des Vorstandes eröffnet worden war. Denn für etliche der Mitglieder war die Vollversammlung eine willkommene Bühne zur Selbstdarstellung.

Ein älterer Schriftsteller mit wehender Mähne und schlechtsitzendem Gebiss bemängelte wie jedes Mal den Verfall der deutschen Kultur, und wie jedes Mal war sein Kronzeuge Friedrich Nietzsche. «Ich sage euch: *Man muss noch Chaos in sich haben, um einen tanzenden Stern gebären zu können.* So steht es bei Nietzsche. Doch dieser Vorstand hatte kein Chaos in sich, er hat nur alles brav abgearbeitet, was abzuarbeiten war. Auf diese Art und Weise aber kann man die deutsche Kultur nicht retten. Wo war der Aufruf an die deutsche Nation, das Buch zu retten? Ich habe ihn nirgendwo finden können. Dieser Vorstand ist eine Quantité négligeable in der Berliner Kulturlandschaft. Und warum? Weil er bei den Politikern keinen Schrecken verbreitet. Und warum verbreitet er keinen Schrecken? Weil er zu lieb mit allen umgeht. Schon Nietzsche schrieb: *Wer sich nicht schrecklich ist, macht Niemand Schrecken: / Und nur wer Schrecken macht, kann andre führen.* Aus diesem Grunde hat dieser Vorstand in meinem Augen vollkommen versagt.»

Einige stimmten ihm zu, andere widersprachen ihm, die Masse aber verharrte in wohliger Lethargie.

Eine Autorin mittleren Alters, der man ihre Lebenskrisen und diversen Aufenthalte in der Psychiatrie deutlich vom Gesicht ablesen konnte, beklagte ein anderes Versagen des Vorstandes. «Nur wenige von uns sind unsterblich, die meisten landen in der Urne oder im Sarg. Doch schafft es unser Verband, sie mit einer Anzeige in den großen Zeitungen zu ehren? Nein, er schafft es nicht!»

«Unser Verband ist doch total überaltert», hielt ihr die zweite Vorsitzende entgegen. «Da müssten wir viele Anzeigen schalten. Das Geld haben wir nicht.»

«Dann lasst euch wenigstens bei den Trauerfeiern sehen! Wer von euch erscheint denn da? Keiner!»

«Wir brauchen dringend eine Beerdigungsbeisitzerin im Vorstand!», rief Lakenreißer. «Vielleicht möchtest du ja selber ...»

«Das hilft ihr doch bei der eigenen Beisetzung auch nicht weiter», kam es von hinten.

Ein Kulturschaffender aus Berlin-Grünau erhob sich und tadelte den Vorstand in scharfen Worten, dass er sich nicht mit flammenden Appellen für den Erhalt des Palastes der Republik eingesetzt habe. «Das wäre ein passender Ort für eine Versammlung von Schriftstellern gewesen!», rief er zum Schluss.

Der einzige Anwesende, der noch nicht seinen fünfzigsten Geburtstag hinter sich hatte, erhob sich und beschwerte sich darüber, dass ihm die meisten immer noch keine biographischen Daten für die Homepage des Verbandes übermittelt hätten. «Nur wer im Internet zu finden ist, wird heutzutage noch wahrgenommen. Aber manche von euch wollen ja gar nicht wahrgenommen werden, weil sie dann nicht mehr so richtig jammern könnten.»

Lakenreißer wunderte sich, dass die schmächtige Honorarprofessorin für Literaturgeschichte, die auch im hohen Alter das verhärmte Flüchtlingskind aus Ostpreußen geblieben war, noch nicht auf den Plan getreten war. Sollte der alte Brauch gebrochen werden? Nein, jetzt ging ihr Finger hoch, und sie bekam das Wort.

«Auch ich muss, so leid es mir tut, den Vorstand tadeln ...»

«Lauter!», kam es aus allen Ecken des Saales.

Das hatte zur Folge, dass die Dame mit Absicht noch leiser wurde. Und wirklich, es klappte: Alle hörten ihr nun zu.

«Wie oft - aber immer wieder vergeblich - habe ich mich an den Vorstand gewandt und ihn gebeten, meine Idee in die Tat umzusetzen, die Idee, unsere Mitglieder einen Kettenroman schreiben zu lassen! Die Vorgabe, das erste Kapitel habe ich schon geliefert. Wer Interesse hat ... Ich habe hier noch einige Kopien.» Sie wedelte mit den Blättern, als gelte es, einen Wespenschwarm zu verscheuchen. «Es geht damit los, dass ... Also, wir haben das Jahr 1944 und sind in Muntowen am Ixt-See ... Das liegt im Kreis Sensburg ... Ein Flüchtlingstreck ... Die kleine Helga fällt vom Wagen und ...»

Alle kannten den Plot, schwiegen aber, um die Kollegin nicht zu verletzen. Während nun über das Für und Wider eines Kettenromans diskutiert wurde, kam Lakenreißer der Gedanke, für den nächsten Vorstand zu kandidieren. Da käme er mehrmals im Monat aus seiner Höhle heraus und hätte mit der Vorstandsarbeit etwas, an dem er sich festhalten konnte, was seinem Leben über das Schreiben hinaus einen ganz besonderen Sinn gab, einen, der das Ich transzendierte. Aber wenn er gewählt werden wollte, musste er jetzt mit einem kleinen Beitrag auf sich aufmerksam machen. Er kam auf die Rednerliste, und nach einer knappen halben Stunde wurde ihm das Wort erteilt.

«Liebe Kolleginnen und Kollegen, wir fragen uns heute alle: Was hat mir der alte Vorstand persönlich gebracht? Mir eigentlich nur eine Lesung von zehn Minuten, wobei man mir dann auch noch das Mikrophon abgeschaltet hat, und einen Jour fixe, bei dem ich fast vom Wirt verprügelt worden wäre, weil ich nicht mehr als ein Bier bestellen wollte. In der Anthologie bin ich auch nicht vertreten, weil ich kein guter Networker bin. Was erwarte ich vom Vorstand? ‹Wir bieten euch Rechtsberatung›, sagen sie uns, aber nur wenige von uns kommen dahin, überhaupt einen Vertrag abschließen zu können. Und die anderen? Die meisten von uns schreiben nur für sich selbst und ihre engeren Bezugspersonen. Dabei ist das, was viele von uns schreiben, absolut spitze. Doch niemand erfährt davon. Darum schlage ich vor, dass unser Verband es sich zur Aufgabe macht, Marketingmaßnahmen für seine Mitglieder durchzuführen.»

Es gab viel Beifall für seine Idee, aber auch den Zwischenruf, dies sei Sache der Verlage. Insgesamt aber konnte er sicher sein, Eindruck hinterlassen zu haben.

Nach zwei Stunden intensiver Diskussion kam man dann zur Wahl eines neuen Vorstands. Zu deren Durchführung wurde eine Kommission gewählt, und als der Kommissionsvorsitzende vorn am Mikrophon Platz genommen hatte, bat er um Vorschläge.

Aus allen Richtungen wurden nun Namen gerufen.

Ein Kollege, der im Hauptberuf Lehrer war, besaß die Fähigkeit, mit Kreide umzugehen, und schrieb sie alle untereinander an eine schnell herbeigeschaffte Tafel.

Ganze 15 Namen wurden es schließlich. Doch der von Henry Lakenreißer war nicht dabei.

Henry Lakenreißer hatte während seiner Zeit als U-Bahn-Fahrer immer davon geträumt, freier Schriftsteller zu sein. Frei war für ihn ein Synonym für glücklich. Frei sein von jedem Vorgesetzten, sein eigener Herr sein, frei vom Zwang, immer zu bestimmten Zeiten arbeiten zu müssen, auch dann, wenn man nicht in der Stimmung und anderes wichtiger war.

Erst als er wirklich freier Schriftsteller geworden war, hatte er feststellen müssen, dass Freiheit sehr relativ war. Bei aller Lust am Schreiben bedurfte es manchmal doch heftiger Tritte seines Über-Ichs, um sich wirklich an den Computer zu setzen und zu schreiben, und keine Gewerkschaft half ihm gegen diese Tyrannei. Der Tyrann war er ja selber, und ohne Selbstausbeutung ging es nicht, wollte man als Newcomer genügend verdienen, um einigermaßen angemessen zu leben. Trotzdem wäre er nicht über die Runden gekommen ohne das Einkommen seiner Frau und ohne Sozialhilfe. Aber viel schmerzlicher war eine andere Abhängigkeit: die von seinem Verleger und den Verlagsvertretern, von Buchhändlern, Kritikern und Lesern. Denn was nutzte das beste Buch, wenn es keiner druckte und kaufte!

Begab er sich zu seinem Verleger, dann fühlte er sich auch nicht viel besser als damals zu seiner Zeit als U-Bahner, wenn er ins Büro seines Oberverkehrsmeisters einbestellt worden war: «Sie haben beim Verkauf von Fahrausweisen

Nahrung zu sich genommen. Wissen Sie denn nicht, dass Essen, Trinken und Rauchen in der ‹Wanne› streng verboten sind?» – «Ich schwöre Ihnen, dass ich nicht gegessen habe!» – «Lügen Sie nicht auch noch so frech! Ich habe doch selber gesehen, wie Sie Ihre Hand zum Mund geführt haben.» – «Da habe ich mir nur meine aufgesprungenen Lippen eingecremt.»

Der Alte hatte Lakenreißer nicht geglaubt und eine Meldung geschrieben, was dazu geführt hatte, dass er nicht so schnell vom Bahnhofsschaffner zum Zugbegleiter aufgestiegen war wie erhofft.

Zum Tinz-Verlag hatte er von der Livländischen Straße aus nur knapp eine Viertelstunde zu laufen. In seinem ersten literarischen Leben war Lakenreißer einmal bei Rowohlt in Reinbek bei Hamburg zu Besuch gewesen, um über ein geplantes Taschenbuch zu reden, und da hatte er einen imposanten Bungalow-Komplex bewundern dürfen, ergänzt von ein paar nahebei gelegenen Villen. Außerdem kannte er als Berliner seit Kindheitstagen das bombastische Ullsteinhaus in Tempelhof. So war ein Buchverlag für ihn fast immer etwas Überirdisches gewesen, eine Art Kulturolymp. Dutzende von Lektorinnen und Lektoren wirkten dort im Stillen und backten Nobelpreisträger, und Hohepriester des Büchermachens wie Ernst Rowohlt und Samuel Fischer trugen ihre Aura durch die Flure.

Immanuel Tinz residierte in einer gemieteten Villenetage in der Schmargendorfer Straße in Berlin-Friedenau und konnte eigentlich als Einmannbetrieb gelten, obgleich ihm noch drei Fachkräfte – eine für das Lektorat, eine für die Pressearbeit und eine für die Herstellung – zur Seite standen. Tinz war von Haus aus Schauspieler, hatte sich in diesem Beruf aber nie durchsetzen können und war froh gewesen, als er Mitte der 90er Jahre im Kleinverlag seines Großvaters als Mädchen für alles Unterschlupf fand, nach der Devise «Besser dieses Los als arbeitslos». Langsam war er in das Handwerk des Büchermachens hineingewachsen, und nach dem Tod des Gründers hatte er freudig dessen Erbe angetreten.

Lakenreißer schlenderte – er überlegte, ob «latschte» nicht das treffendere Wort gewesen wäre, denn sehr genussvoll war der Weg nicht – die Bundesallee entlang. Zwar war die sechsspurige Straße zwischen Bundesplatz und Friedrich-Wilhelm-Platz nicht ganz so hässlich wie der Abschnitt zwischen Zoo und Volkspark Wilmersdorf, aber zum längeren Verweilen lud sie auch hier nicht ein. Welchem Friedrich Wilhelm war dieser Platz eigentlich gewidmet? In seinen Texten hätte man eine solche Ungenauigkeit nicht geduldet. Eigentlich hätte hinter dem Namen eine Zahl von I bis IV stehen müssen. War also der Große Kurfürst gemeint oder doch ein anderer Friedrich Wilhelm?

In der Schmargendorfer Straße angekommen, stieg er mit schweren Beinen die Treppe hinauf. Seine Kondition war auch nicht mehr die beste. Die einzige Sportart, die er noch betrieb, war Dart – aber dass die einen fit machte für den Berlin-Marathon, konnte man nun nicht behaupten.

Tinz war noch nicht eingetroffen im Verlag, und so wollte seine Lektorin die Zeit nutzen, um mit Lakenreißer über einige Aspekte seines neuen Romans zu sprechen. Es sei unbedingt nötig.

«Wenn's denn sein muss ... Ich bin an Schmerzen gewöhnt», sagte Lakenreißer.

Petra Kruppke führte ihn in ihr Büro und fragte, ob er etwas trinken wolle.

«Ja, gern – ein Glas Rotwein vielleicht.»

«Tee, Kaffee oder Mineralwasser kann ich Ihnen anbieten.»

«Letzteres dann bitte.»

Die Lektorin erinnerte ihn, obwohl sie wesentlich jünger war, immer etwas an die Schwester des alten Dubslav von Stechlin, an Adelheid, die Vorsteherin des Klosters Wutz am gleichnamigen See, eine strenge Domina: *Was den Verkehr mit ihr so schwer machte, das war die tiefe Prosa ihrer Natur, das märkisch Enge, das Misstrauen gegen alles, was die Welt der Schönheit oder gar der Freiheit auch nur streifte.*

«Wir müssen einmal grundsätzlich werden, Herr Lakenreißer», begann Petra Kruppke und zeigte dabei ein Lächeln, von dem sie wohl annahm, dass man es als liebenswürdig empfinden müsste.

Lakenreißer nickte. «Ich weiß, ich sollte historische Romane doch lieber unter einem weiblichen Pseudonym veröffentlichen, weil sich das viel besser verkauft. Henriette Lakenreißer also?»

«Nein. Obwohl es nichts schaden könnte, wenn Sie sich stilistisch ein wenig an den Kolleginnen orientierten, die in diesem Genre den Ton angeben. Es geht mir um etwas ganz anderes, darum nämlich, dass man bei Ihnen nicht so recht unterscheiden kann, welche Person wirklich gelebt hat, also authentisch ist, und welche Ihrer Phantasie entsprungen ist.»

Lakenreißer vermochte ein leichtes Schmunzeln nicht ganz zu unterdrücken. «Vielleicht sollte man die Namen derer, die wirklich und nachweislich existent gewesen sind, kursiv drucken.»

Die Lektorin sah ihn tadelnd an. «Ich hatte da eher an literarische Kunstgriffe gedacht.»

In Gesprächen mit durch und durch ernsthaften

Menschen schaffte es Lakenreißer selten, durch und durch ernsthaft zu bleiben. «Buchdruckerische Kunstgriffe wären mir lieber. Bei realen Vorgängen nehmen wir gelbes Papier, bei fiktiven grünes – oder umgekehrt. Und wo beides ineinander übergeht, entstehen Zebrastreifen, dann ist ein jeder gewarnt.»

«Sehen Sie sich doch einmal an, wie es die machen, die wirklich Erfolg haben!», riet ihm die Lektorin mit einer anderen Form subtiler Aggression und zählte jene Schriftstellerinnen auf, deren Romane sich auf den Tischen der großen Buchhandelsketten zu Bergen türmten.

«Ich bin ich», sagte Lakenreißer und wusste, dass es der Stolz des Bettlers war, den er da zur Schau trug. «Und wenn meine Zielgruppe auch noch so winzig ist: Ich verstelle mich nicht.»

«Das müssen Sie ja auch nicht, aber Sie sollen so schreiben, dass die Lektüre Ihrer Bücher den Leuten nicht zur mühsamen Arbeit gerät.»

«Darf man denn vom Leser nicht mal Konzentration erwarten?», fragte Lakenreißer zurück.

Eine Antwort bekam er nicht mehr, denn die Kollegin von der Pressearbeit kam herein und warf eine der großen Berliner Tageszeitungen auf den Tisch. «Wieder Ophelia Ochs! Ein fürchterlicher Verriss von *Rumbalotte*.»

Sie beugten sich zu dritt über die aufgeschlagene Seite, und was Henry Lakenreißer dort zu lesen bekam, war dazu angetan, ihn dazu zu bringen, sich vor die erstbeste U-Bahn zu werfen.

Ich habe mich selten so amüsiert wie bei der Lektüre von Henry Lakenreißers Roman «Rumbalotte». Ein wunderbares Lehrstück! Nichts ist nämlich komischer, als wenn ein schlechter Schriftstel-

ler einen Roman über einen schlechten Schriftsteller schreibt. Es kommt Erbärmliches dabei heraus und erinnert an Witze, die sich Achtjährige erzählen: Fritzchen hat unerwartet einen sehr guten Aufsatz über die alten Römer geschrieben und wird von der Lehrerin gefragt, ob das wirklich alles auf seinem Mist gewachsen sei. «Ja, nur bei der Ermordung von Julius Caesar hat mir meine Mutter geholfen.»
Bei Lakenreißer hätte man sich gewünscht, dass ihm von Seiten seiner Mutter mehr Hilfe zuteil geworden wäre. Ach nein, sein Roman «Rumbalotte» ist so, wie er ist, am wertvollsten, denn so haben die Literaturwissenschaftler und all die Lehrer an den vielen Schulen für Kreatives Schreiben etwas in der Hand, mit dem sie vorführen können, wie man es nicht machen sollte. Alles an «Rumbalotte» ist geschmacklos, angefangen von der detaillierten Schilderung des schrumpligen Penis eines alternden Mannes bis hin zu den leuchtenden Augen des Helden beim Anblick brennender Buchhandlungen.

Diese Sätze erschütterten Lakenreißer. Er sah sich als Boxer, der sich von einem Killer wie Mike Tyson gerade eine rechte Gerade ans Kinn eingefangen hatte und umfiel wie ein gefällter Baum. Acht – neun – aus!

Da kam Immanuel Tinz ins Zimmer gestürzt, überflog den Text und lachte schallend. «Kinder, das ist doch herrlich! Wozu sind denn solche Verrisse in angesehenen Zeitungen nütze? Dazu, dass man einzelne Sätze herausoperiert und sie für die Werbung verwendet. Wir schreiben also bei der zweiten Auflage auf die hintere Umschlagseite: *Ich habe mich selten so amüsiert wie bei der Lektüre von Henry Lakenreißers Roman «Rumbalotte». Ein wunderbares Lehrstück!* Da ist nichts hinzugefügt oder weggelassen. Wir danken dir, Ophelia Ochs!»

Dann holte er eine Flasche Champagner aus dem Kühlschrank, und sie stießen alle an auf seine wunderbare Idee.

«Prost, meine Lieben! Die Kunst des Lebens besteht darin, aus Niederlagen Siege zu machen.»

«Dennoch ...» Lakenreißer suchte nach passenden Worten. «Unternehmen wir denn was gegen Ophelia Ochs?»

«Nein. Autoren, die nach einem Verriss Amok laufen wollen, pflege ich mit einem Satz von Gottfried Benn zu kommen: *Über mich können sie schreiben, dass ich Kommandant von Dachau war oder mit Stubenfliegen Geschlechtsverkehr ausübe, von mir werden sie keine Erregung vernehmen.*»

Lakenreißer wusste, dass Tinz recht hatte. Dass er in den Feuilletons keine Freunde hatte, lag daran, dass er vor zwei Jahren in einem Essay dessen Vertreter arg verspottet hatte, ähnlich wie es der Stilpe bei Otto Julius Bierbaum mit seinem *Tintensumpf* getan hatte. Nun schlug also das Imperium zurück.

Doch er konnte sich nicht länger darüber grämen, denn nun rückten die Verlagsvertreter an – und das waren die Männer und Frauen, die recht eigentlich das Sagen hatten im Verlagswesen. Vor ihnen kuschte auch Tinz, denn von ihrem Geschick im Umgang mit den Buchhändlern hing der Erfolg eines Titels in erster Linie ab. Schrieben sie nicht genügend «Vormerker», brauchte man das Buch gar nicht erst drucken zu lassen. Sie wussten, was sich verkaufen ließ und was in den Regalen stehenbleiben und als unverkäuflich an den Verlag zurückgehen würde. Als Erster wurde Lakenreißer durch die Mangel gedreht.

«*Der Schiefe Fritz* ist doch kein Titel!», begann die Dame, die Berlin und Brandenburg zu beackern hatte (Sendegebiet des RBB). «Bei ‹schief› fällt mir nur der Schiefe Turm von Pisa ein. Keiner denkt da an einen König.»

Lakenreißer wagte es, der Allmächtigen zu widersprechen. «Der Titel meint Friedrich I., den ersten König in Preußen – und der war nun mal verwachsen.»

«Wir haben genug Bücher über Preußen», sagte der Vertreter, der für Norddeutschland zuständig war (Sendegebiet des NDR). «Das Thema schreckt nur noch ab. Besser ist, wir fokussieren das Menschliche: dass der Mann dreimal verheiratet war. Ich schlage also einen Titel vor wie *Die dritte Ehe des ersten Königs*.»

«Nein!», rief Lakenreißer. «Es ist mein Roman – und der Titel ist ein integraler Bestandteil von ihm.»

«Irrtum», sagte Tinz und zog den Vertrag aus der Mappe. «Paragraph 4: *Der endgültige Titel des Werks wird zwischen Autor und Verlag besprochen. Die letzte Entscheidung liegt beim Verlag*.»

«Na schön ...» Lakenreißer musste sich in diesem Punkt geschlagen geben. «Aber so viel habe ich in meinem Studium gelernt: Für eine statistische Ermittlung, welcher Titel denn eher gekauft würde, *Der Schiefe Fritz* oder *Die dritte Ehe*, müsste man mindestens 2000 Bundesbürger befragen.»

«Sie brauchen nur uns zu befragen, wir stehen für viele hunderttausend Leserinnen und Leser», belehrte ihn die Dame aus dem Bereich «Südlich des Mains» (Sendegebiete des BR, SWR und HR). «Ich würde darauf abheben, dass der Papst die Königswürde Friedrichs lange Zeit nicht akzeptiert, und das Buch *Ohne den Segen des Papstes* nennen.»

«Der Papst spielt bei mir aber überhaupt keine Rolle», hielt Lakenreißer dagegen. «Es geht vor allem um den geheimen Kronvertrag zwischen dem Kaiser und Friedrich und dessen Verpflichtung, sich am Spanischen Erbfolgekrieg mit mehreren Tausend Soldaten zu beteiligen.»

«Das erinnert so ein bisschen an die Entsendung von Soldaten nach Afghanistan», sagte der Mann, der die Bücher aus dem Tinz-Verlag im Sendegebiet des WDR zu verkaufen hatte. «Man könnte die Geschichte lieber aus der Sicht eines der armen Teufel erzählen, den der Schiefe Fritz an die Front schickt und abschlachten lässt, nur um sich König nennen zu können. Mein Titelvorschlag: *Verheizt um einer Krone willen*.»

«Mir wäre lieb, wenn auch der Kurfürst von Sachsen eine gewichtige Rolle spielen würde», sagte die Dame, deren Aufgabe es war, alle Buchhandlungen im Sendegebiet des MDR zu betreuen. «Da hätte ich dann bei meinen Gesprächen einen guten Anknüpfungspunkt.»

Tinz nickte, wie er bei jedem Beitrag aus seiner Vertretergilde genickt hatte. «Frau Kruppke hat das alles mitgeschrieben, und wir werden uns alle Mühe geben, den optimalen Titel zu finden, und den Graphiker bitten, auch bei der Umschlaggestaltung alles zu bedenken.»

Lakenreißer war noch etwas eingefallen. «Ich baue auch gern das Kapitel noch aus, in dem der Sohn des Schiefen Fritz die entscheidende Rolle spielt: der spätere Soldatenkönig Friedrich Wilhelm I., Vater des Alten Fritz.»

Der Verleger sah auf die Tagesordnung und nickte seinem Autor dann freundlich zu. «Danke, Herr Lakenreißer, Sie können jetzt gern wieder nach Hause gehen.»

Lakenreißer machte sich auf den Rückweg in seine Höhle. Dort angekommen, legte er sich erst einmal ins Bett, um eine Runde zu schlafen. Er versuchte sich vorzustellen, wie die Leute vom Verlag und die Medienmenschen ihn hofieren würden, wenn bekannt wurde, dass man ihm den Nobelpreis für Literatur zugesprochen hatte ...

Am Abend fuhr er ins Literaturhaus in der Fasanenstraße, wo der Schriftstellerverband in seiner Veranstaltungsreihe «Vergessene Schriftsteller» Otto Julius Bierbaum vorstellen wollte, dessen *Stilpe* er ja gerade entdeckt hatte und über den er gern etwas mehr wissen wollte. Dem Lexikon war kaum mehr zu entnehmen, als dass Bierbaum von 1865 bis 1910 gelebt hatte.

Es wurde eine sehr schöne Veranstaltung, und Lakenreißer beteiligte sich an der Diskussion, indem er in Frage stellte, dass man als Schriftsteller erst als vergessen gelten konnte, wenn man gestorben war. «Ich kenne genügend Kolleginnen und Kollegen, die leben noch und sind trotzdem schon vergessen. Und um die Sache auf den Punkt zu bringen: Wie bekannt muss man sein, um vergessen werden zu können?»

Eine Antwort wusste niemand, und so stieg er am Kurfürstendamm wieder einmal mit dem Gefühl in die U-Bahn, vom Leben so viel zu verstehen wie eine Ameise von Luhmanns Systemtheorie.

Spichernstraße stieg Ophelia Ochs in den Zug. Er kannte sie von den Fotos in den Zeitungen und von einigen Auftritten im Fernsehen her, sie hingegen wusste nicht, wer er war. Sein erster Reflex war, ihr tüchtig eine runterzuhauen, denn gerade hatte er gehört, dass Stilpe durch eine Serie von Ohrfeigen berühmt geworden war, die er von einem Schauspieler bekommen hatte. Doch natürlich beherrschte er sich. Sein großer Auftritt kam erst, als an der nächsten Station, Güntzelstraße, ein Trupp zivil gekleideter Fahrkartenkontrolleure den Zug enterte und sich herausstellte, dass Ophelia Ochs ohne Fahrschein unterwegs war. Sechzig Euro Strafe waren ihr sicher.

Lakenreißer genoss ihr Entsetzen mit klammheimlicher Freude, während er den Kontrolleuren seine Jahreskarte hinhielt, die über 600 Euro kostete und eine mildtätige Gabe seines Sohnes Erik war.

Und dann schaffte Lakenreißer etwas, das er sich nie zugetraut hätte: nämlich über seinen eigenen Schatten zu springen und das christliche Gebot zu beherzigen, nie Gleiches mit Gleichem zu vergelten. «Die Dame braucht keinen Fahrschein», sagte er und legte Ophelia Ochs seinen Arm um die Schultern. «Das ist meine Freundin, und die fährt auf meiner Jahreskarte mit.»

Nach zwanzig Uhr war das in den Beförderungsrichtlinien vorgesehen, und so zogen die Kontrolleure weiter, ohne die fahrscheinlose Dame zu bitten, mit ihnen zwecks Aufnahme der Personalien den Zug zu verlassen.

«Herzlichen Dank!», sagte Ophelia Ochs. «Darf ich Sie dafür irgendwo zu einem Glas Wein einladen?»

«Nein», antwortete Lakenreißer, «*Ihren* Dank begehr' ich nicht.»

Tinz hatte es mit viel Mühe und auch nur durch Einräumung eines überdurchschnittlichen Rabatts geschafft, im Gesundbrunnen-Center eine Signierstunde zu organisieren. Frohgemut fuhr Henry Lakenreißer mit der U-Bahn zum Tatort. Um nicht im entscheidenden Augenblick zu versagen, hatte er sich sogar eine neue Kugelschreibermine zugelegt. Blau, weil das freundlicher wirkte als Schwarz. Wie eine Lesereise war auch eine Signierstunde ein Höhepunkt des schriftstellerischen Daseins, und jeder Autor träumte davon, dass sich vor seinem Tisch lange

Schlangen bildeten und die Buchhändlerinnen gar nicht mehr hinterherkamen, die eingeschweißten Bücher aufzureißen und ihm zuzureichen. Blüh im Glanze dieses Glückes ...

Immer wenn er mit der U-Bahn fuhr, wie jetzt auf der Linie 9 vom Bundesplatz zur Osloer Straße, fragte sich Lakenreißer, was aus ihm geworden wäre, wenn er nicht bei der BVG gekündigt hätte.

«Da gibt es doch nur eine Antwort ...» – «Nämlich?» – «Mit deinen geistigen Gaben und deinem Fleiß wärst du längst in der Chefetage gelandet und würdest in einem Monat mindestens so viel verdienen wie jetzt im ganzen Jahr.» – «Es kommt nicht nur auf das Geld an im Leben.» – «Nein, auch aufs Prestige, auf die Wertschätzung durch andere. Doch auch die wäre um ein Vielfaches höher bei der BVG: ‹Ja, bitte, Herr Direktor, ja, gerne, Herr Direktor ...›»

Lakenreißer hatte es aufgegeben, immerzu zu fragen, warum in seinem Leben etwas so gelaufen war und nicht anders, und je älter er wurde, desto mehr glaubte er, dass das Drehbuch eines Lebens schon geschrieben war, wenn man auf die Welt kam. Was immer man auch anstellte, es kam alles so, wie es kommen musste. Wie hatte sein Großvater immer gesagt? «Wie man sich auch dreht und wendet: Der Arsch bleibt immer hinten.» Und seine Bestimmung war es nun einmal, als der schon zu Lebzeiten vergessene Schriftsteller Henry Lakenreißer auf der Bühne Berlin zu agieren.

Saß er im Zug, fiel ihm vieles wieder ein, was er in seiner Zeit bei der U-Bahn erlebt hatte. Im Verkehrsdienst hatte es damals eine festgelegte Laufbahn gegeben: Bahnhofsschaffner (Bsch), Zugabfertiger (Za), Zugbegleiter (Zb) und dann entweder Zugfahrer (Zf) oder Weichensteller (W). Die ersten Stationen hatte er dank seiner Talente schnell absolviert und dann den vierwöchigen Ausbildungslehrgang zum Zugbegleiter im Kleinprofil (Klp) mit Glanz bestanden. Der Zugbegleiter hatte auf jedem Bahnhof auszusteigen, sich ganz vorn neben den Wagen zu stellen und den Abfahrauftrag des Zugabfertigers auf dem Bahnhof (Hochheben des Befehlsstabes) mit dem Zuruf «Abfahren» und dem Heben eines Armes an den Zugfahrer weiterzugeben. Dann stieg er selber ein und betätigte einen Summer über der Tür. Daraufhin setzte der Zf den Zug in Bewegung.

In der zweiten Woche war es dann geschehen. Es war auf dem Bahnhof Sophie-Charlotte-Platz, und sie hatten etwas Verspätung. Um diese wieder aufzuholen, fuhr der Zf schon los, nachdem er das «Abfahren» gehört hatte, fest damit rechnend, dass der Kollege noch aufspringen würde, wie das bei eingespielten Teams so üblich war. Doch Lakenreißer war so verblüfft, dass er wie angewurzelt stehen blieb. Der Zf bemerkte den Verlust erst auf dem nächsten Bahnhof, und man hatte – neben den bürokratischen Scherereien – eine Weile viel zu lachen.

Als er dann selbst Zugfahrer gewesen war, bekam er zwischen den Bahnhöfen Rüdesheimer und Heidelberger Platz plötzlich heftige Krämpfe in Magen und Darm und wusste nicht mehr, wie er zurückhalten sollte, was die Mediziner als drastischen Stuhl bezeichneten. Wenige Sekunden noch, dann würde alles in die Hose gehen. Es bis zur nächsten Toilette zu schaffen war völlig unmöglich. Es war eine Wahnsinnsqual. Da leitete er in höchster Not eine Schnellbremsung ein, öffnete die Tür an der Frontseite des Führerstandes und sprang auf die Schienen hinunter. In einer halben Minute war alles erledigt. Er hievte sich wieder nach oben, um weiterzufahren. Niemand merkte etwas. Abgesehen einmal vom Streckenbegeher, der am nächsten Morgen ausrutschte ...

Noch heute musste Lakenreißer über dieses Erlebnis schmunzeln. Wie sich doch im Nachhinein ein Leben auf wenige Szenen verdichtete!

«Die Fahrausweise bitte!»

Ein Kontrolleur in Zivil war plötzlich aufgetaucht. Lakenreißer hasste diese Schnüffler und musste immer aufpassen, dass er keine Bemerkung machte, die ihm als Beleidigung auszulegen war. Diese Menschen störten ihn beim Lesen, Grübeln und Dösen, und immer lebte er in der Angst, seine Jahreskarte zu Hause vergessen zu haben. Wenn schon Kontrolle nötig war, dann bitte so wie zu seiner Zeit bei der U-Bahn. Da hatten die Kontrolleure an den Zugängen zu den Bahnsteigen gesessen.

Osloer Straße. Er hatte umzusteigen in die Linie 8. Der andere Zug stand bereits da und wollte gerade abfahren. Die Lampen an den Türen leuchteten schon. Schnell sprang er hinein – und bemerkte, als sie Franz-Neumann-Platz und nicht Pankstraße hielten, dass er in den falschen Zug gesprungen war.

«Muss mir das gerade jetzt passieren?»

Er hatte Angst, zu spät zur Signierstunde zu kommen und womöglich die 150 Euro Honorar einzubüßen. Die brauchte er dringend, um sich ein paar neue Schuhe und eine Jacke für den Sommer zu kaufen.

Mit einem kleinen Endspurt schaffte er es schließlich, auf die Minute pünktlich in der Großbuchhandlung zu sein. Rechts neben dem Eingang stand sein Tisch. Ein großes Plakat verkündete, dass er heute hier von 15 bis 16 Uhr seine Bücher signieren würde. Leider war sein Name falsch geschrieben: *Henri* anstatt Henry. Aber wenigstens stimmte das Foto: Es zeigte ihn selbst und nicht etwa eine Kollegin. Links und rechts waren etwa dreißig Exemplare von *Rumbalotte* zu formschönen Gebirgen aufgetürmt. Zwei Kugelschreiber lagen bereit, eine Flasche mit Mineralwasser und eine mit Orangensaft sowie zwei Gläser zeugten von fürsorglichen Gastgebern. Man rechnete offenbar mit einem so starken Andrang, dass man seiner Erschöpfung vorbeugen wollte. Noch aber war er der Einzige weit und breit. Sollte er sich einfach an seinen Tisch setzen und auf die ersten Kunden warten, oder sollte er nach der Geschäftsführerin suchen und sich erst einmal vorstellen? Tinz hatte gesagt, auf einen Sprung vorbeikommen zu wollen – aber auch von ihm keine Spur.

Ein paar Atemzüge lang stand Lakenreißer so verunsichert herum wie ein Schüler, der neu in eine Klasse kam, dann ging er auf die junge Dame an der Kasse zu. «Guten Tag, ich bin da.»

Sie starrte ihn an wie ihren vor Jahren verstorbenen Vater. «Wie?»

«Ich bin Henry Lakenreißer.»

«Entschuldigung, aber ...»

«Ich soll hier signieren.»

Ohne den Dialog weiter zu würzen, stürzte sie davon, um ihre Chefin zu holen. Die begrüßte ihn dann derart liebenswürdig, dass Lakenreißer das Gefühl hatte, sie würde ihn für einen der wirklich Großen seiner Zunft halten. Er lebte wieder auf. Sicherheitshalber nannte er noch einmal seinen Namen.

«Ja, ich weiß, ich habe doch Ihr *Rumbalotte* längst gelesen. Da sind ja Stellen drin ...» Sie machte große Augen.

Lakenreißer hatte Mühe, nicht rot anzulaufen. Hoffentlich wollte sie nun keine Details wissen: wie sehr ein Penis denn schrumpfen müsse, damit aus *Ruhm und Ehre der baltischen Flotte* kurz und knapp *Rumbalotte* wurde. Sie meinte aber ganz etwas anderes.

«Die Stellen, wo die Buchhandlungen brennen. Da muss man ja direkt Angst haben, dass hier auch einmal so was passiert.»

«Hier nicht», scherzte Lakenreißer. «Sie haben ja eine Menge Exemplare von *Rumbalotte* auf dem Tisch liegen, und ich schlage nur dort zu, wo nichts von meinen Werken zu finden ist.»

Das beruhigte sie, und sie gab ihrer Hoffnung Ausdruck, dass die Massen nun herbeiströmen mögen. «Wir haben überall unsere Flyer verteilt, und in den Zeitungen haben wir Anzeigen geschaltet.»

Offenbar vergeblich, denn nach der ersten Viertelstunde hatte sich nur ein einziger Käufer eingefunden, ein pensionierter Fregattenkapitän, der glaubte, *Rumbalotte* handele von den Kriegsabenteuern eines Matrosen. Lakenreißer ließ ihn in seinem Glauben, denn gekauft war gekauft, und der Mann rettete ihn vor der absoluten Nullnummer.

Die Geschäftsführerin beschloss, den Auszubildenden, der vorgesehen war, dem überforderten Schriftsteller die zu signierenden Exemplare aufzureißen und schon aufgeschlagen auf den Tisch zu legen, wieder abzuziehen und einer anderen Beschäftigung zuzuführen.

Einsam und verlassen saß Henry Lakenreißer nun da und ließ es über sich ergehen, von zufällig vorbeischlendernden Menschen wie ein Fossil aus alter Zeit angestarrt zu werden. Ab und an blieb eine gute Seele vor ihm stehen und murmelte eine Entschuldigung. «Ich hätte das Buch ja gerne gekauft, aber fast zwanzig Euro – das ist mir zu viel Geld.»

Ein Standardspruch seiner Buch-Oma kam ihm in den Sinn: «Kinder, kauft Kämme, es kommen lausige Zeiten!» Eigentlich hieß sie Auguste Meier, war eine geborene Gründler und hatte gleich nach dem Krieg in der Neuköllner Weserstraße eine kleine Leihbücherei eröffnet, in der man auch Romanhefte kaufen konnte. Von ihr war der Bazillus der Bücherlust auf ihn übergesprungen, und sie hatte sich nichts sehnlicher gewünscht, als dass ihr Enkel Schriftsteller würde. Deshalb hatte er ihr auch seinen ersten Roman gewidmet.

Nun hielt doch ein Interessent vor seinem Tisch an und nahm ein Exemplar von *Rumbalotte* in die Hand. Lakenreißer hielt den Atem an. Der Mann sah eigentlich nicht so aus, als verfüge er zu Hause über ein Bücherregal – denn unter Brücken und über den Entlüftungsschächten der U-Bahn und gab es selten welche. In seiner Plastiktüte trug er sein ganzes Eigentum durch die Stadt. Und dazu gehörte neben einem Flachmann auch ein Exemplar von Lakenreißers Biographie über den Dichter Oskar Loerke. Er hielt es Lakenreißer hin.

«Ob Sie mir das bitte signieren können? Ich war einmal Lehrer, in Frohnau, wo auch Loerke gelebt hat. Wir beide kommen also aus derselben Richtung – auch wenn ich Ihnen schon einen Schritt voraus bin. *Omnes una manet nox*.»

«Bitte? Fremdsprachen sind nicht wirklich mein Spezialgebiet.»

«Wörtlich: Auf alle wartet ein und dieselbe Nacht. Dem Sinne nach: Uns allen steht ein und dasselbe bevor.»

Lakenreißer dachte einen Augenblick nach und schrieb dann in das Buch: *So läuft ihm der Kalender ab, / die*

Mondsicheln schwarz und rot, / lateinische Namen heilig und tot, / und fährt ein schwarzer Wagen / vor ...

«Von Ihnen selber?», fragte der Obdachlose.

«Nein, von Oskar Loerke. Ich habe nie Gedichte geschrieben.»

«Der Schokoladenpudding meiner Mutter war auch immer ein Gedicht», sagte der ehemalige Lehrer und setzte seinen Weg fort, ohne sich zu verabschieden.

Lakenreißer fragte sich, ob er diese Begegnung als Omen nehmen sollte. Würde er fünf Jahre später ebenso durch die Straßen ziehen? Nach der Buch-Oma hätte die Familie dann einen Penner-Opa.

Eine der älteren Buchhändlerinnen fühlte mütterliche Regungen in sich aufsteigen, nachdem bisher nur ein einziges Buch verkauft worden war, und erwarb zum vollen Ladenpreis ein Exemplar von *Rumbalotte* für ihren Schwiegervater. «Wenn Sie bitte schreiben würden: Für Rainer zum 85. Geburtstag.»

In seiner Verwirrung schrieb Lakenreißer: *Für Heiner ...* Was nun? Mit diesem Fehler wollte die Dame *Rumbalotte* nicht verschenken, und eine Korrektur lehnte sie entschieden ab, obwohl Lakenreißer argumentierte, dass sich der Wert des Präsents dadurch sicher erhöhen würde. Sein Vorschlag, es einfach wieder auf den Stapel zu legen und so zu tun, als wäre nichts geschehen, kollidierte mit ihrer beruflichen Ethik.

«Lassen Sie, dann kaufe ich es selber.» Lakenreißer holte einen Zwanzig-Euro-Schein hervor – so weh es ihm tat, ihn hergeben zu müssen.

«Ein weiteres Buch ist verkauft!», meldete die Buchhändlerin ihrer Chefin stolz.

Lakenreißer überlegte, ob er einen entfernten Verwandten oder einen Freund hatte, der auf den Namen Heiner hörte: So gut wie Heiner konnt' es keiner. Aber ihm fiel niemand ein.

«Dann musst du es schon selber lesen!», höhnte seine innere Stimme. – Lakenreißer überhörte sie. – «Nichts geht über einen schönen Gag.»

Dennoch hätte er auf den nächsten Gag ganz gerne verzichtet. Hinten kam nämlich seine Ex-Frau die Rolltreppe hoch. Er duckte sich hinter den Stapeln von *Rumbalotte* und hoffte, dass sie ihn nicht entdecken würde.

Mai 1965. Er hält mit seinem Zug auf dem Bahnhof Hallesches Tor und hat auf dem Weg zum Schlesischen Tor schon eine halbe Minute Verspätung, da kommt eine junge Frau die Treppe heraufgehastet und will unbedingt noch mitfahren, obwohl der Zugabfertiger schon sein harsches «Zurückbleiben!» schreit. Sie ist blond und zierlich und genau sein Typ. Er winkt ihr zu und spornt sie an. Da stürzt sie, und aus ihrer Tasche purzeln mehrere Bücher und schlittern über den Bahnsteig. Es dauert einige Zeit, bis sie alle aufgesammelt hat, aber er wartet dennoch. Sie steigt in den ersten Wagen ein und lehnt sich mit dem Rücken gegen die hölzerne Wand, die seine Kabine vom Fahrgastraum trennt. Prinzenstraße, Kottbusser Tor. Sie steigt nicht aus, sein Blutdruck steigt. Auch Görlitzer Bahnhof nicht. Kommt nur noch Schlesisches Tor.

Seit dem Mauerbau ist dies ein West-Berliner Endbahnhof, hier muss am Gleis gekehrt werden. Und so hat er Gelegenheit, auszusteigen und auf sie zuzugehen.

Sie lächelt ihn an. «Wie kann ich Ihnen denn danken?»

«Indem Sie am Sonnabend mit mir ins Kino gehen.»

«Ich hatte eher an eine Tasse Kaffee gedacht.»

«Das eine schließt ja das andere nicht aus.»

Sie hieß Brigitte, lernte in der Amerika-Gedenk-Bibliothek und kam aus dem Staunen gar nicht mehr heraus, als sie bemerkte, wie gebildet er war. Einem U-Bahn-Fahrer hätte sie das gar nicht zugetraut. Er schob es auf seine Buch-Oma und versprach ihr überdies, ihr zuliebe auf der Abendschule das Abitur nachzuholen. 1967 heirateten sie und zogen in eine WG in Charlottenburg, Pestalozzistraße. 1968 wurde ihr erstes und einziges Kind geboren, ihr Erik. Sieben Jahre später konnten sie es nicht mehr miteinander aushalten und trennten sich. 1976 wurden sie schließlich geschieden. Brigitte war bald erneut vor den Traualtar getreten, er aber hatte sich nach keiner Partnerin mehr umgesehen, und zwar mit der Begründung, er habe ja eine ganz wunderbare Geliebte: «Die Literatur.» Seine Bücher waren die Kinder, die er mit ihr in die Welt setzte.

Darauf spielte auch Brigitte an, als sie ihn nun doch entdeckt hatte. «War denn deine Rumbalotte nun meine Vorgängerin oder meine Nachfolgerin?», fragte sie, nachdem sie das Begrüßungsritual gelassen über sich hatte ergehen lassen.

«Weder das eine noch das andere ...» Ihr die Wahrheit zu sagen wäre ihm peinlich gewesen.

Sie lachte. «Verstehe, du warst ja schon immer ein lausiger Tänzer. Und wenn du etwas gar nicht beherrscht hast, dann war es die Rumba. Die Rumbalotte ist aber eine Tänzerin, ja?»

Er druckste herum. «Nein, sie ist die Besitzerin einer Tanzschule. Und mit dem Mann, den sie liebt, wird sie Weltmeisterin in den lateinamerikanischen Tänzen. Bei der Rumba bekommen sie die Höchstnote. Doch dann stirbt er ...»

Sie stutzte. «Das klingt so gar nicht nach dir ...» Damit griff sie nach einem Exemplar von *Rumbalotte*, um den Klappentext zu lesen.

«Nein!», schrie er und wollte ihr das Buch entwinden. Bei der Rangelei, die sich nun entspann, stieß er gegen den Tisch, und die beiden kunstvoll geschichteten Stapel fielen um.

Brigitte wollte sich das Buch nicht entreißen lassen. «Lass mich, ich will es kaufen!»

Die Geschäftsführerin kam herbeigestürzt. Das hatte sie auch noch nicht erlebt: dass ein Autor den Verkauf eines seiner Bücher mit Gewalt verhindern wollte. So blieb Lakenreißer nichts übrig, als den Kampf um die *Rumbalotte* aufzugeben.

Brigitte überflog den Klappentext, dann lachte sie schallend. «Mensch, bei dir hätte *Ruhm und Ehre der baltischen Flotte* nicht mal zur Hälfte raufgepasst.» Damit eilte sie zur Kasse, um das Buch zu bezahlen. «*Roman um einen erfolglosen Schriftsteller* ... Das ist bestimmt autobiographisch, das muss ich unbedingt lesen.»

«Lassen Sie's lieber!», riet ihr die Kundin hinter ihr. «Die Ophelia Ochs hat es fürchterlich verrissen.»

«Umso besser ...» Sie warf ihrem Ex noch eine Kusshand zu, bevor sie die Großbuchhandlung verließ.

Lakenreißer drückte die Blase ganz gewaltig, und er hätte am liebsten die Toilette aufgesucht, aber er hatte Angst, alle Frauen, die Brigittes Worte gehört hatten, würden ihm hinterherblicken und sich vorstellen, wie er vor dem Pinkelbecken stand und seinen beschämend kleinen Schniedelwutz in der Hose suchte.

Er brauchte jetzt etwas Bewegung. Aber wohin sollte er sich wenden? Die Tische mit der Belletristik mied er wie die Ratte im Versuchslabor den Elektrodraht. Jedes Buch, das da stand, war ein Feind seiner Bücher. Was Lakenreißer weniger bedrückte, waren die Fachbücher, denn er hatte nie eines geschrieben. Am meisten interessierte er sich noch immer für die Psychologie.

«Herr Lakenreißer, solche erfolgreichen Psycho-Ratgeber hätten Sie auch schreiben können, wenn Sie bei der Psychologie geblieben wären, nicht wahr?» – «Ja, das hätte ich ...» – «Und warum haben Sie es nicht getan?» – «Weil das Schreiben von Romanen die höchste aller Künste ist.» – «Und warum haben Sie neulich im ‹Stilpe› die folgende Passage dick unterstrichen: ‹Ein Hauptsport dieses zeitgemäß gewordenen Cénacles war die Psychologie, diese Lieblingsneigung aller unproduktiven Köpfe›?» – «Genau deswegen.»

Lakenreißer hatte Zeit genug, einige Bücher in die Hand zu nehmen und die Klappentexte zu lesen. Plötzlich zuckte er zusammen. Hier schien sich ein Autor genau mit seinem Problem zu beschäftigen: *Wodurch werden Entwertungserlebnisse heute ausgelöst?* Bezeichnenderweise trug das Werk auch den Titel *Im Kern getroffen*. Bernd Sprenger, der Autor, war Arzt und Psychotherapeut. Das Geld, das Buch zu kaufen, hatte Lakenreißer nicht, aber wenigstens wollte er es mal durchblättern.

Eine gewisse Wertschätzung sei ein seelisches Grundbedürfnis, schrieb Sprenger, und Nicht-Wahrnehmung würde als heftige Entwertung erfahren.

«Der Mann scheint Sie gekannt zu haben, Herr Lakenreißer!», höhnte seine innere Stimme. – «Es ist wirklich erschreckend ...»

Gebannt las er weiter. *Aber natürlich ist Kritik immer eine Quelle möglicher Bedrohung des Selbstwertgefühls.* Ich grüße dich, Ophelia Ochs!

Nun wusste Lakenreißer endlich, was sein Leben war: eine Kette kleiner Entwertungserlebnisse. Den Begriff dafür entdeckt zu haben löste ein gewisses Hochgefühl in ihm aus, und er musste unwillkürlich an den *Faust* denken, an den Dialog zwischen Schüler und Mephisto: *An Worte lässt sich trefflich glauben ...* Nun hatte er, Lakenreißer, seinen zentralen Begriff gefunden: die Entwertung. Die Entwertung des Schriftstellers in den Zeiten der neuen Medien.

Wichtig sei *die narzisstische Balance*, meinte Sprenger: die Ausgeglichenheit zwischen denjenigen Faktoren, die das Selbstwertgefühl stützten und erhöhten, und denen, die es bedrohten und schwächten. Ein einziges Erfolgserlebnis könne zu einem innerlichen Hoch führen, dem Gefühl der Grandiosität. Ebenso schnell aber könne eine vergleichsweise harmlose Irritation die *Teufelsschaukel*, wie er es nannte, zum anderen Pol schwingen lassen.

«Wann haben Sie denn das besagte Grandiositätserlebnis zum letzten Mal bei sich registrieren können?», fragte ihn sein innerer Reporter. – «Als ich meinen ersten Roman gedruckt in den Händen gehalten habe: ‹Licht am Ende der Tunnel›. Das war vor rund dreißig Jahren.»

Zum Kapitel über die möglichen Problemlösungen kam er nicht mehr, denn die Buchhändlerin winkte ihn zum Tisch zurück. Nur noch einen Satz erhaschte er beim Zuschlagen des Buches: *Ich bin wertvoll für andere auf dieser Welt.*

Das sei ihm noch gar nicht aufgefallen, lästerte der innere Reporter.

Die Buchhändlerin bat ihn, noch drei Exemplare von *Rumbalotte* zu signieren – für den Fall, dass in den nächsten Tagen doch noch ein Kunde nach dem Buch fragte. Dann wurde das Gästebuch gebracht.

«Wenn Sie sich hier bitte verewigen würden ...»

Lakenreißer wollte partout nichts einfallen. Von einem Schriftsteller erwartete man ganz sicher eine philosophische Höchstleistung und nicht nur dürre Dankesworte. Am liebsten hätte er irgendein kluges Zitat hingeschrieben, aber jetzt im Regal nach einer Sammlung mit geflügelten Worten zu suchen schien ihm auch nicht ratsam. Außerdem sprach seine Stimmung viel mehr für eine Blödelei à la Karl Dall: *Lieber zig Nieren auf dem Teller als hier bei Ihnen Bücher signieren*. Doch das wäre wohl auch nicht gut angekommen.

Nachdem er sich fünf Minuten lang den Kopf zermartert hatte, hinterließ er schließlich die folgenden schönen Zeilen auf dem erlesenen Büttenpapier:

Auf alle wartet ein und dieselbe Nacht. Aber davor gibt es für viele noch leuchtende Tage, so wie für mich der heutige, da ich hier Berge von Büchern, mein «Rumbalotte», signieren durfte. Dafür sage ich herzlichen Dank. Weder die Ochs noch der Esel halten mich auf. Henry Lakenreißer.

Lakenreißer hatte sich endlich dazu durchringen können, die Figuren um Friedrich I. mit Hilfe bunter Filzstifte als real oder fiktiv zu kennzeichnen. Wie der Verlag es befohlen hatte. Die Aufgabe schien zuerst ganz einfach. Doch nach einer halben Stunde stand er vor einem Nervenzusammenbruch: Wie sollte er denn wissen, was die Akteure, die nachweislich gelebt hatten, vor 300 Jahren wirklich gesagt und gedacht hatten? Ohne visuelle und auditive Zeugnisse war es doch völlig unmöglich, authentisch zu sein. Selbst bei Personen der Zeitgeschichte waren in den vorhandenen Quellen bestenfalls fünf Prozent ihres täglichen Lebens wissenschaftlich erfasst – vorausgesetzt, die Wissenschaftler hatten nicht schon damals ihrer Phantasie freien Lauf gelassen.

Das Klingeln des Telefons erlöste ihn. Im Display seines Multifunktionsgerätes erschien die Aufforderung *Hörer abnehmen*. Er bedankte sich, denn auf diese Idee wäre er selber gar nicht gekommen. Es war Immanuel Tinz.

«Möchten Sie in die Jury, Herr Lakenreißer?», fragte der Verleger nach der Begrüßung.

«Steht wieder eine Wahl zur Miss Germany ins Haus?», fragte Lakenreißer zurück. «Wenn ja, dann bin ich gern dabei.»

«Es geht um Kinder», stellte der Verleger klar.

«Tut mir leid, ich bin kein Päderast.»

Tinz wurde langsam ungeduldig. «Ich bin angesprochen worden, ob ich nicht Juroren für einen Vorlesewettbewerb von Zehnjährigen vorschlagen könne.»

«Für 1000 Euro bin ich zu allem bereit», erklärte Lakenreißer.

«Es gibt leider nur einen warmen Händedruck vom betreffenden Bezirksstadtrat für Kultur.»

«Das ist doch für einen Idealisten wie mich die höchste aller Belohnungen. Also gut, ich gehe hin.»

Nachdem das Telefonat beendet war, ärgerte er sich über seine Zusage. Aber es war ja noch eine Woche Zeit, und vielleicht hatte ihn der Herr bis dahin schon heimgeholt in die Ewigkeit – oder wenigstens ein Magen-Darm-Virus geschickt.

Er legte sich auf die Couch und starrte an die Decke. Ob sie ihm vielleicht wirklich einmal auf den Kopf fallen könnte? Denn über ihm wohnte Melusine Mockenhaupt, eine etwas skurrile Dame, die Zeitungen sammelte. Sie hatte nahezu alles zusammengetragen, was seit 1945 in Deutschland gedruckt worden war. In einigen Zimmern war das Papier schon bis an die Decke gestapelt, und es gab nur schmale Gänge zu den Fenstern hin. Lakenreißer hatte erst kürzlich beim Hauseigentümer angerufen und nach einer statischen Prüfung verlangt.

Öfter, wenn sie nicht zu Hause war, nahm er Pakete für sie in Empfang. Offenbar handelte es sich um Zeitungen, die noch in ihrer Sammlung fehlten. Wenn sie bei ihm klingelte, um diese Sendungen abzuholen, wollte sie ihn immer zu einer Tasse Kaffee einladen, doch Lakenreißer wehrte ein jedes Mal ab. Er stellte sich vor, dass exakt noch seine 79 Kilo fehlten, um die Decke wirklich einstürzen zu lassen. Das würde sie wohl allerspätestens dann tun, wenn Melusine Mockenhaupt ihn verführte und der Sexualakt etwas heftiger geriete.

Diesmal aber lud sie ihn nicht zum Kaffee ein, sondern zu einer ganz besonderen Veranstaltung. «Wissen Sie, was ein Storyteller ist?», fragte sie.

Lakenreißer lachte. «Ja, natürlich. Gerade heute Morgen musste ich wieder einen entsorgen.» Leicht verschusselt, wie er manchmal war, hatte er «Stullenteller» verstanden.

Sie starrte ihn entsetzt an. «Sie haben seinem Leben ein Ende bereitet?»

«Ja, versehentlich, mit dem Hammer.» Lakenreißer hatte einen Nagel in die Wand schlagen wollen, da hatte sich der Hammer vom Stiel gelöst und war auf einen Teller geknallt.

«Und das geben Sie auch noch ohne weiteres zu?!»

Er grinste. «Soll ich deswegen zur Polizei gehen?»

«Ja!», verlangte sie.

Lakenreißer war sich nun absolut sicher, dass die Gerüchte stimmten: Melusine Mockenhaupt war psychisch nicht ganz gesund. Er blieb deswegen betont sachlich. «Aber es war doch mein eigener Teller. Und aus Meißener Porzellan oder von der KPM handbemalt ist er auch nicht gewesen.»

«Ihr Storyteller?»

«Mein Stullenteller.» Jetzt begriff er, warum sie die ganze Zeit aneinander vorbeigeredet hatten, und lachte los. «Sie meinen also den guten alten Geschichtenerzähler? Warum geben sie ihm denn diesen grässlichen englischen Namen?»

«Damit die Leute kommen. Ich habe nämlich das Schreiben aufgegeben und mich dem Storytelling zugewandt», gestand sie ihm.

So übel fand er die Frau gar nicht, deshalb nahm er ihre Einladung an. Es handelte sich um einen Beitrag des Schriftstellerverbandes zum kulturellen Rahmenprogramm der Fußballweltmeisterschaft. Motto der Veranstaltung: *Elf AutorInnen lobpreisen den Fußball.*

In weiser Voraussicht hatte man darauf verzichtet, für diese Veranstaltung das Olympiastadion zu mieten – dass aber in die auserwählte Buchhandlung in Moabit nicht mehr als sieben zahlende Zuschauer kamen, war doch ernüchternd. Da jedoch jeder der elf Akteure durchschnittlich 1,73 Personen mitgebracht hatte, wirkte der Raum trotzdem halbwegs gefüllt.

Der Vorsitzende erfüllte seine Pflicht als Grußaugust, bedankte sich bei den Gästen mit launigen Worten für ihr zahlreiches Erscheinen und wies darauf hin, dass Schriftsteller heutzutage nicht vom Schreiben, sondern vom Lesen lebten.

«Willkommen also zu dieser Lesung. Da jeder WM die Auslosung vorangeht, wollen wir es heute nicht anders halten: Wir losen aus, wer in welcher Reihenfolge an den Ball kommt. Zu diesem Zwecke habe ich in diesem Hut Zettel mit den Namen aller elf Spielerinnen und Spieler, die heute Abend lesen werden. Ich fasse mal hinein ...» Er schloss die Augen und tat es. Nach einigen Fehlversuchen gelang es ihm endlich, einen der Zettel zu erwischen. «Wen haben wir denn da? Ah ja: Melusine Mockenhaupt.»

Er hatte sich einen kleinen Gag ausgedacht: Flugs ergriff er einen mitgebrachten Fußball und warf ihn der Ausgelosten zu. «Bitte sehr!»

«So geht das nicht!», rief Lakenreißer. «Beim Fußball musst du schon mit dem Fuß schießen.»

Der Vorsitzende berief sich zwar darauf, in seiner Jugend Torwart gewesen zu sein, musste dann aber doch dem Druck der Menge nachgeben. Er versuchte, den Ball in Melusine Mockenhaupts Arme zu schießen. Das misslang ihm ein wenig, der Ball kam viel zu hoch geflogen. Er hätte die Storytellerin voll ins Gesicht getroffen, hätte die nicht instinktiv die Arme hochgerissen. Wie eine Volleyballerin beim Pritschen katapultierte sie den Ball nach oben und zerdepperte den Deckenleuchter. Beifall brandete auf.

«Eins zu null!», rief der Buchhändler noch, bevor er sich mit einer kleinen Schnittwunde an der Hand in die hinteren Räume zurückzog. Warum hatte er seinen herabfallenden Leuchter auch mit bloßen Händen retten wollen!

Nachdem man die Scherben unter die Heizung geschoben hatte, durfte Melusine Mockenhaupt vortreten.

«Du hast dein Buch auf deinem Stuhl vergessen!», rief ihr der Vorsitzende zu.

«Ich brauche kein Buch.»

«Wie willst du uns denn ohne Buch was vorlesen?»

«Ich lese nichts vor, ich bin eine Storytellerin.»

Der Vorsitzende schwankte einen Augenblick, entschied sich dann jedoch für eine fundamentalistische Haltung. «Wir sind ein Schriftstellerverband, also *Schrift*steller und keine *Story*teller, und dies hier ist eine Lesung und keine Tellung.»

Doch das Publikum buhte, und so blieb dem Armen nichts anderes übrig, als nachzugeben und Melusine Mockenhaupt tellen zu lassen.

Wer zuletzt lachte, aber war der Vorsitzende. Denn was die Mockenhaupt da bot, war so fürchterlich, dass es einem die Schuhe auszog. Ihr Plot war zwar gar nicht mal schlecht: Der ewige Ersatztorwart meuchelte die Nummer eins, um selber mal ins Tor zu kommen. Doch wie sie es vortrug, war entsetzlich. Sie redete, als habe sie es mit Erstklässlern zu tun und nicht mit Erwachsenen, schrie aber gleichzeitig derart, als befände sie sich in einem Altenheim und bei allen Anwesenden seien die Akkus der Hörgeräte leer. Ihre Grimassen und ihre Gestik waren so schrecklich, dass man das Gefühl hatte, jeden Moment müssten die Wärter aus der Psychiatrie auf den Plan treten, um sie in eine Zwangsjacke zu stecken.

«So einen Mist habe ich meinen Lebtag nicht gesehen», murmelte Lakenreißer und stahl sich weit vor dem Ende dieser Darbietung davon.

Am nächsten Morgen traf er die Mockenhaupt zufällig vor der Post in der Mainzer Straße.

«Na, wie fandest du mich?», fragte sie mit strahlenden Augen.

«Wunderbar. Du solltest öfter auftreten.»

«Schön, dass es dir gefallen hat.» Sie freute sich über alle Maßen. «Ich hätte ja mit dir gern noch etwas getrunken, aber du warst plötzlich verschwunden ...»

«Mir war plötzlich eingefallen, dass ich noch ...»

Sie ließ nicht locker. «Dann könnten wir ja jetzt ...»

«Tut mir leid, ich sitze heute Vormittag in der Jury beim Vorlesewettbewerb.» Damit verabschiedete er sich und lief Richtung U-Bahnhof Bundesplatz.

Man traf sich im Theaterraum eines Jugendzentrums. Der Oberkampfrichter, ein Rektor aus einer nahe gelegenen Schule, rief die sieben Jurymitglieder zur Vorbesprechung in die Garderobe. Ein jeder sollte sich kurz vorstellen, und es zeigte sich, dass Lakenreißer als Einziger aus der Schriftstellerinnung kam. Ansonsten gab es noch eine Hausfrau, eine Deutschlehrerin, eine Erzieherin im Ruhestand, einen Sportjournalisten, einen Hausmeister und einen Entsorgungsunternehmer, der zugleich Sponsor der Veranstaltung war.

«Alles Fachleute», sagte der Rektor. «Jeder hat selbst Kinder oder als Kind viel gelesen.»

Die Erzieherin im Ruhestand hatte ihren Enkel mitgebracht, ein putziges Kerlchen von knapp sechs Jahren. Sie hatte dem Jungen gesagt, wenn er jemandem mit grauem Bart und kaputter Brille sehe, dann sei das ein echter Schriftsteller. Lakenreißer nickte dem Kleinen freundlich zu.

«Woher kriegst du denn deine leeren Bücher?», fragte ihn der Junge.

Lakenreißer verstand die Frage nicht. «Was für leere Bücher meinst du denn?»

«Na, wo du zu Hause reinschreibst, was dir einfällt.»

Bis zum Beginn des Vorlesewettbewerbs versuchte Lakenreißer, den Kleinen in die Geheimnisse des Verlagswesens einzuweihen.

Der Reihe nach trugen nun die zwölf Kinder, zwei Jungen und zehn Mädchen, ihre ausgewählten Texte vor. Das Publikum, bestehend aus Eltern und Klassenkameraden, applaudierte ein jedes Mal sehr heftig und schrie «Wow!» und «Super!», doch für Lakenreißer war schnell klar, dass die kleine Bernice den anderen haushoch überlegen war. Sie sprach so deutlich und akzentuiert wie eine Schauspielerin von Weltrang, sie hatte die Intentionen der Autorin voll verstanden, sie riss die Gleichaltrigen mit wie keine andere. Er gab ihr die höchste Punktzahl: zwölf.

Leider blieben dies aber die einzigen Punkte, die Bernice bekam. Sie wurde abgeschlagen Letzte, und Lakenreißer fühlte sich wieder einmal entwertet.

Da nichts einen Intellektuellen mehr freute, als wenn die Wirklichkeit seine Thesen vom Sosein der Welt verifizierte, war er nach der Veranstaltung so froh gestimmt, dass er sich anschließend eine üppige Mahlzeit im «Roma» gönnte.

Immerhin hatte der Leiter der Jury so viel Mitleid mit ihm, dass er ihn noch am selben Tag per E-Mail zu einer Lesung in seine Schule einlud. Obwohl Lakenreißer eine Schullesung ungefähr so toll fand wie eine Magenspiegelung bei vollem Bewusstsein, dankte er dem Manne herzlich und sagte selbstverständlich zu. Auf die 56 Euro, die er ihm anbot, konnte er unmöglich verzichten.

Als die Stunde seines Auftritts gekommen war, betrat er das Schulgebäude mit gemischten Gefühlen. Es hatte gerade zur großen Pause geklingelt, und alles wuselte kreischend umher. Bei so viel Jugend fühlte er sich wie sein eigener Großvater. Obwohl sein Foto am Schwarzen Brett prangte, erkannte ihn niemand. Wie sehr mussten Fußballstars und Popsänger doch leiden! Wenn sie in eine Schule kamen, hatten sie ständig zu fürchten, von den anstürmenden Fans erdrückt zu werden. Er hingegen hatte Zeit und Muße, durch das Gebäude zu schlendern und sich an seine eigene Schulzeit zu erinnern.

«Henry, in Mathematik stehst du auf einer glatten Fünf. Was hast du dazu zu sagen?» – «Nichts. Ich will ja auf keinen Fall Mathematiker werden.»

«Lakenreißer, Sie sollten bis heute Ihre Hausarbeit fertig haben. Sie kennen doch die ‹Bürgschaft› auswendig – warum schaffen Sie es da nicht, sie angemessen zu interpretieren?» – «Weil ich es hasse, wenn man das Werk eines Dichters auseinandernimmt.»

«Lakenreißer, warum weigern Sie sich, nach vorn zu kommen und die Stromstärke zu messen?» – «Weil ja von vornherein feststeht, was dabei herauskommt: 220 Volt.»

1949 war er eingeschult worden. Berlin war noch immer eine Stadt der Ruinen, und der westliche Teil hatte zusätzlich unter den Folgen der Blockade zu leiden. Doch seine Schultüte war schon gut gefüllt gewesen. Man war noch einmal davongekommen, und von nun an ging's bergauf. Wie der Stilpe des Otto Julius Bierbaum hatte er geglaubt, dadurch etwas Besseres zu sein, dass er sich als Dichter und Schriftsteller fühlte. Alle anderen, die Lehrerinnen und Lehrer eingeschlossen, waren nur kleine Geister im Vergleich zu ihm. Als Hochbegabter fühlte er sich ständig unterfordert, und zudem genoss er es, im Mittelpunkt zu stehen, indem er ständig räsonierte und gegen die Schulnormen verstieß. Hausarbeiten machte er grundsätzlich nicht, allenfalls morgens in der Schule vor Beginn des Unterrichts. Das ging so lange gut, bis der Rektor zu einer Vertretungsstunde in der 10b erschien.

Lakenreißer nahm ihm übel, dass er ihn, wie sich beim Aufrufen der Namen herausstellte, nicht kannte. Hatte er sich all die Zeit doch solche Mühe gegeben aufzufallen! Sein Urteil über den Rektor stand damit fest: Wer mich nicht kennt, muss ein Idiot sein!

Der Rektor hatte die Aufsätze mitgebracht, die der erkrankte Kollege vorher korrigiert hatte, und machte sich daran, sie auszuteilen. «Den besten Aufsatz hat geschrieben ...»

«Henry Lakenreißer!», rief die ganze Klasse.

Der Rektor sah nach dem Namen. «Ja, das stimmt.» Dann schaute er auf das Thema: *Die Darstellung der Frau bei Theodor Fontane.* «Dazu wäre mir, ehrlich gesagt, nicht viel eingefallen.»

«Das kann ich mir lebhaft vorstellen», kommentierte Lakenreißer dieses Bekenntnis, und die Klasse grölte. Wobei man nicht nur an die nicht allzu hoch anzusetzenden intellektuellen Fähigkeiten des Rektors dachte, sondern auch an dessen Homosexualität, die er sorgsam geheimzuhalten versuchte.

Es gab nicht nur einen Eintrag ins Klassenbuch wegen unverschämten Verhaltens, sondern auch die Aufforderung an die sehr verehrten Kolleginnen und Kollegen, den aufsässigen Schüler die 10. Klasse wiederholen zu lassen. Daraufhin hatte Lakenreißer beschlossen, die Schule zu verlassen und eine Lehre bei der U-Bahn zu beginnen.

Dies alles ging Lakenreißer durch den Kopf, bis er endlich das Vorzimmer des Rektors gefunden hatte. Artig klopfte er an, denn wenn er vor einer Berufsgruppe besonderen Respekt hatte, dann waren es Schulsekretärinnen.

Die Dame hinter dem Schreibtisch schaute auch derart streng und abweisend drein, dass er sich in seinen Ängsten voll und ganz bestätigt fühlte.

«Guten Morgen, mein Name ist Henry Lakenreißer.»

«Wie heißt Ihr Kind?»

«Erik. Aber ...», er rechnete kurz, «... der wäre jetzt schon in der 32. Klasse.»

«Ah, dann sind Sie die Vertretung?»

«Nein, ich soll hier lesen.»

Das Gesicht der Dame hellte sich auf. «Ah, Sie gehören zu den Großeltern, die nachmittags ...»

«Nein, ich bin Schriftsteller und soll hier im Deutschunterricht etwas ...»

«Bei wem denn?»

«Keine Ahnung. Ihr Rektor hat mich beim Vorlesewettbewerb für heute zur dritten Stunde eingeladen ...»

«Warten Sie bitte einen Augenblick.» Der Rektor war aushäusig, und die Sekretärin eilte ins Lehrerzimmer, um die Konrektorin um Rat zu fragen.

Lakenreißer wartete nicht nur einen, sondern viele Augenblicke. Aber sein sozialwissenschaftliches Repertoire reichte, um zu wissen, wie die Rolle des Bittstellers definiert war. Vor allem hatte er sich demütig zu geben.

Nach zehn Minuten wurde er für seine Geduld belohnt, indem er in die 10a geleitet wurde, wo sich eine Deutschlehrerin seiner erbarmte.

«Ich wurde zwar nicht informiert und konnte dementsprechend auch nichts vorbereiten, aber Sie werden es schon schaffen, die Klasse für sich zu gewinnen.»

Lakenreißer musterte die etwa dreißig Gesichter. Die meisten sahen so aus, als hätten sie sich für das Casting zur TV-Serie *Meine große Liebe bin ich selber* zurechtgemacht.

Mit Sehnsucht dachte er an die Zeiten zurück, in denen Nabokov seine *Lolita* geschrieben hatte und ein Liebesverhältnis zwischen einem alternden Mann und einem heranwachsenden Mädchen als möglich und lustvoll erschienen war.

Die Lehrerin bat um Ruhe. «Wir improvisieren heute etwas und nehmen die Gelegenheit wahr, einen leibhaftigen Schriftsteller bei uns zu Gast zu haben. Ich darf es einmal mit Goethe sagen: *Wir alle sind erfreut, einen Mann zu hören und zu kennen, den alle uns mit Ehrfurcht nennen.*»

Das wäre eine wundervolle Einführung gewesen, wenn sie denn auch noch seinen Namen parat gehabt hätte. Sie behalf sich mit einem alten didaktischen Trick und fragte die Schüler: «Na, wer kennt unseren Gast?»

Das allgemeine Schweigen zog sich bedrohlich in die Länge, während Lakenreißer belämmert vor der Tafel stand. Vielleicht half es, den jungen Menschen eine kleine Hilfestellung zu geben. «Ich sage nur: Stichwort *Rumbalotte.*»

Da zündete es bei einer Schülerin, deren Vorfahren unübersehbar aus dem Lande Kemal Atatürks eingewandert waren. «Sie sind der Henry Lakenreißer. Über Sie habe ich eine Kritik gelesen, von Ophelia Ochs.» Das Mädchen war nicht nur die Klassenbeste, sondern verfügte auch über ein fotografisches Gedächtnis. So gelang es ihr, einige Passagen des Verrisses wortwörtlich wiedergeben: «*Nichts ist nämlich komischer, als wenn ein schlechter Schriftsteller einen Roman über einen schlechten Schriftsteller schreibt. Es kommt Erbärmliches dabei heraus und erinnert an Witze, die sich Achtjährige erzählen ...*»

Lakenreißer zeigte sich entzückt. Welch wunderbares Beispiel dafür, dass jungen Menschen mit Migrationshintergrund die Integration in die deutsche Kultur durchaus glücken konnte!

«Werden Sie uns nun aus Ihrem Werk *Rummellotte* ein Stück vorlesen?», fragte ihn die Studienrätin.

«*Rammellotte*, wenn ich Sie verbessern darf ...» Lakenreißer hatte sich entschlossen, diesen Auftritt als Farce zu nehmen und nicht als Tragödie. «Nein, ich werde Ihnen ein Stück aus dem Roman vorlesen, an dem ich gerade schreibe, einem historischen Roman, in dem es um den ersten preußischen König geht, um Friedrich I., im Volk genannt der Schiefe Fritz.»

«Fritz Walter!», schrie einer dazwischen.

«Cornelius, bitte!» Die Lehrerin rang die Hände. «Wir freuen uns auf den Schiefen Fritz. Bitte sehr, Herr ...»

Während Lakenreißer sein Manuskript aus der Tasche zog, entschuldigte sie sich mit der Bemerkung, sie müsse noch als Vertretung in eine andere Klasse. Diese hier sei ja mit diesem köstlichen Ausflug in die zeitgenössische Literatur bestens versorgt.

Lakenreißer begann mit einer Passage aus dem Jahre 1786, in der es um den Tod von Friedrich August ging, dem Sohn des Schiefen Fritz aus seiner zweiten Ehe. Am Berliner Hof waren Intrigen an der Tagesordnung, und man munkelte, dass Gift im Spiel gewesen sei.

«Friedrich wurde es in der Residenz an der Spree immer unheimlicher, und er zog sich immer mehr nach Köpenick zurück ...»

Lakenreißer staunte, wie aufmerksam die Klasse zuhörte, obwohl die preußische Geschichte nicht wirklich jemanden interessierte. Und das sogar in Abwesenheit der Lehrerin. Da konnte er stolz sein auf die Kraft seiner Persönlichkeit!

Nach fünf Minuten aber begannen alle, sich auf das Wesentliche zu konzentrieren. Und das waren die SMS-Botschaften, die zu verschicken waren, die neuesten Nintendo-Spiele, die zu feilenden Fingernägel und die noch zu erledigenden Hausarbeiten für die nachfolgenden Schulstunden.

Lakenreißer entging das alles natürlich nicht, denn ab und an hob er schon mal den Blick. Aber er ertrug es mit Fassung, denn es passte zu seiner Rolle des Mannes, der ausgezogen war, die Entwertung zu lernen.

Als die Lehrerin zurückkam, unterbrach sie ihn und meinte, es sei nun Zeit, ihm Fragen zu stellen.

«Was verdienen Sie denn mit dem Schreiben?», fragte Cornelius.

Lakenreißer bewunderte die Fähigkeit des jungen Mannes, auf Anhieb die einzig wichtige Frage zu stellen.

«Bei der *Rammellotte* habe ich für die erste Auflage 100 000 Euro bekommen.» In Wirklichkeit waren es gerade einmal 1500 gewesen. «Aber die Verfilmung bringt mindestens noch einmal das Dreifache.» Dabei hatte der Duden eine größere Chance, verfilmt zu werden, als sein Roman.

Cornelius zeigte sich von Lakenreißers Zahlen wenig beeindruckt. «Das ist ja nichts im Vergleich zu dem, was Michael Ballack oder Andrés Iniesta verdienen. Die bekommen viele Millionen! Im Monat! Oder die Popmusiker alle. Dagegen sind das bei Ihnen doch Peanuts.»

Zehn Minuten später eilte Lakenreißer zum Rektorat, um sich seine 56 Euro abzuholen.

«Früher wollten die Leute in den Himmel, heute wollen sie nur noch ins Fernsehen.» Lakenreißer wusste nicht mehr, wer das zum Besten gegeben hatte, aber wahr war es allemal. Er selbst variierte zu diesem Thema gern den berühmten Satz von Descartes: «Ich bin in den Medien, also bin ich.» So gesehen, war er schon gar nicht mehr. Denn seinen letzten Fernsehauftritt hatte er vor etwa 15 Jahren, als *Ruf doch mal an* verfilmt worden war.

So fühlte er sich wie im siebenten Himmel, als Tinz ihn anrief und ihm eröffnete, dass eine Filmfirma um seine Adresse gebeten habe.

«Wollen die *Rumbalotte* verfilmen?», fragte Lakenreißer aufgeregt.

Tinz lachte. «Das nun nicht gerade. Aber man will fürs Fernsehen einen Film über Menschen drehen, die ihren Beruf gewechselt haben und nun glücklicher als vorher sind. Irgendwie ist man auf Sie gekommen. *Vom U-Bahn-Fahrer zum Literaten*. Man hat mir versprochen, dass Sie alle Bücher hochhalten können, die bei mir erschienen sind.»

«Wunderbar!»

Jetzt war er endgültig über den Berg! Seine zweite literarische Karriere begann mit einem Donnerschlag. In seiner Euphorie wäre Lakenreißer fast an die Decke gesprungen, besann sich aber im letzten Augenblick: Es war zu befürchten, dass die Decke dann endgültig runterkrachte, sammelte doch Melusine Mockenhaupt in der Wohnung über ihm weiterhin Druckerzeugnisse aller Art.

Er rief bei der Filmfirma an, und sie verabredeten sich auf dem U-Bahnhof Innsbrucker Platz, denn da war nie etwas los, und man konnte ungestört drehen.

Um sich auf seinen Auftritt vorzubereiten, las Lakenreißer alles, was er über die Berliner U-Bahn gesammelt hatte. Der Bahnhof Innsbrucker Platz war am 1. Dezember 1910 unter dem Namen Hauptstraße eröffnet worden. Die reiche und stolze Gemeinde Schöneberg, noch nicht von

Berlin geschluckt, hatte sich eine eigene U-Bahn gegönnt, wenn auch nur im Kleinprofil. Seit langem aber führte die Strecke vom Innsbrucker zum Nollendorfplatz als Linie 4 nur noch ein Schattendasein, und immer wieder wurde diskutiert, sie wegen zu geringen Fahrgastaufkommens stillzulegen. Es pendelte nur ein kümmerliches Zwei-Wagen-Züglein zwischen beiden Stationen.

Lakenreißer war pünktlich zur Stelle, aber die Filmleute ließen auf sich warten. Er wurde schon unruhig, da rückten sie endlich an: die Journalistin, der Kameramann, der Tonmeister und das sehr männliche Mädchen für alles. Sie hatten keinen Parkplatz gefunden.

Als sie endlich auf dem Bahnsteig standen, gaben sie sich aber alle betont herzlich und brachten ihm so viel Respekt entgegen, als hätte er gerade den Büchner-Preis gewonnen. Lakenreißer blühte auf und verzichtete darauf, der Journalistin ironischerweise vorzuschlagen, ihn doch vor einem der gelb-weißen Entwerter zu filmen, in welche die Fahrgäste die aus dem Automaten gezogenen Fahrausweise stecken mussten, um sie stempeln zu lassen.

«Der entwertete Henry Lakenreißer vor dem Entwerter – welch tiefe Symbolik!», höhnte es in ihm. – «Das ist vorbei. Jetzt geht es nicht mehr um Ent-, sondern um Aufwertung.»

Die Journalistin erklärte Lakenreißer, dass sie sich etwas sehr Schönes ausgedacht hatte: «Sie noch einmal im Führerstand einer U-Bahn – dann Schnitt, und man sieht, wie Sie in einer Buchhandlung sitzen und lesen.»

Lakenreißer musste schmunzeln. «Soll ich also den Fahrer, wenn er hier ankommt, niederschlagen, um dann selber ...»

«Nein, wir haben die Erlaubnis, Sie auf einem Abstellgleis zu filmen ...»

Es wurde ein schöner Tag. Lakenreißer genoss es, sich endlich einmal wieder im Ausnahmezustand zu fühlen. Bis abends drehten sie. Erst im U-Bahn-Zug, dann in seiner Wohnung und schließlich in einer Buchhandlung. Man versicherte ihm, dass er alles großartig gemacht habe. So zufrieden mit sich und der Welt wie seit langem nicht mehr, fuhr er am Abend wieder nach Hause.

Kaum hatte er es sich gemütlich gemacht und sich ein Glas Rotwein eingegossen, klingelte das Telefon. Es war sein Sohn Erik, der ihn zu seiner Geburtstagsparty einlud: «Nächsten Freitag ab 19 Uhr bei mir.»

«Du, da habe ich keine Zeit, da bin ich im Fernsehen. *Das Glück am anderen Ende des Ufers.* Über meine beiden Berufe.»

«Freut mich für dich. Aber fernsehen kannst du auch bei mir. Wir gucken alle mit und stoßen auf dich an.»

«Na schön.» Lakenreißer wusste, dass es keinen Zweck hatte sich zu wehren. «Und was wünschst du dir?»

«Eine neue Frau fürs Leben.»

Lakenreißer lachte. «Gut, ich rufe mal bei den Windsors an. Oder wie heißt die schwedische Prinzessin?»

Erik wusste es, Erik wusste immer alles. «Viktoria.»

«Ah ja, 89.»

«Was redest du da! Die ist um die dreißig und verheiratet.»

«Viktoria 89 Berlin ist zweimal Deutscher Fußballmeister geworden, 1908 und 1911.»

«Hast du jetzt auch einen Fußballroman geschrieben?», wollte Erik wissen.

«Ja, weißt du das nicht? *Rumbalatte*. Bei meinem Verein tanzen sie immer Rumba, wenn einer den Ball an die Latte bekommt.»

«Das muss aber sehr schmerzhaft sein», sagte Erik. «Lassen wir das lieber. Bis Freitag also!»

Lakenreißer freute sich keineswegs auf diese Party. In Mario Puzos Mafia-Roman *Der Pate* hieß es zwar, Familie sei alles, aber er selber dachte bei Familie eher an Zirkusdressur. Von Eltern und Schule wurde man abgerichtet, brav durch die Manege zu traben und sich über ein Stückchen Zucker zu freuen. Mit seinen eigenen Eltern hatte er es seiner Meinung nach nicht eben glücklich getroffen. Nicht ohne Neid hatte er bei Hans Fallada gelesen, wie wunderbar der es im Hause eines Herrn Gerichtspräsidenten gehabt hatte. Für ihn traf zu, was Fontane geschrieben hatte: *Kleine Verhältnisse machen klein*.

Er wusste genau, woher sein unersättlicher Narzissmus rührte: daher, dass seine Mutter ihm nie Zärtlichkeit geschenkt hatte. Sie war Buchhalterin gewesen, und ihre Erziehungsmethoden waren einzig und allein darauf ausgerichtet gewesen, dass er nie einen Fehler machte. Auch sein Vater, wie seine Frau bei Siemens angestellt, aber als Mechaniker, konnte Fehler nicht ertragen: Alles musste so konstruiert sein, dass es verlässlich funktionierte.

Mit seinen Großeltern war er viel besser klargekommen. Viel zu verdanken hatte er vor allem dem Einfluss seiner Neuköllner Buch-Oma – der Großmutter mütterlicherseits. An deren Mann, einen Lagerverwalter bei Gaubschat, konnte er sich nicht mehr erinnern, denn der war schon gestorben, als er noch Windeln getragen hatte. Auch auf der väterlichen Seite hatte es recht praktisch veranlagte Menschen gegeben. Der Lampen-Opa hatte in den Wunderjahren nach dem Krieg ein Elektrogeschäft in der Charlottenburger Niebuhrstraße zum Erfolg geführt. Dort hatte Lakenreißer als Kind gern ausgeholfen und den

Leuten Glühbirnen und Batterien verkauft. Nach seiner tätigen Beihilfe zur Umsatzsteigerung hatte es bei der Buletten-Oma immer etwas Deftiges zu essen gegeben.

Alle lagen sie längst auf dem Friedhof, gestorben zwischen 1945 und 1997. Da sie aus kinderreichen Familien kamen, waren eine Menge entfernter Verwandter übrig geblieben, die Lakenreißer aber durchweg aus den Augen verloren hatte. Man sah sich höchstens einmal bei einer Beerdigung oder bei einer der Partys, zu denen sein Sohn gerne einlud.

Erik Lakenreißer war 1968 in Berlin geboren worden und hatte 1987 sein Abitur gemacht. Er hatte in Berlin Germanistik studiert, war aber dann in die USA gegangen und hatte es dort zu einer Professur in Columbus, Ohio, gebracht. Anschließend war er nach New York übergesiedelt, um als Literaturkritiker und Journalist zu arbeiten. Nachdem seine Ehe mit einer Amerikanerin gescheitert war, hatte er 2005 alles stehen und liegen lassen und war nach Berlin zurückgekehrt. Er war Single und wohnte recht nobel in der Wolfshagener Straße in Pankow.

Hätte nicht festgestanden, dass Erik sein Sohn war, wäre Lakenreißer diesem Mann mit Freude aus dem Weg gegangen. Er fand ihn furchtbar amerikanisiert, eine ungute Mischung von George W. Bush und Gregory Peck, und dazu zum Kotzen arrogant. Als *cosmopolitan* sah Erik auf alle herab, die *locals* waren, also ihrem Kiez verhaftet. Zudem verachtete er alle Schreibhandwerker, wie sein Vater einer war, und ließ nur gelten, was er und seinesgleichen zur Hochliteratur zählten.

Wenigstens konnte er Erik mit seinem Geschenk eine kleine Freude machen und ein paar Pluspunkte bei ihm sammeln. Es war ein geistreiches Büchlein von H. D. Kittsteiner um ein kleines Geheimnis Friedrichs des Großen, ein Forschungsbericht um *Das Komma von SANS, SOUCI*, den er bei seinen Recherchen für den Schiefen Fritz entdeckt hatte.

Mit Pankow hatte Lakenreißer in seinem Leben noch nie etwas zu tun gehabt, nicht einmal als U-Bahn-Fahrer. Denn als er noch im Führerstand war, fuhr die Linie A nicht mehr nach Pankow (Vinetastraße), sondern – als Folge des Mauerbaus – nur noch bis Gleisdreieck. Aber nicht nur deswegen fühlte er sich in der Wohnung seines Sohnes ziemlich fremd. Gut fünfzig bedeutsame Menschen mochten sich im Laufe des Abends eingefunden haben, aber nicht ein Einziger tat das, was Lakenreißer eigentlich von allen erwartete – ihn anzusprechen und *Rumbalotte* zu loben: *«Ah, Sie sind der berühmte Henry Lakenreißer! Ihr Sohn hat mir viel von Ihnen erzählt.»* – *«Ich habe mich schon lange darauf gefreut, Sie kennenzulernen. Ich bin bei Deutschlandradio Kultur und hätte Sie gern einmal in meiner Sendung.»* – *«‹Rumbalotte› ist ein herrliches Buch. Ich komme vom rbb, und wir sollten mal ein Porträt von Ihnen machen.»* – *«Erik, stell dich doch mal neben deinen Vater. Du mit ihm zusammen auf einem Foto, die Gelegenheit hast du nicht jeden Tag.»*

So wäre eine Party gewesen, die Lakenreißer als gelungen bezeichnet hätte! Stattdessen herrschte geistige Ödnis. Sein Sohn hatte nicht einmal ein einziges von Lakenreißers Werken in seinen Regalen stehen. Wahrscheinlich schämte er sich der Hervorbringungen seines Vaters und hätte es peinlich gefunden, *Rumbalotte* neben *Hundert Jahre Einsamkeit* stehen zu haben.

«Wozu hast du mal Psychologie studiert?», fragte ihn seine innere Stimme. – «Um mich und die anderen besser verstehen zu können ...» – «Dann geh doch einmal auf sie zu und frage sie, ob

sie wirklich noch nie etwas von Henry Lakenreißer gehört oder gelesen haben.» – «Gute Idee!»

Da Erik nur für ein Viertel seiner Gäste Sitzgelegenheiten zur Verfügung hatte, war es mehr oder minder eine Stehparty, was die Kontaktaufnahme zweifellos erleichterte. Lakenreißer füllte in der Küche sein Rotweinglas und machte sich auf die Wanderschaft. Überall nur fremde Gesichter. Und alle waren wichtig, das merkte man. Er sah auf die Uhr. Noch eine knappe halbe Stunde, dann sahen ihn alle auf dem Bildschirm – und plötzlich war er dann wer. Diejenigen, die jetzt noch blasiert an ihm vorbeisahen, würden sich darum reißen, mit ihm zu plaudern.

Lakenreißer freute sich, endlich einmal jemanden zu sehen, den er kannte. Jedenfalls von den Wahlplakaten her. Es war eine Politikerin der Linkspartei, von der Erik ihm erzählt hatte, dass sie über die Buch-Oma mit ihr verwandt seien. Er trat auf sie zu und gab sich alle Mühe, wie Rod Stewart zu wirken – allerdings ging es eher in die Richtung von Johannes Heesters.

«Hallo, Katharina, ich bin dein Onkel Henry.»

Sie sah ihn an wie jemanden, der sie sexuell belästigt hatte. «Ich kenne keinen Onkel Henry.»

«Doch.» Er versuchte, ihr die Zusammenhänge zu erklären. «Deine Großmutter war eine Cousine meiner Großmutter, der Auguste Meier, geborene Gründler, bei uns Buch-Oma genannt, weil sie eine kleine Leihbücherei hatte, plus Verkauf von Heftromanen. Durch sie bin ich zum Schreiben gekommen.»

«Und – ist das gut für Sie?»

Lakenreißer nahm das «Sie» für einen Aufwärtshaken, den er erst verdauen musste. Katharina mochte Anfang vierzig sein und war genau der Typ von Frau, für den er sich den Rest seiner Potenz aufgehoben hatte. Er brauchte so lange für eine Antwort, dass sie inzwischen mit ihren beiden Gesprächspartnern, zwei Journalisten aus dem Ressort Klatsch und Tratsch, über die Rekonstruktion des Berliner Stadtschlosses diskutieren konnte.

«Ich werde es niemals verwinden, dass sie den Palast der Republik abgerissen haben», sagte der eine.

«Ich habe diesen Kasten gehasst und bin heilfroh, dass dieses Scheißding ein für alle Mal aus der Welt ist», meinte der andere.

Lakenreißer räusperte sich. «So haben wir Schriftsteller wenigstens etwas, über das wir uns auslassen können.» Dann wandte er sich wieder Katharina zu. «Ja, ich liebe das Schreiben.»

Jetzt musste die Frage kommen, was er denn veröffentlicht habe, doch Katharina wandte sich abrupt von ihm ab, um freudig einen Neuankömmling zu begrüßen, einen ZDF-Moderator.

Lakenreißer machte sich über seine Situation innerlich Notizen: Er stand nun da wie bestellt und nicht abgeholt. Diese Wendung hatte er von seinem Lampen-Opa.

Wer ihn erlöste, war eine andere sehr weit entfernte Verwandte, Isolde Schmidt-Axstedt, die es ebenfalls schwer hatte, Gesprächspartner zu finden. Das lag ebenso an ihrem Mundgeruch wie an ihrer Logorrhö, dem krankhaften Sprachfluss. Außerdem sah sie so aus wie Mutter Courage, allerdings geschminkt und hergerichtet wie eine Prostituierte aus den Zeiten von *Cabaret*.

«Da bist du ja, Henry, mein Schatz!» Sie umarmte Lakenreißer. «Schön, dich mal wieder zu sehen. Dein *Rumbalotte* ist ja wirklich herrlich! Das hat mich so an mein früheres Leben erinnert, du weißt ja, ich war mal Amtsärztin und in der Fürsorge für Geschlechtskranke. Was ich da für verschrumpelte Penisse gesehen habe! Die Männer waren ja so verschüchtert, wenn sie mit ihrem Tripper zu mir gekommen sind. Bei denen hätte nicht mal *Rumbalotte* draufgepasst. Aber, Schätzchen, darum geht es mir gar nicht, sondern ... Ich wusste ja, dass du heute Abend hier sein würdest, und da habe ich dir mein Manuskript mitgebracht. Ja, ich habe endlich meine Memoiren geschrieben. Titel: *Nur keine nackten Männer mehr*. Du bist bitte so nett und drückst es gleich morgen dem Tinz in die Hand.»

Wieder umarmte sie ihn und ließ keinen Zweifel daran, dass sie von ihm noch mehr wollte als Hilfe beim Unterbringen ihres Manuskriptes.

In diesem Augenblick kam seine Ex-Ehefrau vorbei, und für Brigitte Lakenreißer war diese Szene ein gefundenes Fressen. Ihr Blick war ein einziger Triumphschrei, notierte sich Lakenreißer, obwohl kein Lektor diesen Satz hätte durchgehen lassen, und sagte: Gott, wie tief bist du gesunken!

Lakenreißer murmelte etwas von seiner schwachen Blase und wollte auf die Toilette flüchten, fand diese aber besetzt. Auf sein Rütteln an der Türklinke hin wurde jedoch geöffnet, und heraus kam Rebecca, eine der Journalistinnen, die gern etwas mit seinem Sohn angefangen hätten.

In dem Glauben, ihre Chancen dadurch zu erhöhen, dass sie bei seinem Vater einen guten Eindruck hinterließ, gab sie sich als begeisterte Leserin seiner Werke zu erkennen. «Ich fand ja schon *Licht am Ende der Tunnel* phantastisch. Der Betriebsratsvorsitzende bei der BVG, dieser Milczaryk, ist Ihnen wunderbar gelungen. Hatten Sie ein Vorbild dafür?»

Lakenreißer kam ins Stottern, denn er konnte sich an keinen Milczaryk mehr erinnern. «Ein Vorbild? Nein, nicht direkt ...»

«Der Mann ähnelt nämlich einem Onkel von mir, der auch bei der BVG war.»

«Wie heißt er denn?»

«Otto Thomälen.»

«Tut mir leid, nie gehört.» Lakenreißer merkte, dass er wieder einmal einen schlechten Eindruck hinterließ. Wie schwachsinnig musste doch ein Autor sein, der seine eigenen Protagonisten nicht mehr kannte! Schnell sah er auf seine Uhr. «Ich muss Erik finden, damit er mir den Fernseher einschaltet.»

«Gibt's denn heute Fußball?»

«Nein, es gibt mich. Ich bin in einer Reportage zu sehen.»

Er geriet langsam in Panik, denn in fünf Minuten begann die Sendung, und sein Sohn war nirgendwo zu entdecken.

«Gott, du wirst doch wohl noch selber einen Fernsehapparat bedienen können!», höhnte seine innere Stimme. – «Natürlich. Aber der Fernseher steht bei Erik im Schlafzimmer, und das hat er abgeschlossen, um zu verhindern, dass sein Bett wieder missbraucht wird.»

Verzweifelt rief er nach Erik. Einige dachten, er habe einen Herzinfarkt erlitten, und fragten, ob sie einen Notarzt holen sollten.

«Nein, aber ich bin heute im Fernsehen und möchte gern wissen, was sie über mich bringen.»

«Sind Sie Politiker?»

«Nein, Schriftsteller. Henry Lakenreißer, Eriks Vater.»

Das sprach sich herum, und damit hatte er sichergestellt, dass nun alle die Reportage über die Berufsumsteiger sehen wollten. Eine Großfahndung nach Erik lief an, und man fand ihn schließlich im Weinkeller, in den er geeilt war, um Nachschub heranzuschaffen.

Er kam nach oben geeilt, schloss das Schlafzimmer auf und rollte den Apparat zur Tür, so dass alle vom Flur aus den Bildschirm sehen konnten. Lakenreißer wurde der Ehrenplatz direkt vor dem Fernseher zugewiesen. «Sie sind ja schließlich die Hauptperson heute.»

«Mensch, Erik, warum hast du uns denn immer verschwiegen, was für einen prominenten Vater du hast!»

Pünktlich kam der Film, und danach fanden alle, dass es eine sehr gelungene Reportage gewesen war, reif für den Grimme-Preis. In Lakenreißers Augen hatte sie nur einen entscheidenden Fehler – den nämlich, dass er in ihr nicht vorkam. Man hatte das Material, das man mit ihm gedreht hat, schlicht und einfach nicht verwendet.

Zur Buchmesse nach Frankfurt am Main war Lakenreißer nicht gefahren, das hätte er nie und nimmer aus eigener Tasche finanzieren können, und Tinz war ja auch nicht auf Rosen gebettet, aber nach Leipzig war er von seinem Verleger eingeladen worden. Also machte er sich auf den Weg. Der ICE, der den Bahnhof Südkreuz um 9.05 Uhr verließ, erreichte den Leipziger Hauptbahnhof genau eine Stunde später, es war also nur ein Katzensprung.

Weit vor der Zeit stand er auf dem Bahnsteig. Er liebte es, den Menschen und den Zügen zuzusehen, genoss aber auch die leise Spannung, ob wohl alles klappen würde. Fiel der ICE vielleicht wegen irgendeiner Störung aus, wegen «einer Person im Gleis», also eines Selbstmörders, oder weil Anarchisten eine Kralle in die Oberleitung gehängt hatten? War der Platz, den er reserviert hatte, wegen eines Computerfehlers doppelt vergeben, oder fehlte gar sein Wagen ganz und hatte er die ganze Fahrt über zu stehen, auf der Toilette zu sitzen oder sich im Speisewagen an einer Flasche Selters festzuhalten?

Er hatte kein Gepäck bei sich und schlenderte zum nördlich gelegenen Kopf des neuen Bahnhofs. Von hier hatte er einen wunderbaren Blick auf die Innenstadt und den Himmel über Berlin. Das versöhnte ihn ein wenig mit dieser Stadt, die doch seine Stadt war und ihm dennoch so wenig Anerkennung zollte. In den Medien war er nicht präsent, und wenn doch einmal, dann mit einem Verriss, zu seinem sechzigsten Geburtstag gratulierte ihm kein Politiker, nicht einmal seine Bezirksbürgermeisterin, und auf die Verdienstmedaille des Landes hatte er so wenig Chancen wie ein Einarmiger auf den Titel eines Boxweltmeisters.

Er ging zum Abschnitt C, wo sein Wagen halten sollte, und kam dabei an denen vorbei, die in der ersten Klasse reisten. Einige der Kulturmanager und Journalisten kannte er vom Sehen, und auch sie mussten ihn kennen, doch ihre Blicke gingen desinteressiert über ihn hinweg, als er ihnen zulächelte. Ein alter Scherz fiel ihm ein: Kommt ein Mann zum Arzt und antwortet, als er nach seinem Leiden gefragt wird: «Niemand nimmt mich wahr, Herr Doktor, und interessiert sich für mich.» – «Der Nächste bitte!»

Auch heute wieder gefiel er sich in seiner Rolle als Underdog. Wie er der Entwertung durch die Gesellschaft standhielt, das verlieh ihm eine gewisse Größe.

«Fehlt nur noch, dass einer kommt und ein Buch über dich schreibt!», höhnte es in ihm. – «Das mach ich schon selber.» – «Bloß nicht, dann kauft es doch keiner!»

Der Zug kam und war sogar pünktlich, das heißt, er hatte nicht mehr als sieben Minuten Verspätung. Lakenreißer stieg ein und hoffte, dass neben ihm die Frau für seine zweite Lebenshälfte sitzen würde, doch das Schicksal gönnte ihm nur einen Greis, der andauernd stöhnte und sich beim Harnlassen in die Hose genässt hatte. Langsam trocknete diese nun per Verdampfung, was dazu führte, dass man ringsum besser darauf verzichtete, etwas zu essen oder zu trinken.

Lakenreißer zog seinen Notizblock hervor und machte sich daran, einen witzigen Dialog zwischen dem Schiefen Fritz und seiner dritten Frau zu formulieren, der 23-jährigen Sophie Luise zu Mecklenburg-Schwerin-Grabow.

«Was, willst du schon wieder?»– «Darf ich Sie daran erinnern, Madame, dass Sie die Ehe mit mir aus dynastischen Gründen geschlossen haben?»

Ging das so, oder schreckte der Kalauer am Anfang eher ab, als dass er erheiterte? Er überlegte, ob er alles wieder durchstreichen sollte.

«Lassen Sie's ruhig so», riet ihm der Greis auf dem Nebensitz. «Ich war mal Schauspieler. Sie müssen mich doch eigentlich kennen ...»

«Ja, natürlich», log Lakenreißer, «aus dem Schillertheater.» Damit lag man fast immer richtig.

Der Greis freute sich und wollte beweisen, dass sein Gedächtnis noch prächtig in Form war. «‹Warum ist der Greis mies? Das liegt am vielen Maisgrieß.› Schiller, *Wallenstein*. Habe ich x-mal gespielt, junger Mann. Und den *Faust*. ‹Unter den nickenden Fichten sah man die fickenden Nichten.› Ja, Goethe und die Frauen ...» Er lachte so lange, bis er einem Röchelkrampf nahe war.

Lakenreißer wusste nun, wie es in zwanzig Jahren um

ihn bestellt sein würde. Immerhin hielt er durch bis Leipzig. Dort angekommen, fuhr er mit der Straßenbahn vom Hauptbahnhof hinaus zur Messe in Wiederitzsch.

Als er durch die erste Halle ging, notierte er sich in Gedanken: «Heinrich Zille hat gesagt, dass man keine Axt brauche, einen Menschen zu töten, es reiche auch eine feuchte Wohnung. Bei einem Schriftsteller reicht auch eine Buchmesse.»

Es gab so unendlich viele Bücher – war es da nicht völlig sinnlos, selber noch welche zu schreiben? Für einen Augenblick stellte er sich vor, es gäbe auf der Welt nur einen einzigen Schriftsteller, der alle Genres abzudecken hatte: ihn, Henry Lakenreißer.

Beim Weitergehen litt er unter dem Anblick fremder Bücher so stark wie ein Spinnenphobiker vor einem Terrarium mit den ekligsten Exemplaren dieser Gattung. Aber das musste er ertragen, wollte er zum Stand des Tinz-Verlages. Leider konnte er nicht mit geschlossenen Augen gehen, dazu war das Gedränge zu dicht.

Wieder kam ihm Theodor Fontane in den Sinn: *... wie viel hat das Leben, aber für wie wenige nur.* Und diese wenigen unter seinen Kolleginnen und Kollegen waren es, die auf den verschiedenen Bühnen und im «Berliner Salon» lesen durften und deren Namen groß an den riesigen Ständen ihrer Verlage prangten. Tauchten sie auf, waren sie im Nu von einem Pulk bedeutsamer Menschen umgeben, und Scheinwerfer, Kameras und Mikrophone beherrschten die Szene.

In einem Interview hätte er das natürlich ganz anders formuliert: «Es ist immer wieder ein wunderbares Gefühl, durch diesen Wald von Büchern zu lustwandeln. Hurra, der Deutsche liest noch – ganz besonders aber die Deutschin! Mein Buch inmitten all dieser wunderbaren Bücher meiner Freunde und Kollegen aus aller Welt – ich bin so glücklich, dieser *community* anzugehören, Teil eines Ganzen zu sein, das rund um den Globus gebraucht und geschätzt wird.»

Das mit der Deutschin gefiel ihm über alle Maßen, damit war er allen Feministinnen voraus und konnte damit rechnen, wieder und wieder zitiert zu werden.

«Hallo, Laki!»

Jemand hatte ihm von hinten kräftig auf die Schulter gehauen. Zur Gegen- und Notwehr bereit, fuhr er herum, denn es war ihm längst entfallen, dass man ihn in der Schule immer Laki genannt hatte.

«Mensch, Kalle!» Jetzt hatte er seinen alten Klassenkameraden erkannt. «Was machst du denn hier: Will Red Bull Leipzig dich verpflichten?» Die Frage lag nahe, denn Kalle hatte es vom SC Siemensstadt bis in die Bundesliga gebracht.

«Nee, ick bin Elektriker hier bei der Messejesellschaft. Und du? Biste imma noch bei der U-Bahn?»

«Nein, ich bin Schriftsteller jetzt.»

«Da hab ick aba nie wat von dir jehört.»

Lakenreißer lächelte. «Kein Wunder, ich habe ja auch alles unter einem Pseudonym veröffentlicht: Hans Fallada.»

Kalle stutzte. «Der is doch schon lange tot ...»

Lakenreißer grinste. «Eben drum.»

Kalle nickte anerkennend, denn von Fallada hatte er bei einem der großen Verlage eine Menge Taschenbücher stehen sehen. Leider musste er dringend weiter.

Lakenreißer hastete in die andere Richtung, denn wer gerade um die Ecke bog, war Isolde Schmidt-Axstedt. Wie bei jeder Buchmesse klapperte sie auch diesmal wieder alle Stände ab und suchte nach einem Verleger.

In der Nähe des «Berliner Salons» interviewte Ophelia Ochs einen der Jungliteraten, den sein Konzern dazu bestimmt hatte, Star der Frühjahrssaison zu werden. Lakenreißer kannte die Kneipe, in der er als Hartz-IV-Empfänger sitzen würde, wenn er nach dem zweiten Buch, das erfahrungsgemäß ein Flop werden würde, verbrannt war.

Nach dem Stand des Tinz-Verlages musste Lakenreißer nicht lange suchen, denn es war der, bei dem am wenigsten los war. Dennoch, hier war seine Heimat, und Immanuel Tinz und Petra Kruppke empfingen ihn herzlich und mit einer Tasse Kaffee. In den Regalen waren zehn Exemplare von *Rumbalotte* aufgebaut. Nur interessierte sich leider keiner der Messebesucher für sie und die anderen Bücher, die Tinz herausgebracht hatte.

«Nächstes Jahr werden wir uns Leipzig nicht mehr leisten können», sagte der Verleger.

Lakenreißer lachte. «Wenn *Rumbalotte* erst als Taschenbuch herausgekommen und fürs Kino verfilmt worden ist, können Sie den Messestand doch locker bezahlen.»

Tinz sank auf den Besucherstuhl. «Ich habe mit allen Taschenbuchverlagen gesprochen: Niemand will *Rumbalotte.*»

Lakenreißer schwieg. Die Erträge aus der Vergabe von Lizenzen wurden im Verhältnis 60 zu 40 zwischen Autor und Verlag aufgeteilt, und ohne einen Vorschuss auf die Taschenbuch-Tantiemen war er finanziell am Ende.

«Wunderbar», hörte er seine innere Stimme, «das ist doch die schönste Rache für Eriks Hochmut: Dann muss er für dich aufkommen.» – «Ja, so hat alles seine guten Seiten, und das Schöne

am eigenen Tod ist ja auch, dass man hinterher keine Angst mehr vor ihm haben muss.»

Während dieses inneren Monologs ahnte Lakenreißer noch nicht, dass in den nächsten zehn Minuten etwas passieren würde, das sein Leben total auf den Kopf stellen sollte.

Die Journalistin überflog ihren Text noch einmal und nahm letzte Korrekturen vor. Besonders gelungen fand sie nicht, was sie da geschrieben hatte, auch war die Rubrik «Lerne nur das Glück ergreifen» eigentlich unter ihrer Würde, aber der zuständige Redakteur, selber leidenschaftlicher Modellbahner, hatte die Geschichte mit Torsten P. unbedingt im Blatt haben wollen. Und so konnten die Berliner am nächsten Morgen in ihrer größten Tageszeitung Folgendes lesen:

Nur das Alte lässt uns leben

Topi Toys macht Männer glücklich – «Ich spiele, also bin ich!»

Von Ophelia Ochs

Man kann die Gegend um die Hanauer Straße, die auf einer Länge von 500 Metern den Heidelberger Platz mit der Laubacher Straße verbindet, durchaus als idyllisch bezeichnen. Auf ihrer nördlichen Seite hat sie ausgesprochen kleinstädtischen Charakter, da kuscheln sich zweistöckige Doppelhäuschen mit spitzen roten Dächern in das üppige Grün kleiner Gärten. Das Rauschen, das man vernimmt, stammt allerdings nicht nur von den Blättern im Wind, sondern auch vom Verkehr auf der nahen Stadtautobahn, und zwischen deren Betonbändern und den verwunschenen Plätzen, die zum Lesen und Grillen einladen, liegt noch eine breite Eisenbahntrasse mit vier Gleisen.

Fährt ein S-Bahn-Zug vorüber, ist dessen Röhren Musik in den Ohren eines Mannes, der in diesem Kiez seine Modellbahnschmiede betreibt. Vor nunmehr 15 Jahren hat sich Torsten P. – seinen vollen Namen möchte er nicht genannt sehen – hier ein Doppelhaus gekauft und die Firma Topi Toys gegründet. Die Belegschaft besteht aus ihm und seiner Frau Tamara.

«Ich baue die Modelle», erzählt Torsten P., während er an einer alten Berliner Straßenbahn vom Typ T 24 werkelt, «und meine Frau malt sie dann an. Wir sind spezialisiert auf die Berliner Straßen-, U- und S-Bahnen der Jahre 1881 bis 1981, haben neuerdings aber auch altes Blechspielzeug im Programm. Bei uns steht alles unter dem Motto ‹passion & obsession›, und unsere Kunden sind von derselben Leidenschaft besessen wie wir.»

Hier in der Hanauer Straße haben wir eine heile Welt, wie sie im Buche steht. Es ist wirklich eine Welt, die heilt – den Hektiker von seinen Magengeschwüren und den jungen Menschen von seinem Irrglauben, dass nur gut sein könne, was neu sei.

Ich stehe staunend vor einem großen Diorama, das die Überschrift «Berliner Verkehrsgeschehen um 1955» trägt, und sehe Straßenbahnen, die wegen ihrer Trennung in Raucher- und Nichtraucherzone «Stube und Küche» genannt wurden, sehe U-Bahnen, die aufgrund ihrer ovalen Führerstandsfenster «Tunneleule» heißen, und S-Bahnen, die Torsten P. als «Bubiköpfe» bezeichnet.

Letztendlich kann man es Glück nennen, was von Topi Toys gefertigt wird. Die Firma bedient die Kindheitsträume von Männern, die es im Leben zu etwas gebracht haben. Wie Gott die Welt erschuf, schaffen diese sich zu Hause ihren Mikrokosmos. Ihr Sinn steht ihnen nicht nach Models, sondern nach Modellen – Modellen jener Fahrzeuge, in denen sie in ihrer Kindheit und Jugend glück-

liche Stunden verbracht haben, im Maßstab 1:87. Nun vollziehen sie spielend alles nach und gewinnen dadurch auch ein Gefühl der ewigen Jugend, der Unsterblichkeit. «Mein Karma ist das Diorama», hat einer der Kunden an Torsten P. geschrieben. Ein anderer, der bekennt, eine echter Homo ludens zu sein, hat es auf den Punkt gebracht: «Ich spiele, also lebe ich!»

Wer ist nun dieser Mann, der andere Männer in die Kindheit zurückversetzt? Aufgewachsen ist er als Sohn eines erfolgreichen Geschäftsmannes und einer renommierten Schauspielerin in Berlin-Schlachtensee, in der Matterhornstraße. Nach dem Abitur im Jahre 1980 begann er mit dem Studium der Zahnmedizin an der FU Berlin, brachte es aber nicht zu Ende, weil er lieber durch alle fünf Kontinente trampen wollte, als sich mit der Bekämpfung der Parodontose zu beschäftigen. Nach seiner Weltreise erlernte er dann den Beruf des Zahntechnikers, was ihm heute beim Bau seiner Modelle sehr zupass kommt. «Meine Arbeit ist mit der eines Goldschmiedes vergleichbar», erklärt er. «Und wie der Goldschmied in E. T. A. Hoffmanns ‹Fräulein von Scuderi› seine Schmiedearbeiten, so liebe ich alle meine Modelle und möchte sie eigentlich gar nicht hergeben.»

Nachdem Torsten P. einige Zeit in einem zahntechnischen Labor gearbeitet hatte, starb sein Vater, und er erbte so viel, dass er sich das Haus in der Hanauer Straße kaufen und zu seiner Modellbahnschmiede machen konnte. Ein gewisses Vorbild war ihm dabei sein Großvater, der in den Wirtschaftswunderjahren nach dem Krieg seinen Beruf als Ingenieur in der Bahnabteilung der AEG aufgegeben hatte, um in der Schloßstraße in Steglitz ein Geschäft für Modelleisenbahnen zu eröffnen.

Seine Frau Tamara kommt aus der DDR und ist Diplom-Ingenieurin. Sie arbeitete im RFT in Köpenick und wurde nach der Wende arbeitslos. Tamara P. ist für die Firma Topi Toys doppelt wichtig: Zum einen sorgt sie als Ingenieurin für den Antrieb der Modellbahnen, und zum anderen ist sie für die farbliche Gestaltung verantwortlich. Auch dafür ist sie prädestiniert, denn ihr großes Hobby war schon immer das Bemalen von Zinnfiguren.

«Wir arbeiten für die süßen Erinnerungen anderer Menschen», sagt sie, um dann mit feiner Selbstironie in Anspielung auf einen bekannten Schlagertitel hinzuzufügen: «Nur das Alte lässt uns leben.»

Unsere Serie beruht ja auf einer Weisheit Goethes: «Willst du immer weiter schweifen? / Sieh, das Gute liegt so nah. / Lerne nur das Glück ergreifen, / Denn das Glück ist immer da.»

Ein wunderschönes Beispiel hierfür finden wir in der Hanauer Straße in Wilmersdorf. Und ich weiß jetzt auch, was ich – eine Frau! – mir zu Weihnachten wünsche: den Triebwagen Nr. 4 der Berliner Hochbahn, Bauart AI T3, 1. Lieferung, Baujahr 1901, von Topi Toys.

Torsten und Tamara Pint saßen über dem Artikel von Ophelia Ochs und öffneten eine Flasche Champagner, um darauf anzustoßen. In den nächsten Tagen kamen doppelt so viele Bestellungen wie sonst.

Es kam allerdings auch der Brief eines Klassenkameraden, den Pint seit dreißig Jahren nicht mehr gesehen hatte. Als er ihn gelesen hatte, stand er kurz vor einem Herzinfarkt. Ein einziger Satz hatte diesen Anfall ausgelöst: *... dass Du, lieber Torsten, angesichts Deines Werdegangs einmal bei der Puffbahn landen wirst, war ja fast zu ahnen.*

«Nimm das nachher mit zur Therapeutin», sagte Tamara.

Eine Stunde später saß er bei Frau Dr. Nadja Moschinas im Sessel und berichtete ihr vom Brief mit der Puffbahn.

«Das hat alles wieder ausgelöst», sagte er.

Die Psychologin griff nach ihrem Notizblock. «Ich habe mir vorhin mal das bundesrepublikanische Telefonverzeichnis auf den Bildschirm geholt und nachgezählt. Da gibt es sage und schreibe 157 Leute mit Nachnamen Pint, von Achim Pint bis Willi Pint. Nimmt man die jeweiligen Partner und Kinder dazu, kommt man sicher auf 300 Pints. Und ich behaupte, die gehen alle mit ihrem Namen so normal um, als würden sie Schulze oder Krause heißen.»

Pint stöhnte auf. «Aber die hatten ja auch nicht meinen Vater.»

Sein Vater war der Grund seines Traumas. Matthias Pint, geboren im Jahre 1929 und verstorben 1982, hatte sein Geld mit Hotels, Bars, Nachtklubs und Bordellen gemacht. In der Schule hatten die anderen nicht nur schnell mitbekommen, dass Torstens Vater ein stadtbekannter Berliner Bordellkönig war, sondern waren auch darauf gekommen, dass Pint umgangssprachlich für Penis stand. Daran konnten sich die pubertierenden Knaben nun unglaublich ergötzen: «Pint, zeig mir mal deinen Pint!» – «Pint, kann ich bei deinem Vater nicht Rabatt kriegen?» – «Fass das Geld von Pint nicht an, das ist mit Tripper und Syphilis infiziert.» – «Pint, nimmst du mich mal mit in einen von euren Stoßbunkern?» – «Pint, haben sie deinen Vater wieder mal eingesperrt, weil er illegales Frischfleisch eingeführt hat?»

Die Therapeutin wusste von alledem und hatte auch erfahren, dass Torsten Pint nach einem Selbstmordversuch einige Zeit in der Psychiatrie zugebracht hatte. Dass er um die Welt gezogen war, um die Attacken seiner Klassenkameraden, seine Jugend und seinen Vater zu vergessen, hatte wenig geholfen. Auch der Entschluss, sich in seine

Höhle in der Hanauer Straße zurückzuziehen und keinerlei tiefergehende soziale Kontakte mehr zu unterhalten, hatte nicht gefruchtet. Nichts hatte ihn heilen können, immer wieder wurde er zum psychiatrischen Notfall. Mal waren es Angst- und Panikattacken, mal Psychosen. Mit Medikamenten konnte er dann zwar schnell wieder ruhiggestellt werden, um in seine Modellbahnschmiede zurückzukehren, aber die seelischen Ursachen seines Syndroms waren damit nicht beseitigt.

Frau Dr. Moschinas hatte sich nun nach Rücksprache mit einer Kollegin eine neue Strategie überlegt. «Herr Pint, gehen Sie offensiv mit Ihrem Namen um! Ich weiß doch auch, wie die Leute hinter meinem Rücken lästern: Ah, da kommt ja die Frau Muschinass! Und wenn ich es höre, dann sage ich lachend, dass mir das immerhin schon einen gut dotierten Vertrag für Windeln eingebracht hat.»

Torsten Pint senkte den Blick, um nicht in Richtung ihres Schoßes schauen zu müssen.

«Ich weiß, das ist Ihnen peinlich, da werden sie rot. Moschinas ist ein griechischer Name, ich bin mit einem Griechen verheiratet. Hier, gucken Sie hin, wo ich meine Muschi habe! Das müssen Sie schaffen: Herr Pint redet mit Frau Muschinass, ohne dabei in Panik zu geraten und aus dem Zimmer zu stürzen. Sie müssen spielerisch mit Ihrem Erbe umgehen, sich Ihrem Schicksal selbstironisch stellen. Ich kenne eine Untersuchung, laut der Menschen unter ihrem anzüglichen Namen nicht nur leiden, sondern ihn nutzen, um sich damit auf der Bühne des Lebens interessant zu machen. Versuchen Sie es einmal ... Wir begegnen uns auf einer Party, und Sie stellen sich vor: Mein Name ist ...»

Pint schaffte es nicht, seinen Namen zu nennen, sondern reagierte wie üblich. «Torsten ... Ich bin Modellbahnbauer, Topi Toys in der Hanauer Straße.»

Die Therapeutin blieb hart. «Sagen Sie jetzt bitte: Mein Name ist Pint, Torsten Pint.»

Pint schaffte es nicht, er lief nur rot an und erlitt einen heftigen Schweißausbruch. Dabei hatte er Mühe, eine Erektion zu unterdrücken, denn alles in ihm schrie danach zu sagen: «Pint wie Penis! Wollen Sie meinen mal sehen?»

Nadja Moschinas wusste das und war nahe daran, verzweifelt und ratlos zu wirken.

«Wir müssen es schaffen, dass Sie bei Pint nicht sofort an Penis und Geschlechtsverkehr denken, sondern an ganz etwas anderes.» Sie sah auf ihren Notizblock. «Also sagen Sie einmal: Mein Name ist Pint – wie Harold Pinter, der Nobelpreisträger, oder Pinto, der frühere Fußballer von Alemannia Aachen.»

«Muss ich denn überhaupt meinen Nachnamen nennen?»

«Ja.»

«Dann denken doch alle sofort an meinen Vater und fangen an zu lästern.»

Die Therapeutin schüttelte den Kopf. «Die Leute erinnern sich vielleicht noch an einen Otto Schwanz, aber nicht mehr an Matthias Pint. Und wenn schon! Herr Pint, Sie müssen Ihren Vater als eine namhafte Persönlichkeit des alten West-Berlin betrachten. Er hat sich verdient gemacht um das legendäre Flair der Frontstadt und damit entscheidend dazu beigetragen, dass die Kommunisten West-Berlin nicht geschluckt haben. Motto: Pint gewinnt! Noch einmal: Kommen Sie aus Ihrer Deckung hervor, bekennen Sie sich zu Ihrem Namen, spielen Sie damit!»

«Ich fühle mich doch immer wie ein Exhibitionist, wenn ich meinen Namen nenne», sagte Pint.

«Ja, es ist diese unglückliche Konditionierung. Wir müssen es schaffen, dass Sie mit Pint etwas anderes assoziieren ... Gründen Sie meinetwegen den FC Pint Berlin und schreien Sie dann mit den anderen: Pint gewinnt! Oder lassen Sie sich etwas anderes einfallen ...»

Obwohl Petra Kruppke eine große Tafel aufgestellt hatte, auf der mit bunter Kreide angekündigt wurde, dass Henry Lakenreißer von 14 bis 15 Uhr seinen Erfolgsroman *Rumbalotte* signieren würde, liefen die Leute weiterhin mit hohem Desinteresse am Messestand des Tinz-Verlages vorüber.

Nur eine ältere Dame aus dem Thüringischen hatte sie bisher beehrt und in breiter Mundart gefragt, ob sie aus Gera kämen. Nein, warum? Weil Tinz ein Ortsteil Geras sei.

«Tut uns leid, wir kommen aus Berlin.»

«Aus Berlin will ich nichts.»

Der Verleger, der von Hause aus sehr umtriebig war, litt unter dem Nichtstun, zu dem sie hier in Leipzig verurteilt waren, und beschloss, die Zeit zu nutzen und mit Lakenreißer über dessen nächsten Roman zu reden.

«Wenn *Der Schiefe Fritz* auch nicht besser läuft als *Rumbalotte*, weiß ich nicht, ob ich Ihnen das Garantiehonorar noch zahlen kann, von dem Sie bisher gesprochen haben.»

Lakenreißer zuckte zusammen. «Die 3000 Euro Garantiesumme waren doch ohnehin schon das untere Limit. Davon muss ich im Grunde ein ganzes Jahr leben, und ich habe mehr als ein Jahr daran gearbeitet.»

«Sie haben doch noch Ihre Lesungen», sagte Tinz abwiegelnd, während er auf seinem Taschenrechner Zahlen eintippte und Prozente errechnete.

«Ja, fünf Lesungen im Jahr, wobei der Veranstalter bei dreien nichts zahlt, weil er selber kein Geld hat oder meint, eine Lesung sei eine so gute Werbung für mich, dass ich dafür nicht noch honoriert werden, sondern eigentlich einen Zuschuss zahlen müsste ...» Lakenreißer brach ab, weil er merkte, dass ihm der Verleger schon nicht mehr zuhörte.

Tinz blickte auf. «Sooft ich es auch durchrechne, *Der Schiefe Fritz* wird nicht mehr hergeben als 2500 Euro, die eine Hälfte bei Ablieferung des Manuskriptes und Annahme durch den Verlag, die andere Hälfte bei Erscheinen.»

Lakenreißer nahm auch diesen Akt der Entwertung so stoisch hin, als hätte er sich über Jahrzehnte hinweg in fernöstlichen Demutstechniken geübt. Wenn der Markt für sein Produkt nicht da war, konnte Tinz auch nichts daran ändern. Und wenn es in hundert anderen Berufen Hunderttausende von Arbeitslosen gab, warum sollte es da in seiner Innung anders sein. Die Menschen konnten sehr wohl ohne die Bücher leben, die er schrieb. Punkt. So einfach war die Sache. Und einen Ausweg gab es nicht. Er konnte sich eine Agentin nehmen, er konnte sich einen anderen Verlag suchen, nichts würde anders werden. Wer die hundert Meter nicht in 9,88 Sekunden lief, sondern in 19,88, so wie im übertragenen Sinne er, konnte nicht ernsthaft erwarten, dass er zu den großen Leichtathletik-Meetings eingeladen wurde und für seinen Start 50000 Euro aufs Konto überwiesen bekam.

Lakenreißer hätte vielleicht noch ein wenig mit Tinz gefeilscht, wenn nicht in diesem Augenblick ein Ehepaar an den Stand getreten wäre. Allein dies empfanden die Anwesenden als so sensationell, dass sie alle Gespräche abrupt abbrachen und die beiden anstarrten. Sie war eine zierliche Blondine von schätzungsweise vierzig Jahren, die Lakenreißer ein wenig an eine HO-Verkäuferin der 80er Jahre erinnerte, er, vielleicht fünf Jahre älter als sie, hätte bei einer Buddha-Verfilmung alle Chancen gehabt, die Hauptrolle zu bekommen, wenn sein Gesicht unter der Schminke des entrückten Lächelns nicht so zerquält gewirkt hätte. Lakenreißer mit seiner Lebenserfahrung bemerkte diese Dissonanz sofort.

«Mein Name ist Tamara Pint», begann sie, zu Tinz gewandt. «Das hier ist mein Mann, Torsten Pint.»

«Freut mich», sagte der Verleger, obwohl ihm deutlich anzusehen war, dass er sich nichts von diesem Gespräch versprach. «Bitte, wie können wir Ihnen helfen?»

«Ich habe Ihnen vor zwei Monaten meine Gedichte geschickt, per Brief und per E-Mail.»

Tinz konnte sich an nichts erinnern. «Pardon, aber wir bekommen so viele unverlangt eingesandte Manuskripte ...»

Seine Lektorin wusste aber sofort, worum es ging. «*Am Ende des Anfangs.*»

«Wir machen keine Lyrik», ergänzte Tinz. «Lyrik rechnet sich nicht.»

«Meine Frau würde auch kein großes Honorar haben wollen», sagte Pint.

Tinz verzog angewidert das Gesicht und fühlte sich beleidigt. «Wir sind kein Druckkostenzuschussverlag. Ich bin bekannt dafür, gut zu zahlen.»

Lakenreißer hüstelte leicht. «Ja, das würde ich auch unter Folter beschwören.»

«Ich habe eine gutgehende Firma», sagte Pint. «Ich könnte Werbemittel für den Gedichtband meiner Frau einsetzen und auch einen Teil der Auflage für unsere Kunden erwerben.»

Tinz ging zu einem kleinen Tisch, auf dem sein aufgeklappter Laptop stand. «Ich will mal sehen, ob ich Ihre Gedichte noch finden kann ... Und dann können wir ja mal sehen, was sich machen lässt.»

Während Tamara Pint dem Verleger über die Schulter schaute, trat ihr Mann an die Regale, um zu sehen, was im Tinz-Verlag bisher erschienen war. Sein erster Blick fiel auf *Rumbalotte*, denn den Umschlag des Romans zierte ein U-Boot, an dessen Unterseite keine Torpedos hingen, sondern Hoden, so dass es wie ein riesiger Phallus wirkte.

«Wer hat denn das geschrieben?», fragte er.

«Ich», sagte Lakenreißer stolz. «Rumbalotte steht für *Ruhm und Ehre der baltischen Flotte*.»

«Wie?» Pint hatte Witze dieser Art immer gehasst und nie zugehört, wenn sie erzählt wurden.

«Ich darf Ihnen die Sache mit dem verschrumpelten Penis einmal näher erklären ...»

Drei Tage nach seiner Rückkehr aus Leipzig saß Torsten Pint im Sessel seiner Therapeutin und versetzte durch das, was er erzählte, Nadja Moschinas geradezu in ein Glücksgefühl.

«Am Messestand haben wir uns ein bisschen unterhalten, und dann haben wir Lakenreißer im Auto mitgenommen, zurück nach Berlin. Während der Fahrt ist mir ein Licht aufgegangen, wie ich ...» Pint brach ab, weil er nicht recht wusste, wie er den Satz in vernünftigem Deutsch zu Ende bringen sollte. «Also, im Zusammenhang mit dem, was mich bedrückt, und dem, was da bei ihm im Roman ...»

«... thematisiert wird ...», half die Psychologin ihm aus. «Ich weiß, ich kenne den Roman, mehr oder minder zufällig. Da ich meine Dissertation über das Thema *Vaginismus und verdrängter Penisneid* geschrieben habe, hat mir ein Freund *Rumbalotte* zum Geburtstag geschenkt.»

«Was ist Vaginismus?», fragte Pint, der ihr beweisen wollte, welche Fortschritte er schon gemacht hatte und wie frei er über alles sprechen konnte, was mit Sexualität zu tun hatte.

«Vaginismus ...» Begeistert schien Frau Dr. Moschinas über seine Frage nicht zu sein. Damit sich das Schweigen nicht ins Peinliche ausdehnte, gab sie ihm eine knappe wissenschaftliche Erklärung. «Während der sexuellen Erregung, insbesondere kurz vor dem Koitus, kommt es bei manchen Frauen zu unwillkürlichen Spasmen im äußeren Drittel der Vaginalmuskulatur.»

«Entschuldigung, aber das ist mir zu hoch – beziehungsweise zu tief.» Nun lachte er so schallend, wie man auf den Herrenabenden seines Vaters bei schlüpfrigen Witzen gelacht hatte.

Sie reagierte auch darauf unaufgeregt und dozierte weiter. «Also ... das Einführen eines Fingers oder des Penis selbst wird unmöglich. Auch die Adduktor-Muskeln können derart verkrampfen, dass sich die Schenkel weder zum Geschlechtsverkehr noch zur gynäkologischen Untersuchung öffnen lassen. In der älteren Psychoanalyse wird nun der Penisneid als eine der möglichen Ursachen von Vaginismus gesehen.»

Pint fragte sich, ob seine Therapeutin auch unter dieser Störung litt und es Teil ihrer Selbsttherapie war, sich zu freuen, wenn die Leute «Frau Muschinass» zu ihr sagten. Um ihr diese Frage stellen zu können, war seine Therapie aber noch nicht weit genug fortgeschritten. Allerdings wagte er etwas anders zu fragen, wenn auch mit leicht vibrierender Stimme: «Gibt es denn analog zum Penis- auch einen Muschineid?»

Sie lächelte. «Bei Transsexuellen vielleicht. Oder bei Männern mit dem Rumbalotte-Syndrom. Damit sind wir wieder bei Henry Lakenreißer. Sie haben eben davon gesprochen, dass Ihnen auf der Rückfahrt von der Leipziger Buchmesse eine Idee gekommen ist ... Welche denn?»

«Die Idee, Lakenreißer groß herauszubringen, einen Starautor aus ihm zu machen. *Rumbalotte* auf alle Bestsellerlisten zu bringen. Und ich weiß auch schon, wie ...» Pint begann, seine Pläne ausführlich darzulegen.

Die Therapeutin machte sich Notizen: *Legt einen wahren Feuereifer an den Tag ... Passion and obsession ... Hat etwas Messianisches an sich ... Sieht sich als Mentor, Sponsor und Coach ... Will wie sein Vater mit Hilfe der Sexualität prominent werden – jedoch in sublimierter Form: über die Literatur.*

«Die Finanzierung ist für mich ja kein Problem. Für die Organisation und für Honorare werde ich genügend Geld bereitstellen», referierte Pint. «Wir werden mit einer großen Lakenreißer-Lesung beginnen, nein, mit einem Lakenreißer-Event. Vielleicht miete ich für einen Abend das Renaissance-Theater.»

Einerseits wollte sie nicht seinen Mut untergraben, zu seinem großen Befreiungsschlag anzusetzen, andererseits aber sah sie sich verpflichtet, ihn zu bremsen, wenn seine Pläne grotesk wurden. «Zu einer Lakenreißer-Lesung kommen doch nie mehr Leute, als Sie zu einer Skatrunde brauchen.»

Pint ließ sich nicht beirren. «Bei mir kommen Hunderte, wenn nicht Tausende! Denn ich biete den Besuchern eine spektakuläre Show. Ich engagiere Schauspielerinnen und Schauspieler, die jeder aus dem Fernsehen kennt und gerne einmal live erleben möchte, dazu einen bekannten Fernsehmoderator. Nach zwanzig Minuten Lakenreißer-Lesung gibt es einen Talk vom Feinsten. Dann liest ein Schauspieler Texte, die meine Frau herausgesucht hat, beispielsweise etwas von Henry Miller. Und damit sich alle vom gesprochenen Wort erholen können, tritt dann ein bekannter Schlagersänger auf. Das Ganze bekommt ein knackiges Motto, zum Beispiel: *Die Länge macht es nicht allein! Henry Lakenreißers ‹Rumbalotte› und andere Kunst rund um den Penis.*» Er lachte so, wie sein Vater immer gelacht hatte. «*So* muss man heutzutage Literatur verkaufen!»

Nadja Moschinas zeigte sich beeindruckt, zumal er Namen nannte, die sie geradezu mit Ehrfurcht erfüllten. Sie erschrak, als sie sich klarmachte, was sie mit ihrem Ratschlag, er möge mit seinem Trauma in die Offensive gehen, ausgelöst hatte. Wie konnte sie ihn bremsen, ohne den offenkundigen Erfolg der Therapie zu gefährden? «Am besten, Sie schreiben das alles erst mal auf. Das gehört zu Ihrer Therapie.»

Pint nickte. «Ja, gern ... sofern mir dafür noch Zeit bleibt. Schließlich muss das alles organisiert werden.»

Lakenreißer glaubte zu träumen. Gestern hatten nur wenige seinen Namen gekannt, heute prangte er groß auf allen Litfaßsäulen und Reklametafeln, selbst auf den Bildschirmen in den U-Bahnen war er zu lesen. Zudem hatte Pint Anzeigen in allen Berliner Tageszeitungen und Stadtmagazinen geschaltet, und ein Flyer lag tausendfach in wichtigen Restaurants aus.

«Endlich bist du am Ziel!», ließ sich seine innere Stimme vernehmen. «Gratulation! Kannst du denn überhaupt noch über die Straße gehen, ohne erkannt zu werden?» – «Ja, das kann ich. Denn so bekannt der Name Lakenreißer inzwischen auch ist: Die Menschen wissen ja nicht, dass ich es bin, der zu diesem Namen gehört. Die ersten großen Interviews in den Fernsehsendungen und Zeitschriften lassen noch auf sich warten.»

Lakenreißer ahnte nichts von Pints psychischen Problemen und den wahren Motiven seines Handelns. Dessen unverhofftes Engagement für seine literarische Karriere erklärte er sich daraus, dass Pint seinem sozialen Autismus entfliehen wollte und ihn mitsamt *Rumbalotte* instrumentalisierte, um in Berlins *Who's Who* aufgenommen zu werden: *Der Inhaber der Firma Topi Toys ist einer der wichtigsten Förderer der zeitgenössischen Literatur.* Vielleicht ging es Pint aber auch darum, auf diesem Umweg einen Verlag für die Gedichte seiner Frau zu finden.

Ungeklärt blieb aber die philosophische Frage, warum er am Messestand des Tinz-Verlages Pint begegnet war. War es Zufall? War es Gottes Wille? Prädestination? War das Drehbuch unseres Lebens schon bei unserer Geburt geschrieben, und wir konnten nicht anders, als die Rollen zu spielen, die uns vorgegeben waren? Doch dieser metaphysischen Problematik fühlte er, der pragmatische Schreibhandwerker, sich nicht gewachsen, und so grübelte er nicht länger darüber. Es war halt, wie es war.

Ständig sang er vor sich hin: «*Eine neue Liebe ist wie ein neues Leben ...*» Seine neue Liebe hieß Henry Lakenreißer. Er hatte sich als einen Menschen entdeckt, der wundervoll war, hinreißend, anbetungswürdig. Seinen Werdegang muss Klaus Lage antizipiert haben, als er sein *Tausend Mal berührt, tausend Mal ist nichts passiert* schrieb. Jetzt hatte *es Zoom gemacht*: Lakenreißer liebte Lakenreißer. Er hatte genügend psychologische Grundkenntnisse, um zu erahnen, wie entscheidend diese Selbstliebe für ein erfülltes Leben war.

Ging er jetzt durch die Straßen am Bundesplatz, kam er sich vor wie ein Kind beim Ostereiersuchen. Kalt, kalt ... wärmer ... heiß! Freude brandete auf, wenn er wieder einmal seinen Namen entdeckt hatte. Im Schaufenster einer Apotheke, auf einer Litfaßsäule, im Zugang zum U-Bahnhof. In Analogie zum Käsebier im Roman vom Gabriele Tergit formulierte er: «Lakenreißer erobert den Kurfürstendamm.» Als er am Kino am Bundesplatz vorbeikam, sah er schon vor sich, wie eines Tages im Lichtkasten mit großen roten Buchstaben der Film *Rumbalotte* angekündigt wurde. Er zweifelte keinen Augenblick daran, dass man seinen Roman verfilmen würde, gab es doch in Deutschland eine ganz Schar großartiger älterer Schauspieler, die sich bestimmt um die Rolle des Sixtus Tenhagen reißen würden. Er hatte zwar noch nie ein Drehbuch geschrieben, war sich aber absolut sicher, dass man ihm den Auftrag dazu erteilen würde. Dann war es bis zum Bundesfilmpreis nur noch ein kleiner Schritt.

«Hast du Drogen genommen?», fragte ihn Melusine Mockenhaupt, als er ihr vor dem Postamt in der Mainzer Straße fast in die Arme gelaufen wäre.

«Ich brauche keine Drogen, ich berausche mich an mir selber! Überall kann man meinen Namen lesen. Hast du schon die Ankündigung für Pints großes Lakenreißer-Literaturfestival im Renaissance-Theater gesehen?»

«Ich habe davon gehört.» Melusine Mockenhaupt musterte ihn. «Ist der Pint ein Freund von dir?»

Lakenreißer zögerte mit einer Antwort, denn er ahnte, welchen Hintergedanken sie hegte. «Nein, wir haben uns zufällig in Leipzig auf der Buchmesse kennengelernt.»

«Und warum will er gerade dich so groß herausbringen?», fragte Melusine Mockenhaupt.

«Er liebt die Literatur und will etwas für sie tun. Die meisten von uns leben ja nicht vom Schreiben, sondern vom Lesen, deshalb will er viele Literaturfestivals organisieren. Und er weiß, dass sich *Rumbalotte* hervorragend für einen erfolgreichen Start eignet.»

«Dann sprich doch mal mit ihm, ob er nicht Story-Telling auch mit einbeziehen will in seine Veranstaltungen. Das wäre der Höhepunkt jedes Literaturfestivals. Danke!» Melusine Mockenhaupt umarmte ihn kurz und verschwand dann im Postamt.

Lakenreißer stellte fest, dass er für andere Leute langsam richtig wichtig wurde. Aufwertung war also ein Prozess der allmählichen Anreicherung.

So war er auch nicht verwundert, als er am Abend von Isolde Schmidt-Axstedt angerufen wurde. Ob er nicht den Herrn Pint bitten könne, sich mal ihre Manuskripte anzusehen?

«Ich werde mein Bestes tun», versprach er.

Kurz darauf war der Vorsitzende des Schriftstellerverbandes am Hörer. Lakenreißer machte kein Hehl daraus, dass er sich gestört fühlte.

«Entschuldige die Störung, aber ich warte immer noch auf deine Geschichte für unsere Anthologie *Es geschah auf einem Bahnhof in Berlin*.»

Lakenreißer fühlte sich vergackeiert. «Na, hör mal, du hast mir doch selber gesagt, dass du sie nicht haben willst!»

«Nein, nein, das muss ein Missverständnis gewesen sein ...»

Lakenreißer konnte sich nicht entscheiden: Sollte er jetzt die beleidigte Leberwurst spielen oder sich darüber freuen, nun doch noch mit seinem *Wittenbergplatz* in die Anthologie zu kommen? Er löste das Problem, indem er zwar zusagte, aber dem Vorsitzenden deutlich zu verstehen gab, dass er es nicht mehr nötig hatte.

«Das Honorar kannst du als Spende verbuchen», sagte er zum Abschluss des Gesprächs und genoss es, einmal selber auf dem hohen Ross zu sitzen.

Alle Zeitungen und Magazine wie auch die Fernseh- und Radiosender berichteten ausführlich über das geplante Lakenreißer-Literaturfestival von Pint. Der Moderator und die beteiligten Schauspieler und Musiker waren so gute Netzwerker, dass sich in jeder halbwegs wichtigen Redaktion jemand fand, der einen ausführlichen Beitrag für unerlässlich hielt. Und Pint selbst saß den ganzen Tag über am Telefon, um wichtige Leute anzurufen, und jagte zudem eine Mail nach der anderen durch das weltweite Gewebe.

Lakenreißer kam sich vor wie ein Fußballspieler, der gestern noch für den 1. FC Wilmersdorf gekickt hatte und sich heute im Dress des FC Bayern München wiederfand. Entsprechend nervös wurde er. Das ging so weit, dass er begann, die Stellen aus *Rumbalotte*, die er vorlesen sollte, auswendig zu lernen. Er hoffte, sich dann später, wenn er auf der Bühne saß, weniger oft zu versprechen. Auch konnte er ins Publikum blicken, ohne Gefahr zu laufen, die betreffende Zeile nicht wiederzufinden.

Gerade hatte er den Text noch einmal memoriert, da rief Torsten Pint an.

«Du, Henry, mir ist da noch etwas eingefallen.» Man duzte sich längst.

«Willst du nun doch ins Olympiastadion gehen?», fragte Lakenreißer.

«Nein, es bleibt beim Renaissance-Theater. Aber ich finde, es ist wirkungsvoller, wenn nicht du aus *Rumbalotte* liest, sondern ein bekannter Schauspieler.» Und er nannte einen Namen, der im deutschsprachigen Kulturraum wie Donnerhall klang.

Lakenreißer wollte zuerst protestieren, sah dann aber ein, dass Pint recht hatte. Oft genug hatte er erlebt, dass eine begnadete Stimme selbst aus einem mittelmäßigen Text etwas werden ließ, das sich wie das Werk eines Literaturnobelpreisträgers anhörte.

«Und was lese ich selber?», fragte er. «Etwas anderes von mir? Oder nur die Bewunderung in den Augen schöner Frauen?»

Pint überlegte einen Augenblick. «Du liest etwas aus

Der Schiefe Fritz und deine Geschichte vom U-Bahnhof Wittenbergplatz.»

Lakenreißer war mit dieser Lösung hochzufrieden. Er stand ja weiterhin im Mittelpunkt der Veranstaltung, hatte aber viel weniger Stress.

Dann war der große Tag endlich gekommen. Pint holte ihn um zehn Uhr von zu Hause ab und fuhr ihn ins Theater. Tamara Pint war schon vor Ort und überwachte die Catering-Firma, denn vor der Veranstaltung gab es einen kleinen Brunch. Bei einer Matinee musste man immer damit rechnen, dass einige noch nicht gefrühstückt hatten. Andere besuchten solche Events nur wegen der Gelegenheit, sich gratis den Magen vollzuschlagen.

Als Lakenreißer das Foyer betrat, wurde er zum ersten Mal in seinem Leben zum Objekt dessen, was man als Blitzlichtgewitter bezeichnete. Ein Wort, das er hasste, weil es so abgedroschen war und an die Boulevardpresse erinnerte.

«Mensch, freu dich doch!», hörte er seine innere Stimme. «Endlich bist du wer!» – Er widersprach mit einem Begriff, an den er sich noch aus dem Psychologieseminar erinnerte: «Die vereinnahmen mich doch total!» – «Du Narr! Erst glaubst du, daran zugrunde zu gehen, dass keiner dich wahrnimmt und alle dich entwerten, und jetzt jammerst du, weil du im Mittelpunkt stehst.» – «Ich werde mich bemühen, mich an meinen Ruhm zu gewöhnen.»

Er wollte in die Garderobe eilen, um sich noch kurz mit dem Moderator abzusprechen, wurde aber am Büchertisch aufgehalten, weil einige Eilige schon vor der Veranstaltung ihr Exemplar von *Rumbalotte* signiert haben wollten.

Lakenreißer begriff, dass es nicht zuletzt die Hektik war, die diesen Rausch der Grandiosität erzeugte. Hinzu kam, dass Schauspieler und Musiker von Weltruf ihm die Hand drückten und versicherten, *Rumbalotte* sei ein wahnsinnig gutes Buch, dass der Moderator so respektvoll mit ihm umging, als wäre er Franz Beckenbauer, und dass die Leute im Parkett ihn, kaum dass der Moderator ihn vorgestellt hatte, mit Ovationen überschütteten, wie sie sonst wohl nur Sir Simon Rattle oder David Barenboim entgegengebracht wurden.

Lakenreißer fühlte sich wie ein Olympiasieger, dem man gerade die Goldmedaille um den Hals gehängt hatte. Zu einem eigenen Gedanken nicht mehr fähig, beschränkte er sich darauf, in Zitaten zu denken: *Ein Augenblick, gelebt im Paradiese ...* (Schiller, *Don Carlos*), *Verweile doch! Du bist so schön!* (Goethe, *Faust*), *Freude, schöner Götterfunken ...* (Schiller, *An die Freude*).

Torsten Pint war erstaunt, dass man es in einer derart umtriebigen Stadt wie Berlin mit einem Einsatz von nicht einmal 20 000 Euro innerhalb zweier Monate schaffen konnte, jemanden in der kulturellen Szene vom Nobody zu einem Star zu machen.

«Nicht nur Julius Caesar kam, sah und siegte», sagte er zu seiner Therapeutin, «auch mir ist das gelungen.»

Nadja Moschinas fühlte sich aufgerufen, dies zu relativieren. «Dank des Potenzials, das in Lakenreißer steckt.»

Pint reagierte darauf ein wenig beleidigt. «Ich darf mich wohl mit Fug und Recht als seinen Entdecker bezeichnen. Ohne mich wäre er ein No-Name-Autor geblieben wie zigtausend andere.»

Sie erlaubte sich nun eine feine Ironie, die ihrer Profession eigentlich nicht angemessen war. «Vielleicht sollte man nach diesem wunderbaren Festival, das Lakenreißer wieder so richtig aufgerichtet hat, den Titel des Romans den veränderten Verhältnissen anpassen und statt *Rumbalotte* die längere Version auf den Umschlag drucken: *Ruhm und Ehre der baltischen Flotte*. Dazu passt ja auch, dass Lakenreißer jetzt überall als ein Leuchtturm im Berliner Literaturbetrieb bezeichnet wird.»

Dieser Gedanke war an sich zu kompliziert für Pint. Doch er hatte der Therapeutin sowieso nicht richtig zugehört. Er hörte nur «Leuchtturm», und bei diesem Wort zündete es bei ihm: Leuchtturm stand für Phallus. Da lag doch der Gedanke nahe: Wenn man die potentiellen Kunden auf *Rumbalotte* stoßen wollte, dann musste man Lakenreißers Penis sozusagen zum Leuchtturm werden lassen.

«Ist Ihnen nicht gut?» Dass er die Augen geschlossen hatte und leise stöhnte, beunruhigte sie.

«Ich bin gerade bei einer schwierigen Geburt», murmelte Pint.

«Wie?»

«So schön der Erfolg mit dem Lakenreißer-Festival auch war, der ganz große Durchbruch steht noch aus – bundesweit, ja weltweit. Und den bekommen wir nur hin, wenn wir ...» Er zögerte, denn allem Therapieerfolg zum Trotz war es ihm zu peinlich, einer Frau gegenüber seine neue Idee zu äußern.

Doch Nadja Moschinas konnte sich denken, was ihn bewegte. «Sie können mir ruhig anvertrauen, was Sie vorhaben. Aber es liegt ja auf der Hand: Sie wollen den Blick der Öffentlichkeit auf Lakenreißers Rumbalotte richten.»

Pint sah sie mit großen Augen an. «Nun ja, das versuche ich doch schon die ganze Zeit ...»

«Nicht auf die *Rumbalotte* als Roman, sondern auf

die Rumbalotte als den Männlichkeitsindikator Lakenreißers.»

«Ja, ich gestehe ...» Pint starrte auf seine Schuhspitzen.

Die Therapeutin schmunzelte. «Soll er denn nach dem Prinzip vorher / nachher abgebildet werden?»

«Wie bitte?»

«Ich meine: Einmal erigiert mit der Inschrift *Ruhm und Ehre der baltischen Flotte* – und einmal abgeschlafft mit *Rumbalotte*? Oder nur in abgeschlaffter Version?»

«Darüber habe ich mir noch keine Gedanken gemacht», antwortete Pint.

«Das sollten Sie aber!», rief sie aus. «Denn die Abbildung eines erigierten Penis gehört in Deutschland noch immer zu den großen Tabuthemen.»

«Genau das ist ja meine große Chance!», sagte Pint.

«Aber ob Sie wirklich jemanden finden, der das druckt – ein passendes Organ für Lakenreißers Organ?»

Kaum war er wieder zu Hause in der Hanauer Straße, suchte sich Pint die Telefonnummern aller in Frage kommenden Zeitungen und Magazine zusammen und machte sich an die Arbeit. Bei den meisten biss er auf Granit, denn auch in den Medien überwogen die Bedenkenträger. Schließlich aber konnte er den Chefredakteur einer bekannten Wochenzeitung dazu überreden, die Geschichte um Lakenreißers bestes Stück so zu bringen, wie sie ihm vorschwebte – gegen die Zusage, je eine ganzseitige Anzeige für die Firma Topi Toys und *Rumbalotte* zu buchen.

Am nächsten Tag klingelte ein Mann am Gartentor in der Hanauer Straße, den Pint bei einem schnellen Blick durch das Küchenfenster jener Kategorie von Menschen zuordnete, die in die Abfalleimer und Müllcontainer schauten, um etwas zu finden, das sich noch zu Geld machen ließ.

«Keine Werbung bitte!», schnauzte Pint ihn durch die Gegensprechanlage an.

«Ich bin Charles Lottenburg.» Da er Charles französisch aussprach, klang sein Name wie «Charlottenburg». Es war ein Pseudonym. Er kam aus dem Berliner Bezirk Charlottenburg, den der ewig klamme Senat vor einigen Jahren mit seinem Nachbarbezirk zu Charlottenburg-Wilmersdorf zwangsvereinigt hatte.

«Wenn Sie Charlottenburg sind, bin ich Wilmersdorf», entgegnete Pint.

«Wir verstehen uns miss, Mister. Ich bin der Auserwählte, der die Lakenreißer-Story schreiben und bebildern soll.»

«Oh ... Dann entschuldigen Sie bitte! Und kommen Sie rein!»

Lottenburg trat ein und zeigte zunächst mehr Interesse für das Blechspielzeug, das Topi Toys im Programm hatte, als für Henry Lakenreißer und *Rumbalotte*. Er sagte: «Mein Vater hat mir sozusagen seine Träume vererbt: die Spur 0 in Blech. Märklin, Bing und so weiter. Aber altes Blechspielzeug ist heutzutage auf den Auktionen so teuer, dass es ohne Bankraub kaum für ein Toilettenhäuschen reicht.»

«Unsere Nachbauten sind vom Original kaum zu unterscheiden», sagte Pint stolz. «Wir beherrschen eben die Kunst des Alterns.»

«Womit wir ja beim Thema Lakenreißer wären ...» Lottenburg holte ein Exemplar von *Rumbalotte* aus seiner abgewetzten Ledertasche und warf sie auf Pints Werkbank. «Eigentlich geht es ja nicht um den Pint von Lakenreißer ...

Pardon, um den Penis von Lakenreißer, meine ich natürlich ... sondern um den seines Helden, dieses Sixtus Tenhagen. Aber diesen Umstand können wir wohl vernachlässigen, da beide weitgehend identisch zu sein scheinen. Doch nun die entscheidende Frage, Mister Pint ...» Er schluckte. «Hm, wollen Sie sich nicht auch lieber ein Pseudonym zulegen?»

«Wie lautet denn Ihr richtiger Name?», wollte Pint wissen.

«So wie ein wüst gewordenes Dorf in der Nähe des Beetzsees in und bei Brandenburg.»

«Fritze Bollmann?»

«Das ginge ja noch ... Nein, ich heiße Möseritz, Michael Möseritz.»

«Da haben Sie als Junge bestimmt ganz schön leiden müssen ...»

«Ich litt so stark, dass ich beschloss, Boxer zu werden. Zu einer Meisterschaft habe ich es allerdings nie gebracht, dafür aber zu zwei Gefängnisstrafen wegen gefährlicher Körperverletzung. Dabei war es eher eine gelungene Notwehr.»

Pint wich unwillkürlich ein wenig zurück. «Darf ich Ihnen etwas anbieten?»

Lottenburg lachte. «Wenn es ein Pferdchen aus dem Stall Ihres Vaters ist, dann sage ich nicht nein.» Er blickte zur Tür, die gerade geöffnet wurde. Dann grinste er über beide Ohren. «Oh, diese Dame könnte mir durchaus gefallen.»

Er meinte Tamara Pint, die gerade in die Werkstatt gekommen war, um zu sehen, wo denn die beiden so lange blieben.

«Nein, nein, das ist nur meine Frau», stotterte Pint.

«Das eine schließt doch das andere nicht aus. Aber gut, lassen wir dieses Thema. Ersatzweise wäre ich auch mit einem doppelten Whisky einverstanden. Aber bitte ohne Eis!»

Pint hatte es plötzlich auffallend eilig. «Kommen Sie, wir gehen hoch in mein Arbeitszimmer.»

Beim vorbereitenden Gespräch erwies sich Lottenburg als echter Profi. Er wies darauf hin, dass man den Leuten nicht sofort mit Lakenreißers Penis kommen, nicht sofort alles Pulver verschießen, sondern dem entscheidenden Schlag eine geschickte Kampagne voranstellen sollte.

«Die Sache muss langsam angeheizt werden. Es beginnt mit einigen ganz harmlosen Leserbriefen, die den Roman lobpreisen. Dann schreibe ich einen Artikel, in dem ich feststelle, dass *Rumbalotte* zum Kultbuch geworden ist, und werfe die Frage auf, ob denn und inwieweit Lakenreißers Roman autobiographisch ist, man den Autor also mit diesem Sixtus Tenhagen gleichsetzen kann. Danach rufen Leute bei uns in der Redaktion an und fragen, ob denn Henry Lakenreißer wirklich das Wort *Rumbalotte* bei sich auf dem Pint ... äh, seinem Schniedelwutz stehen hat. Es bildet sich eine regelrechte Fan-Gemeinde, und die ruft zu Demonstrationen zuerst bei uns im Hof und schließlich vor Lakenreißers Haus auf. Einige Demonstranten führen große Plakate mit sich, auf denen nur ein Wort steht: *ZEIGEN!* Bald schließt sich die ganze Republik dieser Forderung an. Die Öffentlichkeit beschäftigt sich nur noch mit einer Frage: Hat sich Lakenreißer einst selber *Ruhm und Ehre der baltischen Flotte* in die Haut seines Penis tätowieren lassen oder nicht? Und weiter: Was lässt sich heute davon noch erkennen? Wirklich das Wort *Rumbalotte*?» Lottenburg machte eine bedeutungsschwere Pause.

«Dann erst ist die Zeit gekommen, Fotos von Lakenreißers Pint zu bringen ... äh, von seiner ...»

Pint war begeistert. «Sehr schön! Aber was machen wir, wenn Lakenreißer nicht mitspielen will?» Diese Möglichkeit ließ ihn regelrecht erschrecken.

«Der wird schon mitspielen», wiegelte Charles Lottenburg ab. «Denn diese Kampagne macht ihn zum wirklichen Starautor. Er wird bekannter werden als Günter Grass. *Rumbalotte* wird sich hunderttausendfach verkaufen. Das lässt der sich nie und nimmer entgehen. Lakenreißer leidet doch unter einer schwerwiegenden narzisstischen Unersättlichkeit – und mehr Aufmerksamkeit als durch unsere Geschichte kann er nicht bekommen!»

«Das klingt plausibel», sagte Pint. «Ich werde gleich nachher zu ihm fahren und ihn zu überzeugen suchen.»

«Okay.» Charles Lottenburg alias Michael Möseritz packte seinen Notizblock wieder ein. «Und Ihnen, Mister ... äh, Pint, würde ich raten, so schnell wie möglich Teilhaber bei Tinz zu werden. So verdammt unterkapitalisiert, wie sein Verlag ist, wird der Ihr diesbezügliches Angebot mit Kusshand annehmen.»

«Danke für den Tipp. Aber wie gesagt, ich muss erst einmal Lakenreißers Plazet haben.»

Da Pint wusste, dass Henry Lakenreißer seine Siesta über alles liebte, stieg er erst Punkt 16 Uhr die Treppen in der Livländischen Straße hinauf und klingelte kurz und behutsam – für den Fall, dass sich der Künstler noch im Zustand abgesenkten Bewusstseins befinden sollte.

Doch Lakenreißer hatte gerade am letzten Kapitel von *Der Schiefe Fritz* gesessen und sich den Kopf darüber zerbrochen, wie er den Vollzug der Ehe mit Sophie Luise zu Mecklenburg-Schwerin-Grabow schildern sollte: realistisch als eine von des Königs Lüsternheit bestimmte Vergewaltigung in der Ehe oder als Pflichterfüllung im Sinne Preußens? Wie mochte es wirklich gewesen sein? Und was wollten die Leute gerne lesen?

So bekam Pint, als er ihn fragte, ob er stören würde, nur ein knurriges «Ja, ein bisschen schon» zu hören.

«Ich mache es auch ganz kurz ... Darf ich wenigstens mal reinkommen?»

«Wenn es denn nicht anders geht: Tritt ein, bring Glück herein.»

«Genau deswegen bin ich ja gekommen», sagte Pint und ging voraus. Doch schnell sah er ein, dass sich bei Lakenreißer schwerlich ein Platz finden ließ, wo man sich niederlassen und ruhig miteinander reden konnte. Zu eng und vollgestellt war alles. Anderthalb Zimmer waren eben zu wenig für jemanden, der mindestens 3000 Bücher besaß und seit Jahrzehnten Zeitungsausschnitte sammelte. Sofa, Sessel und Stühle waren bedeckt von Nachschlagewerken, Manuskriptseiten, Fotokopien und Notizzetteln. Wo sollten man da noch sitzen können? Blieb die Küche, obwohl sich dort das schmutzige Geschirr türmte und Pint beim Anblick des Tisches und der Anrichte an einen Komposthaufen denken musste, so viel fauliges Obst lag dort herum, verziert von welken Salatblättern und braun gesprenkelten Bananenschalen.

«Vielleicht sollten wir auf den Balkon gehen», schlug Lakenreißer vor.

Pint winkte ab. «Nein, es muss nicht jeder mithören, was wir zu bereden haben.»

«Dann gehen wir eben auf die Toilette und lassen das Wasser rauschen. Das soll den Wanzen nicht bekommen, die überall bei mir angebracht sind. Jeder halbwegs ernstzunehmende Geheimdienst der Welt ist ja hinter mir her.»

«Eine Toilette wäre in der Tat ein passender Ort für das, was ich dir vorschlagen will», sagte Pint vorsichtig.

Lakenreißer lachte. «Soll ich einen großen Roman über Tycho Brahe schreiben? Der ist nämlich an Harnverhaltung gestorben ...»

«Wir nähern uns langsam, aber sicher dem Organ, um das es mir geht.»

«Meiner Blase?», fragte Lakenreißer.

«Nein, deiner Rumbalatte.»

«Rumba*lotte*», verbesserte Lakenreißer ihn.

Pint trat nun doch in die Küche, befreite einen der Stühle von dem Zeitungspapier mit den Kartoffelschalen und setzte sich. «Nein, *Latte* ist schon richtig.»

Lakenreißer fegte eine Reihe leerer Büchsen von dem anderen Küchenstuhl und nahm dann ebenfalls Platz. «Geht es also um einen Fußballroman? Hast du einen Kooperationsvertrag mit Hertha BSC geschlossen? Soll ich über das große Problem dieses Vereins schreiben: *Wenn der Ball nur an die Latte geht*?»

«Wenn der Ball *mir* an die Latte geht», korrigierte ihn Pint.

Endlich machte es klick bei Lakenreißer. «Hart ist der Zahn der Biberratte, doch härter ist die Morgenlatte.»

«Genau. Und diesen Augenblick sollte man nutzen, damit man auch alles lesen kann ...»

«Was soll man lesen?», fragte Lakenreißer.

«Mensch!» Pint rang die Hände. «Natürlich *Ruhm und Ehre der baltischen Flotte*.»

Lakenreißer ahnte noch immer nichts. «Und wo liegt da das Problem?»

«Das Problem ist, dass es noch keiner wirklich ausprobiert hat, auch dein Sixtus Tenhagen in *Rumbalotte* nicht.» Pint fixierte ihn. «Oder hast du vielleicht selber mal ...»

Lakenreißer lachte. «Na klar – was denkst du denn!»

Pint freute sich, denn damit war ihm Lakenreißer schon halb in die Falle gegangen. Ohne weitere Umschweife informierte er ihn darüber, was er und die Presse mit ihm vorhatten. «Es ist deine einzige Chance, Henry, wirklich groß herauszukommen! Du mit deiner *Rumbalotte* in allen Medien. Sie wird im Nu ein Bestseller sein, und die Filmleute werden sich um die Rechte reißen. Was für ein genialer Stoff! Du kommst endlich raus aus diesem Loch hier und kannst dir eine Riesenwohnung leisten – am Hackeschen Markt, am Ku'damm, am Schlachtensee, wo immer du willst.»

Lakenreißer sah ihn mit großen Augen an, schon vom Schmerz erfüllt. «Ihr wollt also *Ruhm und Ehre der baltischen Flotte* auf meinen Penis tätowieren?»

Pint beruhigte ihn. «Nicht tätowieren, sondern nur mit einem blauen Filzer raufschreiben.»

«Und dann soll ich mich fotografieren lassen, mit dem Buch vor dem Bauch? Und mein Gesicht ist erkennbar?»

«Ja, eine Gesamtansicht muss schon sein, bevor wir dann ins Detail gehen.»

«Das wird doch aber mächtigen Ärger geben ...»

«Je größer der Ärger, desto besser für uns», sagte Pint. «Wir werden das Ganze als Kunstwerk deklarieren. Unsere Gegner werden uns einen Verstoß gegen die Sittlichkeit vorwerfen, und du wirst in aller Munde sein. Dann stehst du endlich da, wo du schon immer stehen wolltest: im Mittelpunkt.»

Lakenreißers Widerstand wurde von Sekunde zu Sekunde geringer. «Peinlich ist das schon: Henry Lakenreißer, der Exhibitionist. Aber wie Fontane so schön sagt: *Skandal ist immer das Süßeste*. Doch was ist mit meinem Ruf als ernsthafter Literat?»

«Den verschaffe ich dir danach auch noch», sagte Pint. «Meinungen kann man ja bekanntlich machen, und du wirst stauen, wie viele Kritiker dich plötzlich entdecken werden.»

Lakenreißer stand auf, um nach zwei Gläsern und einer Flasche Sekt zu suchen. «Okay, ich spiele mit. Stoßen wir an aufs Gelingen!»

Das taten sie, und Pint machte sich daran, einen namhaften Fotografen zu finden, «einen Helmut Newton für Männer», wie er es formulierte.

Als er Orlando gefunden hatte, konnte er Lakenreißer ins Studio bestellen. Selber der Fotosession beizuwohnen, wollte er sich nicht nehmen lassen.

Und in der Tat: Es wurde ein denkwürdiger Tag.

«Du legst dich hier auf die Couch», sagte Orlando mit melodisch singender Stimme zu Lakenreißer.

Der Fotograf duzte grundsätzlich alle Menschen, denn alle Menschen waren gut. Mussten sie ja sein, argumentierte er, denn sie waren alle aus biologischem Anbau.

«Ganz nackt?», fragte Lakenreißer. «Oder nur untenherum?»

«Ganz», antwortete Orlando. «Du sollst daliegen wie ein griechischer Jüngling.»

Lakenreißer sah sich um. «Haben Sie eine Umkleidekabine?»

«Du kannst ins Badezimmer gehen.» Orlando zeigte ihm den Weg. «Und hier hast du einen blauen Filzer. Den habe ich vorhin extra für dich gekauft, den hat noch keiner vor dir benutzt – damit du keine Angst haben musst, du könntest dich infizieren.»

«Und schreiben soll ich selber, oder wollen lieber Sie ...»

«Nein, das darfst du selber machen.»

«Aber bitte in Druckbuchstaben», fügte Pint hinzu, «wie bei einer Banküberweisung.»

«Wer schreibt schon *Ruhm und Ehre der baltischen Flotte* auf eine Banküberweisung?», merkte Lakenreißer an.

Orlando sah auf die Uhr. Er hatte zu viele Fototermine, um stets gelassen zu sein. «Und wenn du wiederkommst, dann bitte schon in einem Zustand, der es uns gestattet, sofort loszulegen.»

«Ich werde mir alle Mühe geben», versprach ihm Lakenreißer.

Doch Mühe allein reichte offenbar nicht aus. Denn Minute um Minute verstrich, ohne dass Lakenreißer wieder im Studio erschien.

«Ich geh mal nach ihm sehen», sagte der Künstler, begab sich zum Badezimmer und klopfte an die Tür. «Henry, wie sieht's aus? Du braucht nicht vorher zu duschen, wir fotografieren ja nur.»

«Es funktioniert nicht», kam es von drinnen.

«Ja, ich weiß, manchmal klemmt die Spülung!», antwortete Orlando.

«Meine Spülung funktioniert, aber ich schaffe es nicht, ihn ...»

«Alarm!», rief Orlando zu Pint hinüber. «Er hat Probleme mit der Erektion.»

Pint kam dazu und wollte das nicht glauben. Doch Lakenreißer wiederholte sein Geständnis, ohne aber aufzuschließen und den beiden vor Augen zu führen, wie weit er noch vom Idealzustand entfernt war.

«Du musst ihn ein bisschen massieren», riet ihm Orlando, «und dir dabei schmutzige Gedanken machen.»

«Alles schon probiert. Aber je mehr ich mich abmühe, desto kleiner wird er.»

«Ich kenne das Problem», verriet ihm Orlando. «Nicht von mir, aber von einem Freund, der mit seiner Frau nie Kinder bekommen hat und zur künstlichen Befruchtung in die Klinik gebeten worden ist. Der hat da auch stundenlang gesessen und keinen Samen produzieren können. Dem wurde dann der *Playboy* in die Hand gedrückt. Aber du bist doch Schriftsteller, Henry, du solltest genügend Phantasie haben. Denk doch nur mal daran, was dein Namensvetter alles geschrieben hat ...»

«Henry Miller? Habt ihr denn eine Anäis Nin für mich?»

«Leider nein», sagte Pint. «Aber vielleicht hilft es dir, wenn ich schnell zum Kiosk laufe und dir den neuesten *Playboy* kaufe?»

Pint betrachtete diese Dienstleistung als Teil seiner Therapie und besorgte ihm die probate Erektionshilfe. Doch die Enttäuschung war groß: Lakenreißer fand die Texte viel interessanter als die abgedruckten Fotos, zumal einige der Autoren zu seinen Lieblingskonkurrenten auf dem Buchmarkt gehörten.

«Immer noch nichts?», rief Orlando nach einer weiteren Viertelstunde Wartezeit. «Langsam müsste sich doch wirklich etwas regen. Oder hätten wir dir lieber ein paar knackige Männer präsentieren sollen?»

«Nein, das ist es nicht!», antwortete Lakenreißer kleinlaut.

«Sollen wir dir Viagra besorgen?», fragte Pint.

«Ich schlucke keine Chemie, ich bin nur ein bisschen aus der Übung. Am besten, ihr lasst mir jetzt mal eine Weile Ruhe. Wenn ich unter ständiger Beobachtung bin, klappt es am allerwenigsten.»

Pint und Orlando zogen sich daraufhin wieder ins Studio zurück und hielten Kriegsrat.

«Ewig habe ich auch nicht Zeit», sagte Orlando.

Pint suchte ihn zu beruhigen. «Ich bezahle dir ja alles.»

«Guck dir mal meine heutigen Termine an! Um zwölf Uhr soll ich am Filmset sein. Etliche Weltstars sind dabei.» Orlando seufzte, rieb sich die Schläfen und nahm eine Tablette.

«Können wir die Sache nicht türken?», fragte Pint in einem Anfall von Übermut. «Du nimmst meinen Penis auf und baust ihn in das Bild von Henry hinein.»

«Nicht mit mir!», kreischte Orlando und drohte mit einer Beleidigungsklage. «Bei mir muss alles authentisch sein.»

Pint begab sich erneut zum Badezimmer, klopfte leise an und fragte, wann denn Lakenreißer nun endlich Vollzug melden könne.

«Es will einfach nicht klappen. Obwohl ich mir gerade vorstelle, wie es jemandem gehen muss, der an Priapismus leidet.»

«Worunter?», fragte Pint.

«An einer andauernden Erektion auch ohne geschlechtliche Erregung. Das ist die Folge einer Erkrankung im Zentralnervensystem.»

Orlando kam nun mit der Idee, eine der willigen Damen kommen zu lassen, deren Telefonnummern man zuhauf in den Boulevardzeitungen fand. «Torsten, du musst doch aber auch noch welche aus der Erbschaft deines Vaters an der Hand haben ...»

«Die sind alle längst im Seniorenheim – und ob das unserem armen Henry wirklich etwas bringt?» Aber grundsätzlich fand er den Einfall des Fotografen geradezu genial. Er rief zum Badezimmer hinüber: «Du, Henry, wie wäre es, wenn wir dir eine wirkliche Superfrau besorgen? In zehn Minuten hast du eine, mit der kannst du es unter der Dusche ...»

Lakenreißer lachte. «Nein, unter der Dusche verwischt doch die Aufschrift. Außerdem: Die meisten sind Zwangsprostituierte. Was ist, wenn die Medien das herauskriegen? Dann haben wir alle Sympathien der Öffentlichkeit verspielt!»

Pint musste zugeben, dass diese Bedenken berechtigt waren. Was aber dann? Sie zerbrachen sich die Köpfe.

Schließlich hatte Lakenreißer den ultimativen Einfall. «Warum fangen wir denn nicht von hinten an?»

«Das schlug ich doch vorhin schon vor!», erwiderte Orlando.

«Quatsch!» Lakenreißer ließ sich nicht beirren. «Ich meine, wir beginnen mit der verschrumpelten Version – mit der Inschrift *Rumbalotte.* Warum sollten wir das erst am Schluss machen? Logisch ist es doch eigentlich, damit zu beginnen und nicht mit dem ganzen Text *Ruhm und Ehre der baltischen Flotte.*»

«Genial!», rief Pint. «Idiotisch, dass wir nicht gleich drauf gekommen sind.»

«Jeder hat mal einen Hänger», meinte Orlando.

Lakenreißer freute sich, dass man seinen Vorschlag so fabelhaft fand, hatte aber immer noch ein Problem. «Soll ich *Rumbalotte* nun quer oder längs auf mein Glied schreiben?»

«Längs natürlich!», sagte Orlando. «Du liegst ja lang ausgestreckt auf dem Sofa, und wir machen ein Foto im Querformat.»

«Und wenn *Ruhm und Ehre der baltischen Flotte* verkürzt wird zu *Rumbalotte*, dann setzt das die Längsrichtung voraus. Schließlich verliert der Penis mehr an Länge als an Breite, wenn die Erektion zurückgeht», ergänzte Pint.

Lakenreißer setzte sich auf den Rand der Badewanne und begann mit der Beschriftung.

Pint und Orlando warteten ungeduldig vor der Badezimmertür.

«Was ist denn nun wieder?», fragte Pint.

«Ich fürchte, das passt nicht ganz rauf.»

«Das sind doch nur zehn Buchstaben!», sagte Orlando.

«Aber die Buchstaben dürfen doch nicht zu klein sein, habt ihr gesagt», jammerte Lakenreißer.

«Muss das Wort denn wirklich ganz deutlich zu sehen sein?», fragte Orlando seinen Auftraggeber. «Er hält doch seinen Roman in der Hand, und jeder kann den Titel auf dem Cover lesen.»

«Es muss deutlich lesbar sein!», insistierte Pint und wiederholte es mit lauterer Stimme noch einmal für Lakenreißer.

«Okay, dann schreibe ich es eben in zwei Zeilen.»

Nach weiteren fünf Minuten hatte er sich dann endlich auf dem Sofa ausgestreckt und so postiert, wie Orlando es wünschte. Der begann nun, seine Professionalität unter Beweis zu stellen. Er baute zig Blitzlichtlampen auf, die sich per Funksignal steuern ließen, hängte Blenden und weiße Schirme an die Decke, wechselte von einer Kamera zur anderen und geriet in einen regelrechten Rausch.

Es dauerte ewig, bis das Nachher-Foto endlich im Kasten war. Man beschloss, eine kreative Pause einzulegen und erst einmal etwas zum Essen und Trinken vom nächstgelegenen Italiener kommen zu lassen, ehe man sich der Vorher-Version zuwandte.

Wieder zog sich Lakenreißer ins Bad zurück, und wieder schaffte er es nicht, sein Blut dahin zu dirigieren, wo es so dringend gebraucht wurde. Kein Ratschlag brachte ihn weiter.

Da hatte Orlando eine Eingebung. «Versuch es doch mal damit, dass du einen Porno schreibst. Das habe ich als Junge auch immer getan, um mich aufzugeilen. Wozu bist du Schriftsteller! Stell dir vor, du sitzt in einem Eisenbahnabteil, und dir gegenüber räkelt sich eine tolle Frau auf der Bank – vollbusig, in kurzem Rock und Stiefeln. Und langsam fährt sie mit ihrer Hand ...»

«Danke für den tollen Rat!» Lakenreißer versprach, sich sofort ans Werk zu machen. Nur habe er kein Papier.

«Nimm doch Toilettenpapier!»

Er sagte, das verstieße gegen seine berufliche Ehre, und bestand auf echtem Schreibpapier. Orlando reichte es ihm zusammen mit einem Kugelschreiber hinein.

Und siehe da, es klappte! Allerdings *zu* gut: Man hörte Lakenreißer aufschreien.

Orlando und Pint stürzten zur Tür, einen Herzinfarkt befürchtend. «Was ist denn passiert?»

«Mir ist es gekommen.»

Orlando fluchte fürchterlich. Aber Pint meinte, gerade das zeige doch, welch genialer Schriftsteller Lakenreißer sei.

«Jetzt brauche ich aber erst einmal eine Stunde Pause», sagte Lakenreißer und kam aus dem Bad. «Ich bin doch keine Sexmaschine!»

Die Erholungspause wurde ihm notgedrungen gewährt. Orlando nutzte die Unterbrechung, um zu einem anderen Termin zu eilen. Als er zurückkam, schickte er Lakenreißer ins Bad, um seinen zweiten Kurzporno zu schreiben.

«Aber diesmal nicht ganz so scharf!», warnte Pint.

Nach zehn Minuten meldete Lakenreißer, es habe sich wieder eine Erektion eingestellt. Allerdings musste er zugeben, dass die Länge nicht ausreiche.

«Die 18 Zentimeter, die selbst ein durchschnittlicher Penis aufzuweisen hat, müssten doch für einen Zweizeiler reichen», sagte Pint.

«Ihr überschätzt mich», erwiderte Lakenreißer. «Um meinen Sohn Erik zu zeugen, hat es aber immerhin ausgereicht.»

«Verstehe: Es passt mal gerade *Erik* rauf», höhnte Orlando.

«Am besten, ich verteile den Text auf vier Zeilen», schlug Lakenreißer vor. «*Ruhm und / Ehre der / baltischen / Flotte.*»

«Wir haben aber keine bewegten Bilder», wandte Orlando ein. «Ich kann also nicht mit der Kamera um deinen Pint herumkurven. Wie soll der Betrachter des Fotos den Text erfassen?»

«Dann muss ich eben so klein schreiben, dass es auch in zweidimensionaler Darstellung lesbar ist. Aber mein Penis ist nun mal rund und nicht eckig.»

«Versuche bitte wenigstens, mit drei Zeilen auszukommen!», bat Orlando.

«Darf ich auch Wörter trennen?», fragte Lakenreißer.

«Lieber nicht», erwiderte Pint.

«Anders wird es sich aber nicht machen lassen», sagte Lakenreißer. «Und mein Schwanz hat nun mal nur eine begrenzte Beschriftungsfläche.»

«Dein Pint!», korrigierte ihn Orlando. «Verwechsle nicht die beiden West-Berliner Bordellkönige Otto Schwanz und Matthias Pint.»

«Gehen wir die Sache ganz pragmatisch an», schlug Pint vor. «Nimm mal die Pappröhre vom Toilettenpapier und probiere die einzelnen Versionen aus.»

Lakenreißer folgte dem, meldete aber kurz darauf, dass die Toilettenpapierrolle nicht als Muster tauge, da sie viel zu dick sei.

«O Gott!», schrie Orlando. «Dann probiere es eben mit deinem Zeigefinger!»

«Hör auf, mich zu beleidigen!», schrie Lakenreißer zurück. «So klein ist meiner nun auch wieder nicht!»

Nun wurde ihnen noch ein anderes Problem klar: Das *Rumbalotte* in der Nachher-Version musste irgendwie logisch aus der Langfassung abgeleitet werden können. Also mussten sie darauf achten, dass die zehn übrig bleibenden Buchstaben beim Vorher-Foto ungefähr gleich verteilt waren.

«Schreib die doch bitte auf alle Fälle etwas dicker!», sagte Pint und malte es zur besseren Veranschaulichung auf ein Stück Toilettenpapier: ***Ruhm*** *und Ehre der* ***ba****ltischen* ***Flotte***.

«Eine sehr schöne Idee», war Orlandos Kommentar, «nur leider völlig daneben. Denn vorhin hatten wir nur magere Buchstaben auf seinem Pint. Und ich mache das Foto mit dem geschrumpelten Pimmel nicht noch mal. So erhebend ist dessen Anblick nun auch wieder nicht.»

Nachdem sie noch gut und gerne eine Viertelstunde diskutiert hatten und Lakenreißer auf einem Röhrchen für Gewürznelken ausgiebig geübt hatte, kamen sie zu folgender Lösung: *Ruhm und Eh- / re der balti- / schen Flotte*

Lakenreißer blätterte in der *Brandenburgischen Geschichte*, einem dicken Buch zweier Koryphäen auf diesem Gebiet, und erhoffte sich Anregungen für seinen neuen Roman. *Der Schiefe Fritz* sei noch zu wenig von Leben erfüllt, hatte ihm Petra Kruppke klargemacht, das Alltagsleben käme kaum vor, und Tinz selber drängte, das Werk müsse mehr Liebesszenen enthalten.

Mit Freude las Lakenreißer, dass zur Zeit des Schiefen Fritz der Zauber- und Hexenglaube verbreitet gewesen sei. Wer beispielsweise stark fluchte, dem sei des Nachts leibhaftig ein Geist erschienen. 1665 hatte man zwei Jagdpagen der Teufelskünste überführt, in der Prignitz waren Blutquellen aufgetreten, und 1706 hatte in Crussow bei Angermünde der Satan von einem Mädchen Besitz ergriffen. Erst Friedrich Wilhelm I., der Nachfolger des Schiefen Fritz auf dem preußischen Thron, hatte angefangen, gegen die «Hexen-Prozesse», die mit Folter und Todesstrafe daherkamen, vorzugehen: *Wir seynd auch durch erhebliche Umstände bewogen worden, zu resolviren, daß die noch vorhandenen Brand-Pfähle, woran Hexen gebrandt seyn, weggenommen werden sollen ...*

Aus diesem Stoff sollte sich doch etwas machen lassen! Auch die Krönung des Königs am 18. Januar 1701 bot genügend Material, den Roman auszuschmücken. In allen Kirchen des Landes waren zwei Predigten zu halten, und den ganzen Tag über mussten die Glocken läuten. In Küstrin erschien eine Spottschrift auf die preußische Krone, und in der Neumark mussten die Krönungsfeierlichkeiten auf Befehl von oben ein Jahr darauf wiederholt werden.

Lakenreißer machte sich Notizen. Ja, das gab schon etwas her, das waren schöne Geschichten. Ebenso konnte es ein Gewinn sein, den großen Baumeister Andreas Schlüter ins Spiel zu bringen, der 1694 nach Brandenburg gekommen war, und ebenso den Minister Eberhard von Danckelmann. Dennoch fluchte er leise vor sich hin, denn jede Figur, die er in den letzten Kapiteln neu einbaute, musste schon vorher irgendwie mal aufgetreten sein, sie konnte nicht plötzlich vom Himmel fallen. Das aber hieß, immer wieder alles umzuschreiben, ganze Szenen neu zu gestalten – und genau das hasste er. Vor Jahren hatte er sogar mal einen Essay über die «Verschlimmbesserung» geschrieben: dass der erste Wurf eigentlich immer der beste sei und alle späteren Umarbeitungen ein Werk nur schlechter werden ließen. Aber er war es gewohnt, ständig gegen die eigenen Prinzipien zu verstoßen. Um Grundsätze zu kämpfen zermürbte nur.

Da er mit Unterhaltungsmusik besser schreiben konnte, schaltete Lakenreißer das Radio ein. Doch unwillkürlich erstarrte er. Denn die Stimme, die er da hörte, kannte er – es war seine eigene.

«Ja, mit ‹Rumbalotte› erlebte ich meine zweite Geburt als Schriftsteller, begann mein zweites literarisches Leben.»

«Nun sagen aber manche, Herr Lakenreißer, die Zurschaustellung Ihres Penis sei ein Tiefpunkt abendländischer Kultur ...»

«Ich möchte sie eher als einen ihrer Höhepunkte bezeichnen. Schließlich habe ich den Teil des männlichen Körpers, der uns allen bekanntlich viele Höhepunkte beschert, aus seiner Verbannung befreit. Die römische Kurie und andere christliche Fundamentalisten weltweit blasen ja zu einem Kreuzzug gegen mich (wobei nur

am Rande darauf hingewiesen sei, dass das Bedürfnis zu blasen in diesen Kreisen offenbar stark ausgeprägt ist). Aber die vielen Tausende, die gestern im Lustgarten (ohne falsche Scham hat man just diesen Ort gewählt!) gegen die Ächtung der Rumbalotte und meiner Fotos protestiert haben, legen Zeugnis davon ab, wie die Mehrheit wirklich fühlt.»

Jetzt brauchte er keine innere Stimme mehr, um seine Interviews zu bekommen, jetzt war die Welt wirklich an seiner Meinung interessiert!

Und auf diese Weise beflügelt, fand er für seinen Roman Sätze von einer literarischen Qualität, wie er sie vordem nie zustande gebracht hatte. Alles floss melodisch dahin, Worte und Wendungen fügten sich organisch in das Dichtwerk und klangen nicht mehr abgedroschen wie früher, mühelos verstreute er tiefsinnige Aphorismen und philosophische Wahrheiten, ohne den Erzählfluss zu stören.

Doch mehr als 547 Zeichen schaffte er nicht, da rief es ihn schon wieder ans Telefon. Diesmal war es der Landessender von Berlin und Brandenburg, der ihn am Nachmittag in einer Livesendung haben wollte. Natürlich sagte er zu.

Lakenreißer befand sich im Aufwind, Lakenreißer war ein vielgefragter Mann. Käsebier hatte nur den Kurfürstendamm erobert, er aber eroberte ganz Berlin, ja ganz Deutschland. Sein Verlag kam mit dem Nachdrucken von *Rumbalotte* kaum nach, auch seine älteren Veröffentlichungen wie *Licht am Ende der Tunnel*, *Ruf doch mal an* und *Zurück auf Start* erlebten eine Renaissance. Seine Bank hörte auf, ihn mit der Warnung zu nerven, sein Dispositionskredit sei erschöpft, und auf seinem Konto sammelte sich nun so viel Geld an, dass der Kundenberater ihm schon Vorschläge machte, wie er es anlegen solle. Zu den Großverdienern zählte er noch lange nicht – aber immerhin konnte er sich nun den Rotwein zu 7,99 Euro die Flasche leisten, und der schmeckte erheblich besser als der zu 2,99 Euro, den er bislang getrunken hatte.

Jetzt hätte er sich für den Weg vom Bundesplatz zum Haus des Rundfunks auch ein Taxi leisten können, doch er fuhr mit der S-Bahn, um das Bad in der Menge und das Gefühl auszukosten, nun zur Prominenz der Stadt zu gehören.

Schon auf dem Bahnhof Bundesplatz, wo er zwei Minuten auf die S 41 zu warten hatte, wurde Lakenreißer von vielen Menschen erkannt. Die meisten Leute wandten sich abrupt ab, wenn sie begriffen hatten, wer er war, weil es ihnen peinlich gewesen wäre, seine Intimsphäre zu verletzen. Nur wenige nickten ihm freundlich zu, sprachen ihn an, bedankten sich für sein Werk *Rumbalotte* und wünschten ihm weiterhin viel Erfolg.

Stieg er in dann in einen S-Bahn-Wagen, setzte sich das fort. Er beeilte sich, ein Taschenbuch herauszuziehen und sich in die Lektüre zu flüchten. Verstohlen versuchte er zu erkennen, was die anderen Fahrgäste für Bücher lasen – und entdeckte er sein *Rumbalotte* in fremden Händen, schlug sein Herz um einiges schneller. Wie lange hatte er sich nach solchen Erlebnissen gesehnt!

Mit einer gewissen Ehrfurcht betrat er den Poelzig-Bau an der Masurenallee. Hier war deutsche Rundfunkgeschichte geschrieben worden, und nun wurde er Teil dieses Mythos. So wichtig war er, dass er von einer hübschen jungen Praktikantin bei der Pforte abgeholt und durch das Labyrinth unendlich langer, sanft geschwungener Gänge ins betreffende Studio geführt wurde.

Der Moderator war ein altgedienter Profi mit einer warmen und einfühlsamen Stimme, der seine Gäste mit echter Herzlichkeit begrüßte, sie mit Hochachtung vorstellte und dem Publikum mit großer Emphase empfahl.

«*A star was born*, liebe Hörerinnen und Hörer, *and his name is Henry Lakenreißer*. Viele von Ihnen sind schon vor Jahren gut mit ihm gefahren, denn da saß er im Führerstand unserer U-Bahn-Züge, nun aber ist er aufgestiegen vom Tunnel ins helle Licht. Nicht etwa, dass er nun zur Hochbahn gewechselt sei – nein, er hat mit *Rumbalotte* einen Roman geschrieben, der uns alle vom Hocker reißt. Es geht dabei nicht nur um einen alternden und erfolglosen Schriftsteller – sozusagen das Gegenstück zu Henry Lakenreißer –, sondern auch um einen Teil des männlichen Körpers, dessen Bedeutung und Länge oft erheblich überschätzt wird. Den von Ihnen, Henry, haben wir ja nun alle bewundern können. Wie hat sich dadurch Ihr Leben verändert: Schielt nun alles auf Ihren Hosenschlitz?»

«Wieso sollten die Menschen schielen? Die wenigsten meiner Leser leiden unter einer Fehlstellung ihrer Augen.»

«Ich meine, haben alle Ihren Hosenschlitz im Visier?»

«Ja, zumindest all die, die mit offenen Augen durch die Welt gehen.»

Der Moderator liebte kleine Scherze, und seine Zuhörerschaft mochte ihn dafür. «Na, besser mit offenen Augen als mit offenem Hosenschlitz!»

Auf solche billigen Witze ging Lakenreißer nicht ein. «Bald werden die ersten Peniskalebassen mit der Aufschrift *Rumbalotte* in der Stadt auftauchen», sagte er.

«Peniskala... Was ist denn das?» Der Moderator schien wirklich ratlos.

«Eine Kalebasse ist an sich ein aus einem Flaschenkürbis hergestelltes längliches Gefäß», dozierte Lakenreißer. «Auf Neuguinea gibt es Völker, bei denen sich die

Männer eine solche Kalebasse über den Penis stülpen und offen zur Schau tragen. Mit einer Schnur um die Hüften und einer Schlaufe am Skrotum werden sie festgehalten.»

Der Moderator kicherte. «Ich stelle mir vor, das würde in Berlin Schule machen ... und wir Männer würden dann in einer vollen U- oder S-Bahn ...»

«Das geht schon, wenn man ein bisschen Rücksicht auf die Kalebassen der anderen nimmt und vor allem darauf achtet, sich nicht als Letzter in einen vollen Wagen quetschen zu wollen ... Denn wenn die Tür sich schließt, bevor man es mitsamt Kalebasse geschafft hat, wird es unangenehm.»

«Liebe Hörerinnen und Hörer, da sehen Sie, was für ein blendender Humorist Henry Lakenreißer ist! Wer jetzt bei uns anruft und die Frage beantworten kann, welchen Beruf Henry Lakenreißer ausgeübt hat, bevor er Schriftsteller wurde, der gewinnt ein Exemplar von *Rumbalotte*, vom Künstler mit eigener Hand signiert, gespendet vom Tinz-Verlag und der Medienagentur T-Pint.»

Es dauerte keine zwei Minuten, da waren die zehn Exemplare vergeben.

Als strahlender Sieger fuhr Lakenreißer nach Hause. Als Erster rief Pint bei ihm an und beglückwünschte ihn zu seinem grandiosen Auftritt. Dann war Tinz am Apparat. Der freute sich darüber, dass der Name seines Verlages genannt worden war, hatte aber auch eine Reihe froher Botschaften zu übermitteln.

«Ich habe soeben eine Taschenbuchlizenz für *Rumbalotte* verkauft.»

Er nannte eine Summe, die zwar erheblich unter dem lag, was ein Ergänzungsspieler von Hertha BSC an einem

Tag verdiente, für einen Schriftsteller aus der zweiten Bundesliga aber eine Riesensumme war.

«Bleibt *Der Schiefe Fritz*», fuhr der Verleger fort. «Auch da gibt es Interesse an den Taschenbuchrechten, so dass ich Ihnen diesmal eine opulente Garantiesumme zahlen kann: 10 000 Euro.»

«14 000 Euro nur?», sagte Lakenreißer, ihn bewusst missverstehend. «Mir sind gerade von einem anderen Verlag 15 000 angeboten worden. Aber beim Geld soll die Freundschaft für mich nicht aufhören.»

Tinz schluckte. «Einigen wir uns auf 12 000. Dafür lasse ich von einer hervorragenden Autorin eine Biographie über Sie schreiben.»

«Okay. Ich komme dann morgen Vormittag zur Vertragsunterzeichnung.»

Lakenreißer überlegte schon, ob es nicht besser sei, sich eine Agentin zuzulegen, denn langsam wurde alles ein bisschen viel für ihn. Unzählige E-Mails waren zu beantworten, und allein an diesem Mittwoch fragten sieben Stadtbibliotheken und Buchhandlungen bei ihm an, ob er nicht für eine Lesung zur Verfügung stünde. Auch etliche Kulturjournalisten und Lokalredakteure hatten um ein Interview gebeten und wollten gleich einen Fotografen mitbringen.

«Was ist denn Ihr Lieblingsplatz in Wilmersdorf? Dort würden wir Sie gerne aufnehmen», fragte ihn der Reporter des im Westen Berlins traditionell stärksten Lokalblatts, nachdem er mit dem Interview fertig war.

Lakenreißer musste eine Weile überlegen. «Schwierig zu entscheiden ...»

Wilmersdorf war ihm trotz der vielen Jahre, die er hier schon lebte, noch immer nicht so recht ans Herz gewachsen. Seine Heimat war und blieb der Quellweg, blieb Siemensstadt mit dem Volkspark Jungfernheide, dem Schalt- und dem Dynamowerk am Rohrdamm, dem Wernerwerk nach Charlottenburg hin, blieben die Nebenarme der Spree und Fürstenbrunn. Um Zeit zu gewinnen, zählte er nun die Bauten und Plätze in Wilmersdorf auf, die ihm spontan einfielen: «Die Brunnenanlage am Rüdesheimer Platz, Schildhorn mit dem Jaczo-Denkmal, das Wasserwerk am Teufelssee, der Grunewaldturm, das Rathaus Schmargendorf, das Schoeler-Schlösschen an der Wilhelmsaue ...» Vielleicht aber sollte er Pint zuliebe sagen, sein Lieblingsplatz sei dessen Villa in der Hanauer Straße, in der die Firma Topi Toys zu Hause war und seit neuestem auch die Medienagentur T-Pint. Aber die Menschen erwarteten sicherlich, dass er einen originellen Ort aussuchte. Vielleicht sollte er auf den Turm des Krematoriums klettern und so tun, als würde er den dort aufsteigenden Rauch genüsslich einatmen.

«Schade, dass es meine absolute Lieblingsstelle nicht mehr gibt», sagte er schließlich. «An der Kalischer Straße, genau gegenüber vom Krematorium und dem ausgedehnten Friedhof. Das ist jetzt alles verschwunden. Aber bevor man alles abgeräumt hat, konnte ich schnell noch ein Schild abschrauben ...» Er holte es hervor.

Bezirksamt Wilmersdorf von Berlin
Amt für öffentliche Bauten
Bereich Ausbildung Friedhofsgärtner

MUSTERGRÄBER

Die Fläche wird von Auszubildenden des Bezirksamtes gestaltet und gepflegt.

Der Journalist war genauso begeistert wie er, und so beschlossen sie, zum Friedhof an der Stubenrauchstraße zu laufen und das Schild in der Nähe einer feudalen Grabstelle zu befestigen und Lakenreißer davor in allen möglichen Variationen abzulichten. Der Fotograf, der aus der Redaktion auf den Friedhof geeilt war, war nicht minder angetan von der Idee.

«Mein Lieblingsplatz in Wilmersdorf ist der Friedhof an der Stubenrauchstraße», gab Lakenreißer zu Protokoll. «So stehe ich denn hier vor meiner künftigen Grabstelle und freue mich darauf, dicht neben Marlene Dietrich und Helmut Newton zu ruhen. Meine größte Hoffnung aber ist die, wie diese beiden mit einem Ehrengrab der Stadt Berlin gewürdigt zu werden.»

So gut die Idee war, später stellte man in der Redaktion fest, dass der Friedhof an der Stubenrauchstraße nicht in Wilmersdorf lag, sondern im Ortsteil Friedenau – und der gehörte zum Bezirk Tempelhof-Schöneberg und nicht etwa zu Charlottenburg-Wilmersdorf. Man rief Lakenreißer aufgeregt an und fragte: «Was nun?»

«Dann lassen Sie die Frage eben lauten: Was ist Ihr Lieblingsplatz in Ihrem Kiez? Und nicht: in Wilmersdorf. Außerdem wissen die wenigsten Berliner, dass Friedenau nicht zu Wilmersdorf gehört.»

«Aber auf Ihrem Schild steht doch Wilmersdorf!»

«Dann schreiben Sie eben, woher ich es habe und dass wir es nur für das Foto neben Marlene Dietrich gehängt haben.»

So wurde dann auch verfahren, und Lakenreißer konnte weitere Pluspunkte sammeln.

Da in dem Zeitungsbeitrag über ihn auch erwähnt wurde, dass er für die Bearbeitung der vielen Fan-Post eigentlich eine Privatsekretärin brauche, stand am nächsten Tag Melusine Mockenhaupt vor seiner Tür und fragte ihn, ob sie die Stelle haben könne.

Lakenreißer überlegte kurz. «Bei Ihnen kann ich mir wenigstens sicher sein, dass kein Schriftstück weggeworfen wird. Allerdings schreiben Sie doch nichts, sondern tellen nur. Na gut, dann müssten Sie sich aufs Tellefonieren verlegen. Ich werde es mir durch den Kopf gehen lassen ...»

Nachdem er sie losgeworden war, warf er sich aufs Bett und schlief erst einmal eine Stunde. Das neue Leben war nicht nur aufregend, sondern auch ganz schön anstrengend.

Das Telefon weckte ihn. Benommen tastete er nach dem Hörer. Da es inzwischen dunkel geworden war, fand er ihn erst nach einigen vergeblichen Anläufen.

«Ja bitte ...» Er hatte sich abgewöhnt, seinen Namen zu nennen. Man wusste ja nie, wer da ...

«Guten Tag, Herr Bitte!» Es war eine Frauenstimme.

«Bernhard Bitte», ergänzte Lakenreißer. «Mit wem habe ich das Vergnügen?»

«Mit Ophelia Ochs.»

«Ah, Sie ...» Lakenreißer war plötzlich hellwach und attackierte sofort. «Was habe ich immer gesagt? Die Rumbalott' in ihrem Lauf hält weder Ochs noch Esel auf. Und nun wollen Sie mithelfen, dass auch *Der Schiefe Fritz* ein Bestseller wird? Sehr freundlich! Sowie das Manuskript fertig ist, schicke ich es Ihnen vorab.»

Sie ging nicht darauf ein. «Sie wissen nicht, warum ich Sie anrufe?»

«Um sich bei mir zu entschuldigen und mich zum Essen einzuladen?»

«Ja, ich will Sie zum Essen einladen. Aber nicht, um mich zu entschuldigen, sondern um Sie auszufragen.»

«Warum denn das?»

Sie lachte. «Ganz einfach: Tinz hat mich gebeten, Ihre Biographie zu schreiben.»

Lakenreißer genoss es, Lakenreißer zu sein. Lustvoller als vor dem Computer zu sitzen und Zeile um Zeile zu schreiben, war es schon, durch die Stadt zu streifen und zu sehen, wie *Rumbalotte* in den Schaufenstern auch kleinster Buchläden stand und wie es sich bei den großen Ketten auf Sondertischen zu Bergen stapelte. Wie hatte es ihn in all den bitteren Jahren nach solchen Erlebnissen gedürstet!

Alle buhlten sie um seine Gunst, und sogar seinem Sohn war er nicht mehr peinlich. Der bat seinen Vater zu einer Privatlesung nach Pankow, wo er ausgewählten Hochintellektuellen unter dem Motto «Lakenreißer fein und herb» ausgewählte Texte vortragen durfte. Bei der anschließenden Diskussion maß man seinen Worten ein Gewicht zu, das bei seinem ersten Besuch in der Wolfshagener Straße noch unvorstellbar gewesen wäre. Eine Bemerkung wie «Ambivalenz kann durchaus einseitig sein» hätte ihm damals nur ein mitleidiges Grinsen eingebracht, heute aber wertete man es als ernsthaften Beitrag zur Kulturkritik.

«Sie treffen es im Kern», sagte einer der anwesenden Professoren. «Gerade in selbstreferentiellen Systemen neigt man ja dazu, die Ambivalenz der Gefühle und Einstellungen zu institutionalisieren und als eine Einheit zu sehen, die den modernen Menschen eigentlich erst ausmacht. Wir stigmatisieren das Nicht-Ambivalente, das Eindimensionale also, und jeder Mensch, der nicht gebrochen und vielschichtig widersprüchlich ist, muss sich damit als Außenseiter, ja als pathologisch fühlen. Der Gesunde gilt nichts in unserer Gesellschaft und wird als krank definiert, und der Kranke wird zur Ikone gemacht, in der Literatur ebenso wie im Film.»

Zum Schluss dankte Henry Lakenreißer Eriks Gästen, indem er Arthur Schopenhauer zitierte und sie davor warnte, zu viel zu lesen: «Denn *Lesen ist ein bloßes Surrogat des eigenen Denkens.* Und *eben daher kommt es auch, dass wer sehr viel und fast den ganzen Tag liest ... die Fähigkeit, selbst zu denken, allmälig verliert – wie Einer, der immer reitet, zuletzt das Gehen verlernt. Solches aber ist der Fall sehr vieler Gelehrter: sie haben sich dumm gelesen.*»

Die Anwesenden reagierten auf diese subtile Beschimpfung mit masochistischem Dank. Alle hielten ihn nun für einen hervorragenden Schopenhauer-Kenner, dabei hatte er sich nur ein paar Sätze aus dem dünnen Reclam-Heft *Schopenhauer zum Vergnügen* gemerkt. Zuschreibung ist im Leben alles, dachte Lakenreißer. Nun hatte auch das Feuilleton anfangen, ihn zu lieben, und immer öfter las er jetzt in Besprechungen und auf Plakaten, auf denen zu seinen Lesungen eingeladen wurde: *Henry Lakenreißer, der Berliner Bestsellerautor.*

Irgendwie war auch seine Mail-Adresse publik geworden, und so fand er tagtäglich eine riesige Zahl von Nachrichten vor. Im Wesentlichen ließen sich die Mails in drei Kategorien einordnen: Erstens dankte man ihm und wünschte ihm weiterhin viel Erfolg, zweitens wies man ihm Fehler in *Rumbalotte* nach, und drittens schilderte man ihm eigene Erfahrungen, die sich mit denen des Sixtus Tenhagen deckten. Hin und wieder gab es auch die Bitte, sich ein im Anhang mitgeschicktes Manuskript anzusehen und bei der Suche nach einem Verleger behilflich zu sein, aber auch nützliche Hinweise wie etwa diesen:

Vielleicht können Sie in Ihrem Roman über Friedrich I. noch einfügen, was seine Gattin Sophie Charlotte kurz vor ihrem Tode zu ihm gesagt hat: «Ich sterbe nun also und tue damit alles, was ich für Seine Majestät zu tun imstande bin, indem ich ihn nicht bloß von einem Druck befreie, den er in meiner Gegenwart immer empfand, sondern ihm auch Gelegenheit zum einem ‹pomphaften Begräbnis› gebe, was für ihn, bei dem Geschmacke, den er nun einmal hat, immer das Wichtigste bleibt.»

Lakenreißer dankte der Verfasserin ausführlich, so wie er sich Mühe gab, jede Mail und jeden Brief zu beantworten, obwohl das viel Zeit kostete und ihn manchmal voller Neid an die Kollegen früherer Epochen denken ließ, die ihre Korrespondenz von einem Privatsekretär hatten erledigen lassen.

Es dauerte nicht mehr lange, da hatte ihn auch die «Berliner Abendschau» entdeckt, die erfolgreiche Fernsehsendung im regionalen Abendprogramm, und ein vierköpfiges Team rückte an, um zu drehen.

«Alles dreht sich jetzt um Lakenreißer», sagte die Redakteurin. «Und da können wir nicht auf Sie verzichten.»

«Ihr *Rumbalatte* ist ja wirklich in aller Munde», fügte der Kameramann hinzu.

«*Rumbalotte* bitte», korrigierte ihn Lakenreißer und grinste. «Anderenfalls würde es mich wirklich überfordern, in aller Munde zu sein.»

«Unsere Zielgruppe goutiert solche Anzüglichkeiten nicht», mahnte die Redakteurin.

Der Kameramann maulte, man solle endlich zur Sache kommen. «Jeder weiß, der Melker gehört ans Euter der Kuh, der Fußballer auf den Platz, der Professor vor die Bücherwand – und der Schriftsteller gehört an die Schreibmaschine. Der Mensch braucht Gewissheiten im Leben!»

Den wichtigsten Beitrag aber lieferte der Fahrer und Lastenträger des Teams, indem er darauf hinwies, dass ihr Fahrzeug im Parkverbot stand.

«Am einfachsten ist doch, Sie senden das, was damals nicht gesendet worden ist», schlug Lakenreißer vor. «Nämlich wie ich im Führerstand der U-Bahn sitze und ...»

Die Redakteurin schüttelte den Kopf. «Damals waren Sie aber nicht der, der Sie heute sind. Nein, nein, bei uns kommt alles nur frisch zubereitet auf den Tisch. Ich habe mir da Folgendes überlegt: Ein Freund von mir sieht Friedrich I. zum Verwechseln ähnlich, und ich habe ihm auch schon das passende Kostüm aus dem Fundus besorgt. Wir holen ihn von zu Hause ab und fahren zum Schloss Köpenick. Dort liest er gerade in *Rumbalotte* und empfängt den Autor huldvoll. Sie reden mit ihm über diesen Roman wie über den nächsten, der ja den Titel *Der Schiefe Fritz* tragen soll.»

«Nichts mit der Peniskalebasse?», fragte der Kameramann sichtlich enttäuscht.

«Nein, wir bleiben seriös!»

Lakenreißer war es recht so, und es wurde ein schöner Beitrag, der seine Popularitätswerte weiter steigen ließ.

Die mediale Krönung aber sollte ihm noch bevorstehen: die Einladung in eine der großen Fernseh-Talkshows. Dafür hatte Pint mächtig arbeiten müssen, es aber schließlich doch geschafft. Lakenreißer war inzwischen so bedeutsam geworden, dass man ihn mit einem Wagen vom Frankfurter Flughafen abholte und in ein Mainzer Hotel brachte, dessen viele Sterne ihn erschaudern ließen. Wie ein Hochstapler kam er sich vor, denn in den letzten Jahren hatte er sich, wenn überhaupt, nur Übernachtungen in den billigsten Pensionen leisten können und bedauert, für Jugendherbergen schon zu alt zu sein.

Sein Zimmer war mehr eine Suite und kam ihm fürstlich vor. Auf dem Schreibtisch lagen zwei Notizzettel. Einmal bat Immanuel Tinz um sofortigen Rückruf, und zum anderen fragte ein Journalist vom örtlichen Meinungsführer, ob er vor dem Fernsehauftritt noch Zeit für ein kleines Interview hätte. Lakenreißer fühlte sich abermals gebauchpinselt.

Was ihm der Verleger mitzuteilen hatte, gab ihm den nächsten Kick. «Halt dich fest, Henry, ich habe soeben den Vertrag unterschrieben: *Rumbalotte* wird verfilmt – und zwar fürs Kino.» Produktionsfirma, Regisseur und Hauptdarsteller, so führte Tinz aus, waren «allererste Sahne».

Lakenreißer befand sich nun in einem Zustand, den seine Großmutter mit den Worten «als wennste schwebst» beschrieben hätte. Er selber hatte dafür das Wort *Flow* parat, eine Schöpfung des ungarisch-amerikanischen Psychologen Mihaly Csikscentmihalyi, das Synonym für absolutes Glück, für das Gefühl, mit sich und der Welt im Einklang zu sein.

Derart beschwingt und überzeugt davon, grandios zu sein, ließ er sich von seiner Betreuerin an der Rezeption abholen und zum Fernsehsender fahren. Die Betreuerin hieß Sarah, war 22 Jahre alt, studierte Germanistik und bewunderte ihn. Er sah sich schon mit ihr in seinem breiten Hotelbett liegen, als Krönung dieses wunderbaren Tages.

Mehrere Menschen, deren Funktionen er nie erfahren sollte, die aber für die Maschinerie des Fernsehens sehr wichtig zu sein schienen, empfingen ihn mit überschwänglicher Freude. Sosehr er auch jahrzehntelang über alle Prominenten gelästert hatte – es war schon toll, nun selber diesen Status zu genießen. Man brachte ihn in die Maske, um ihn noch attraktiver zu machen, als er ohnehin war.

Sein Lampenfieber war schnell gewichen, als sie auf Sendung gingen. Er war ein Typ wie der große preußische Reitergeneral Friedrich Wilhelm von Seydlitz: kühl, ja geradezu gelangweilt, wenn zur Schlacht geblasen wurde. Der Moderator allerdings war auch ausgesprochen nett zu ihm.

«Alles redet von *Rumbalotte*, Herr Lakenreißer, und nun sind wir alle ganz erpicht darauf ...»

«Nein!», rief Lakenreißer und presste beide Hände auf seinen Hosenlatz.

Der Moderator wehrte ab. «Nicht doch! Ich meine: erpicht darauf, einmal eine Peniskalebasse zu sehen. Sie haben doch sicher eine mitgebracht?»

«Ja, natürlich, wenn auch nicht meine eigene ... die, mit der ich jeden Tag durch Berlin laufe. Die ist nämlich so groß, dass es ein Kunststück ist, damit nicht überall anzuecken.»

Lakenreißer fasste neben die Couch, auf der sie saßen, und holte aus einem Leinenbeutel eine Art Futteral hervor, das die Länge eines gewöhnlichen Lineals haben mochte und wie ein leicht nach oben gebogenes Bambusrohr aussah. Oben war es so dick, dass man es nicht mit der Hand umfassen konnte, nach unten hin lief es spitz zu.

«Das ist eine Peniskalebasse, wie sie bei den Eipos auf Neuguinea zu finden ist, in den Bergen von Irian Jaya. Man stülpt sie über sein Glied und hält sie mit einer Schnur, die um die Körpermitte geschlungen ist, und eine Schlaufe am Skrotum fest.»

«Möchten Sie uns das einmal vorführen?», fragte der Moderator.

«Gern, aber nur als Trockenübung sozusagen.»

«Schade!», riefen einige im Publikum.

Lakenreißer stand auf und hielt sich die Peniskalebasse vor den Hosenschlitz. Die Leute jubelten. Es war herrlich, sich derart unter seinem Niveau zu amüsieren.

Nun fielen dem Moderator doch noch die Regeln des öffentlich-rechtlichen Rundfunks ein, und er gab sich kritisch. «Diese Show und Ihr Anspruch, als Literat zu gelten – wie verträgt sich das miteinander, Herr Lakenreißer?»

Souverän zitierte er da Theodor Fontane, denn gegen den Groß- und Altmeister konnte man kaum argumentieren: «An einer Stelle schreibt Fontane: *Ohne ein gewisses Quantum von Mumpitz geht es nicht.* Und an einer anderen: *Auch das Törichte kann einen pittoresken Zauber haben.*»

Die Leute klatschten begeistert, und Lakenreißer fügte hinzu, dass Fontane stolz darauf gewesen sei, sich sein Leben lang vom *unterhaltlichen Stoff* ernährt zu haben und die selbsternannten Hochliteraten stets verspottet habe.

«*Was heißt großer Stil?* hat er einmal ausgerufen. *Großer Stil heißt so viel, wie vorbeigehen an allem, was die Menschen eigentlich interessiert.* Vor diesem Hintergrund glaube ich, dass ich mich mit meiner *Rumbalotte* und meiner Peniskalebasse nicht verstecken muss.»

Der Beifall, den er für diese Äußerungen erhielt, wollte gar nicht enden, und wenn die Zeitungen in den nächsten Tagen schrieben, er sei der Held des Abends gewesen, dann war das durchaus zutreffend.

Dieser Auftritt und die anschließende Liebesnacht mit Sarah waren der Höhepunkt seines Lebens. Ein Mehr an Glück und Rausch schien nicht mehr möglich.

Auf dem Rückflug nach Berlin musste er fast ununterbrochen Autogramme geben und Bücher signieren. Eine Frau sagte sogar: «Würden Sie bitte so freundlich sein, Herr von Lakenreißer?»

Ja, die Menschen hatten klar erkannt, dass in diesen Zeiten die Medien die Adelstitel verliehen und nicht mehr der Kaiser.

In den nächsten Tagen wurde er beim Einkaufen, beim Spazierengehen, in öffentlichen Verkehrsmitteln immer wieder auf seinen Auftritt in der Talkshow angesprochen. «Ich hab Sie gestern im Fernsehen gesehen!» – «Wir wussten ja gar nicht, dass wir einen *so* prominenten Kunden haben!» Darunter waren viele Menschen, die er verabscheute, und es war wie ein Ohrfeige für ihn, von denen gelobt und bewundert zu werden.

Allmählich ging ihm das ganze Theater um seine Person auf die Nerven, und er verlor mehr und mehr die Lust, seine Wohnung zu verlassen.

Als Pint ihn anrief und zu einer seiner vielen Partys einlud, lehnte er ab: «Ich habe keine Lust zu kommen.»

«Was heißt hier Lust? Du musst!»

Torsten und Tamara Pint schmückten sich mit den Namen von Prominenten wie Leistungssportler mit Medaillen oder Generale mit militärischen Orden. In den Strahlen dieser Sonnen leuchteten auch sie stärker und stärker. Die Firma in der Hanauer Straße wurde einerseits ein Salon nach der Art, wie ihn Rahel Varnhagen von Ense und Henriette Herz um 1800 unterhalten hatten, andererseits aber auch zu einer Art Sozialstation für Prominente, die seelisch oder finanziell in Not geraten waren oder auch so weltfremd, dass sie es nicht schafften, eine elektrische Zahnbürste zu kaufen, geschweige denn, sie an der Wand ihres Badezimmers zu befestigen. Etliche ihrer Freunde waren nach einiger Zeit regelrecht abhängig von den Pints.

Tamara verstand sich wunderbar auf die Kunst des Zuhörens, war von einer gewinnenden Herzlichkeit und besaß ein hohes Maß an Empathie, konnte sich also in andere Menschen hineinversetzen. Pint hatte genügend Geld, um anderen aus Verlegenheiten zu helfen, schaffte es aber auch, mit außergewöhnlicher Hartnäckigkeit und Chuzpe bis zu den wichtigsten Entscheidungsträgern in Politik und Kultur vorzudringen und die Interessen seiner Schützlinge erfolgreich zu vertreten.

So horteten sie beide gute Taten wie Wertpapiere. Es war ihre ureigenste Wesensart, die da durchgebrochen war. Dass sie letztendlich hohe immaterielle Gewinne mit ihrer Hilfsbereitschaft machten, war nur ein Nebeneffekt, den man ihnen nicht einmal vorwerfen konnte, denn sie hatten ihn nicht geplant. Mochten ihre Kritiker auch lästern, so bewirkten sie doch viel Gutes.

Wer sich in ihrem Freundeskreis bewegte, erfuhr viel von dem, was hinter den Kulissen geschah, aber nicht in den Zeitungen stand, und dieses Insiderwissen konnte man nutzbringend für sich einsetzen. Das machte den Pints viel Freude und sorgte dafür, dass sie in den Berliner Netzwerken immer bedeutsamer wurden.

Schon bald hatte Pint seinen Vater an Bekanntheit weit überflügelt, und das mit einer Weste, wie sie weißer nicht sein konnte.

Mit Lakenreißer hatte alles begonnen, Lakenreißer

hatte sie auf den Geschmack gebracht, ihr Leben aufzuwerten, und so blieb er auch die Nummer eins in ihrer Sammlung. Doch andere holten auf in der Rangliste.

Da war zunächst die Schauspielerin G., die einmal einen großen Namen gehabt hatte, nun aber völlig in der Versenkung verschwunden war. Sie wurden auf sie aufmerksam, als sie bei einem Einkaufsbummel am Rathaus Schmargendorf vorbeikamen und die Ex-Diva gerade ansetzte, sich in den Tod zu stürzen. Unten standen die Feuerwehrleute mit ihrem Sprungtuch, oben bemühte sich der Polizeipsychologe, sie von ihrem Vorhaben abzubringen. Dass die G. schließlich von ihrem Vorhaben abließ, hatte sie einzig und allein der rhetorischen Kunst dieses Mannes zu verdanken. Die Boulevardblätter aber schilderten den Vorgang ganz anders: Der Blick der Schauspielerin sei plötzlich auf Tamara Pint gefallen, und in diesem Augenblick habe sie gewusst, dass sich das Leben noch lohne. Zitat G.: *Plötzlich war da ein Strahlenkranz um ihren Kopf, und ich dachte, die Heilige Mutter Gottes sei mir erschienen.*

Am nächsten Tag besuchten sie die G. im Krankenhaus, und Pint versprach ihr, mit Leuten aus der Filmbranche zu sprechen, ob sich nicht etwas für sie machen ließe. Drei Tage später hatte die G. tatsächlich einen Synchronauftrag und eine kleine Nebenrolle in einer bekannten Fernsehserie.

Nicht ganz so spektakulär verlief ihre erste Begegnung mit dem Graphiker K. Der saß im Zwischengeschoss des U-Bahnhofs Bundesplatz und spielte Geige. Da Pints Wagen in der Werkstatt war, hatten sie auf die öffentlichen Verkehrsmittel ausweichen müssen, und nun hatten sie Mühe, den richtigen Ausgang zu finden. So kamen sie zweimal an ihm vorbei. Beim ersten Mal warf er eine Münze in den offenen Geigenkasten am Boden, beim zweiten Mal sie.

K. bedankte sich überschwänglich und spielte ein Lied extra für die beiden.

Pint lächelte gequält, denn was der Mann da zum Besten gab, ging bestenfalls als Katzenmusik durch, und fast hätte er ihm angeboten, fünf Euro in seinen Kasten zu werfen, wenn er die Geige für ein paar Minuten aus der Hand legen würde.

K. erahnte die Gedanken seines Gönners und legte das Geständnis ab, an sich gar kein Musiker zu sein, sondern Maler, Zeichner und Graphiker.

Pint schmunzelte, denn sein Vater hatte zu einem Freund, der auch Graphiker war, immer gesagt: «Du Gratisficker, du!» So hätte er sich bei der anschließenden Frage fast versprochen: «Und warum spielen Sie hier in der Unterwelt, anstatt zu Hause gratis zu ... ich meine, als Graphiker zu arbeiten?»

«Weil ich nicht genug Aufträge habe.»

«Da kann man doch was machen!», rief Pint und hatte eine Idee. «Sie kennen doch *Rumbalotte*?»

«Ja. Gelesen habe ich das Buch nicht, aber von ihm gehört.»

«Gut, dann geben Sie mir Ihre Adresse, und ich schicke Ihnen ein Exemplar. Machen Sie Illustrationen dazu, alles, was Ihnen einfällt, und die hängen wir dann in Moabit bei einer Lesung von Lakenreißer an die Wand. Da gibt es eine rührige Buchhandlung mit angeschlossener Galerie. Die Leute werden kaufen, und Sie kommen wieder ins Geschäft.»

Nummer drei lernten die Pints sozusagen in der Zeitung kennen. Da wurde lang und breit über den Staatssekretär A. berichtet, der in seiner Behörde gemobbt wurde. Nicht nur seine Freunde ließen ihn in Stich, auch seine Frau trennte sich von ihm.

«Dem Manne kann geholfen werden», sagte Pint und setzte sich ans Telefon. Nach einer Stunde hatte er es geschafft, A. persönlich an den Apparat zu bekommen. Er bot ihm an, mit Hilfe seiner Medienagentur dessen persönliches Problem zu lösen.

«Sie müssen unbedingt Ihr Image verbessern, wieder einmal positive Schlagzeilen machen. Passen Sie auf, meine Firma spendet ein paar Eisenbahn-Modelle und mietet in der Mansfelder Straße eine leerstehende Lagerhalle an, wo die Jungs aus der Gegend ihre eigenen Anlagen bauen und die Züge fahren lassen können, kostenlos natürlich. Sie beteiligen sich mit ein paar tausend Euro und weihen das Ganze ein. Sie werden sehen, wie sehr die Medien darauf abfahren. Das wird die Wende in Ihrem Leben. Kommen Sie doch mal abends bei uns vorbei, und bei einem Glas Rotwein besprechen wir dann die Einzelheiten ...»

Auch dieses Vorhaben glückte, und die Pints konnten sich nun um den talentierten jungen Fußballer H. kümmern, der bei Hertha BSC meist nur auf der Tribüne Platz nehmen durfte. Pint schaffte es, ihm einen Stammplatz bei einem anderen Fußballverein zu vermitteln, bei dem ein Freund des Staatssekretärs A. im Vorstand saß. So einfach war das, wenn man nur wusste, wie ...

Unter den Menschen, die die Pints betreuten und wieder glücklich machten, waren bald auch ein gefeuerter Basketballtrainer, ein Topmanager mit schwerem Burnout-Syndrom, ein Arzt, der seinen Patienten zuliebe die Krankenkassen ausgetrickst hatte und von der Schließung seiner Praxis bedroht war, ein Filmregisseur mit Filmriss, den sie aus der Karl-Bonhoeffer-Nervenklinik holten, und eine Frau, die einen Flugzeugabsturz überlebt hatte. Dazu kamen etliche, die ein Ex mit sich herumschleppten: Ex-Minister, -Geschäftsführer und -Ehegatten.

Es gab Leute, die über die Pints lästerten, sie seien die reinste Gutmenschen-GmbH. Doch eine Studie, die Studierende der FU Berlin unter dem Titel *Charity begins at home* veröffentlichten, nahm den Kritikern den Wind aus den Segeln. Dort wurde nachgewiesen, dass weder die Familie noch staatliche Einrichtungen in der Lage waren, die Verlierer im Spiel des Lebens nach ihrem Absturz aufzufangen und wiederaufzubauen, sondern dass dies nur Privatinitiativen nach dem Muster der Pints gelingen konnte.

So rief es ungeteilten Beifall hervor, dass die Schauspielerin G. im Bundespräsidialamt den Antrag gestellt hatte, Tamara und Torsten Pint das Bundesverdienstkreuz am Bande zu verleihen.

Lakenreißer indes fand, dass sein Leben jetzt, wo er den Gipfel erreicht hatte, irgendwie leer war. Jahrelang waren seine Gedanken darum gekreist, dass niemand ihn wahrnahm und alles ihn pausenlos entwertete, und nun hatte er diesen Mittelpunkt seiner selbst verloren. Man konnte offenbar auch von seinem Misserfolg abhängig werden.

War er vorher einsam und bedrückt durch die Straßen gegangen, so hatte das stille Größe gehabt. Heute aber fühlte er sich als prominente Hülle ohne Inhalt. Er hatte das Gefühl, die Leute würde ihn nicht mehr als Schriftsteller sehen, sondern als tumben Entertainer.

Einmal mehr wurde ihm das bestätigt, als er der Buchhandlung Cornelius Bierbaum in der Bundesallee einen Besuch abstattete.

«Guten Tag!», sagte Lakenreißer so laut, dass der Buchhändler, der an seinem Computer hantierte, es unbedingt hören musste. Gleich würde sein Kopf hochfahren, er würde den bekannten Schriftsteller erkennen und mit freudiger Erregung auf ihn zukommen.

Doch Cornelius Bierbaum reagierte anders als erwartet. Genauer gesagt, reagierte er gar nicht. Lakenreißer staunte, denn der Laden war ebenso überschaubar wie leer.

Mit einem inneren Achselzucken ging Lakenreißer erst einmal auf die Regale zu, um sich umzusehen. Was er suchte, war ein Geburtstagsgeschenk für Torsten Pint, am besten etwas über die Straßenbahnen am Rande Berlins, von Friedrichshagen nach Rüdersdorf oder von Rahnsdorf zur Woltersdorfer Schleuse. Während er suchte, fiel ihm zweierlei auf: Erstens, dass bei Cornelius Bierbaum sehr viel von Otto Julius Bierbaum stand, die beiden also möglicherweise Verwandte waren, und zweitens, dass nicht einer seiner eigenen Romane zu entdecken war, nicht einmal *Rumbalotte*. Das konnte nun zweierlei bedeuten: Entweder war alles ausverkauft, oder aber der Buchhändler hatte keines seiner Bücher geordert. Dies musste geklärt werden!

Lakenreißer trat also auf den Buchhändler zu, der nun nicht mehr anders konnte, als ihm sein Antlitz zuzuwenden. Mit seiner kleinen Nickelbrille wirkte er sehr durchgeistigt.

«Pardon», begann Lakenreißer, «aber ich wollte Sie schon immer mal fragen: Sind Sie eigentlich mit Otto Julius Bierbaum verwandt?»

«Ja, wenn auch nur über x Ecken.»

«Ich habe neulich erst seinen *Stilpe* gelesen.»

Bierbaum nickte. «Gut so.» Dann zitierte er, die Augen

schließend, einige Sätze aus dem Schlusskapitel: «*Selbstmord eines Chantantkomikers ... Die Besucher der Varietébühne ‹Zum Nordlicht› waren gestern Abend Zeugen eines grausigen Schauspiels. Der Komiker Schonaar hat sich auf offener Bühne vor den Augen des Publikums erhängt. Da der Schlußtrick in der Nummer dieses Komikers (!) darin bestand, daß er sich an einem Laternenpfahl aufhängte, so gewahrte das Publikum es anfangs nicht, daß diesmal das an sich scheußliche Schauspiel entsetzliche Wirklichkeit war. Es applaudierte ...*»

Das tat auch Lakenreißer, um sofort mit Fontane zu glänzen: «*Ein Tod kann unsterblicher sein als ein ganzes Leben.* Sehr schön! Wobei der Eingeweihte natürlich weiß, dass der Komiker Schonaar kein anderer ist als Willibald Stilpe.» Er machte eine kleine Pause, um zum entscheidenden Schlenker zu kommen. «Dem *Stilpe* verdanke ich für mich selbst und meine eigenen Bücher einige hübsche Anregungen ...» Er machte eine Pause, denn hier hätte der Buchhändler eigentlich einhaken und seiner Freude Ausdruck verleihen müssen, ihn bei sich im Laden zu sehen. Doch nichts geschah. Lakenreißer fühlte sich von einer Zeitmaschine um Jahre zurückversetzt, zurückgeworfen geradezu.

«Haben Sie nichts für sich gefunden?», fragte Bierbaum, schon wieder mit seinem Computer beschäftigt.

«Nein, aber ich hätte gern *Rumbalotte* von diesem ... diesem Henry Lakenreißer.»

Der Buchhändler machte eine abschätzige Geste. «Diesen Autor werden Sie bei mir vergeblich suchen.»

«Warum denn das?»

«Weil ich mit Literatur handele und nicht mit Schund.»

Lakenreißer wandte sich zur Tür. «Dann will ich mein

Geld lieber woanders ausgeben, denn es ist mit Schund verdient - und ich möchte nicht, dass Sie sich die Hände schmutzig machen.»

Fand er dieses Vorkommnis zunächst eher erheiternd, so ärgerte er sich im Laufe des Tages immer mehr darüber und rief schließlich Pint an, um ihm davon zu erzählen. Das hatte zur Folge, dass der die Klatschreporter aller Hauptstadtblätter anrief - und die brachten das natürlich am nächsten Morgen.

«Die Zeit ist zu schnelllebig», sagte Pint. «Das mit deinem beschrifteten Penis war eine grandiose Sache, aber allmählich lässt die Wirkung nach. Wir müssen zusehen, dass uns noch mal so ein herrlicher Coup einfällt. Denk mal drüber nach!»

Lakenreißer tat es, ihm wollte aber partout nichts einfallen. Es sei denn, er erhängte sich wie Stilpe auf offener Bühne - am besten bei einer Lesung. Aber dazu war es nötig, dass er sich erst einmal hinsetzte und eine Geschichte schrieb, in der sich jemand die Schlinge um den Hals legte. *Der Schiefe Fritz* bot sich an. Vielleicht konnte er da noch eine Hinrichtungsszene einbauen. Nein, dazu waren die Satzarbeiten schon zu weit fortgeschritten.

Bierbaums Affront wie Pints Sorge um seine nachlassende Popularität waren schnell vergessen, als Lakenreißer in den nächsten Tagen sowohl im Briefkasten wie beim Abrufen seiner Mails wieder viel Lob für seine Werke einheimste und diverse Einladungen zu Lesungen und Signierstunden fand.

Nun müssen Sie mit dem Neid derer leben, die weiterhin unbeachtet bleiben, schrieb ihm eine Leserin aus Leer. *Trösten Sie sich damit, dass Neid die höchste Form der Anerkennung ist. Der Buchhändler, der sich Ihnen gegenüber so unverschämt ver-*

halten hat, schreibt wahrscheinlich selber Gedichte, die niemand drucken will.

Lakenreißer begriff, dass es gar nicht so leicht war, erfolgreich zu sein. Man war nicht nun dem Neid anderer verstärkt ausgesetzt, sondern musste nun auch seine Ziele defensiver formulieren: Den Status quo zu halten war alles. Hildegard Knefs *Von nun an ging's bergab* war Warnung genug. Für alles hatte der Mensch zu bezahlen, und der Preis für das Glück, oben zu sein, war halt die Angst, wieder abzusteigen. Und nur wenige schafften es, ein Leben lang oben zu bleiben, die meisten Shootingstars verglühten wie Sternschnuppen, denn kein gesellschaftlicher Himmel war groß genug, dass sie alle zu Fixsternen werden und ewig leuchten konnten. Auf einen Thomas Mann kamen zigtausend vergessene Schriftsteller.

Für einen Autor seines Kalibers kam es also darauf an, die vergleichsweise kurze Zeit zu nutzen, da er leuchtend über den Himmel zog. Also: *Carpe diem!*

Es klingelte. Er ging zur Tür und fragte, wer denn draußen stehe. Nicht dass er einen Attentäter fürchtete, aber Leute, die ihn in eine Religionsgemeinschaft locken oder ihm eine Fondsbeteiligung verkaufen wollten, waren auch schon schlimm genug.

«Ich», kam es aus dem Treppenhaus.

Es war eine weibliche Stimme, die Lakenreißer niemandem zuordnen konnte. Petra Kruppke, seine Lektorin, hätte er ebenso an der Stimme erkannt wie Melusine Mockenhaupt, die Story-Tellerin über ihm.

«Wer ist ‹ich›?», fragte er daher.

«Na, Ophelia Ochs.»

Er erschrak. «Muss das sein?»

«Ja, ich soll schließlich Ihre Biographie schreiben.»

Lakenreißer überlegte. «Ich bin nicht standesgemäß bekleidet.» Was stimmte, denn er lief nur in Unterhosen herum, die eigentlich in die Waschmaschine gehörten. «Am besten, Sie gehen ins ‹Roma› am Bundesplatz und warten da auf mich.»

Sie ließ sich nicht beirren. «Nein, ich möchte sehen, wie Sie so wohnen.»

«Nicht so wie Thomas Mann, eher wie im Zoo.»

Sie lachte. «Authentisch sein ist alles.»

Er gab sich geschlagen. «Okay. Ein paar Sekunden brauche ich aber. Bitte warten Sie ...» Schnell zog er sich Hose und T-Shirt über und räumte in aller Eile den Weg ins Wohnzimmer sowie zwei Stühle und den Tisch einigermaßen frei. «So, kommen Sie ...» Er zog die Kette aus der Halterung, öffnete die Tür und ließ sie eintreten.

Eine fremde Frau in seiner Wohnung zu haben verunsicherte ihn zutiefst. Eine diffuse Bedrohung ging von dieser Situation aus. Aus diesem Grunde hatte er auch immer alles darangesetzt, Melusine Mockenhaupt schon an der Wohnungstür abzuwimmeln. Einerseits war es die Angst des Knaben vor der strengen Mutter und den erwarteten negativen Sanktionen, andererseits die Angst vor sexuellen Kontakten, die ihn überforderten. Als hätten alle Frauen die Absicht, ihn zu vergewaltigen. Aber Ophelia Ochs war schwarzhaarig, klein und verhuscht, schlampig gekleidet und duftete nach Kneipe, also ganz und gar nicht der Typ Frau, deren Anblick ihn erregt hätte. Wie auch immer, am liebsten hätte er zum Telefon gegriffen und Pint gebeten, dem Gespräch beizuwohnen. Oder gegen die Decke geklopft und gerufen, Melusine Mockenhaupt möge doch schnell nach unten kommen. Der Gedanke, mit Ophelia Ochs allein im Zimmer zu sein, raubte ihm den

Atem. Von Sekunde zu Sekunde reagierte er phobischer auf sie.

«Wollen wir nicht doch lieber ins Restaurant gehen?», fragte er in seiner Not.

«Nein.» Sie musterte ihn wie ein Hautärztin, die sich vom Zustand einer Warze neben seiner Nase überzeugen wollte. «Haben Sie Angst vor mir?»

«Ist das ein Wunder nach dem Verriss von *Rumbalotte*? Wenn nun die ganze Biographie so werden sollte ...»

«Dann würde Tinz sie nicht drucken», beschied sie und war von jener Sachlichkeit, die erfolgreiche Frauen für ihn oft so suspekt machte. «Haben Sie schon Kaffee gekocht?»

«Wozu?»

«Na, zum Trinken!» Sie ging in die Küche. «Dann werde ich das mal übernehmen.»

«Nein, lassen Sie!» Dass sie sich in seiner Küche breitmachte, passte ihm gar nicht. Er überlegte, ob er mildernde Umstände bekam, wenn er sie umbrachte. Aber die Kaffeedose kam dafür nicht in Frage, die war zu leicht und außerdem noch leer. «Darf es auch Tee sein?»

«Meinetwegen. Dann kann ich schreiben: Als er mir seine Sammlung von Teebeuteln zeigte, begriff ich, dass er viel weltläufiger war, als ich anfangs angenommen hatte, denn nicht nur Hagebutten aus Märkisch Oderland nahm ich wahr, sondern auch grüne Blätter aus Sri Lanka.»

Langsam bekam er sich in den Griff. «Bevor Sie meine Biographie schreiben, hätte ich gern einmal gewusst, woher Sie kommen und was Sie bisher so gemacht haben ...»

Ophelia Ochs setzte sich auf den Küchenstuhl und begann zu erzählen. «Ich komme aus Cadenberge, das liegt zwischen Stade und Cuxhaven, mein Vater ist Oberstudienrat für Deutsch und Geschichte, meine Mutter Übersetzerin aus dem Schwedischen. Was blieb mir da übrig, als etwas zu studieren, was in diese Richtung ging? Also fiel meine Wahl auf Germanistik und Literaturwissenschaft. Ich studierte erst in Hamburg, dann in Berlin. Angefangen habe ich als Lektorin bei kleineren Verlagen, dann bin ich freie Journalistin geworden.»

«Verheiratet? Kinder? Besondere Vorlieben?», fragte er. Es sollte beiläufig klingen.

«Zu eins und zwei: Nein. Damit will ich warten, bis ich vierzig bin. Zu drei: Kino und Männer.»

Lakenreißer lachte. «Genau wie ich.» Damit dachte er, war er sicher vor ihr.

Sie stutzte. «Tinz hat mir doch gesagt, dass Sie verheiratet waren ...»

«Ja, aber nur zur Tarnung.»

Sie funkelte ihn an. «Wenn Sie anfangen, mich hier zu veräppeln ... Ihre Biographie soll eine ernsthafte Sache werden!»

«Okay.» Er goss das kochende Wasser in die Teekanne. «Meine große Liebe hieß Simona, saß im U-Bahnhof und verkaufte Fahrkarten. Als ich beschloss, Intellektueller zu werden, war es aus mit uns. Verheiratet war ich dann mit Brigitte, einer Bibliothekarin. Einen gemeinsamen Sohn haben wir auch, Erik – ein Kollege von Ihnen.»

«Kenne ich.» Sie kicherte auffallend niveaulos, etwa wie eine Hausfrau in einer amerikanischen Serie.

Lakenreißer dachte sich seinen Teil. «Oh ...» Es war ihm peinlich sich vorzustellen, wie es sein Sohn und Ophelia Ochs miteinander getrieben hatten. Hatte sie *Rumbalotte* vielleicht nur deswegen so verrissen, weil Erik sie verlassen hatte?

Sie nahm zwei noch tropfnasse Teetassen von der Spüle und ging voraus ins Wohnzimmer. «Das ist ja mehr eine Höhle als eine Wohnung», stellte sie fest. «Jetzt, wo *Rumbalotte* fürs Kino verfilmt wird, könnten Sie sich doch eine größere und schönere Wohnung leisten ...»

Lakenreißer musste aufpassen, dass er sich den brühend heißen Tee nicht auf die Zehen schüttete, denn er trug Sandalen, und die Kanne war viel zu voll.

«Ja, vielleicht ziehe ich mal nach Ruhleben, wo ich meine U-Bahn vor dem Fenster habe, mein Kleinprofil.»

«Kleinprofil», wiederholte sie, während sie ins Wohnzimmer trat und nach einem Stuhl Ausschau hielt. «Das ist nicht sehr förderlich für das Image und das Selbstwertgefühl.»

«Da mögen Sie recht haben.» Er stellte die Kanne auf den Tisch und richtete eine kleine Überschwemmung an. «Schon Fontane sagte: *Wer sich selbst in die zweite Reihe stellt, kommt nie in die erste.*»

Sie setzte sich und zog ein kleines Aufnahmegerät aus ihrem Rucksack. «Wo würden Sie sich denn selber einordnen, wenn sie an die Fußballligen denken? Erste Bundesliga, Zweite Bundesliga, Kreisklasse?»

Er wich aus. «Ohne Ihren Verriss jedenfalls drei Plätze weiter oben. Wissen Sie eigentlich, was Sie und Ihre Kollegen für Schaden anrichten bei einem Autor? Eine umfassende Entwertung! Er bekommt Depressionen, und er erleidet erhebliche finanzielle Verluste. Weil sich sein Buch schlechter verkauft und er für nachfolgende Bücher geringere Honorare bekommt. Und alles nur, weil Sie Ihr Mütchen kühlen möchten!»

Sie seufzte. «Es gibt auch objektive Kriterien ...»

«Da kann ich nur mit Fontane lachen: *Man kann alles klein machen, und man kann auch alles beweisen.*»

Ophelia Ochs drückte auf den Knopf ihres Aufnahmegerätes. «Sie sind also Fontane-Kenner?»

«Das wäre übertrieben ...»

«Wer ist denn Ihr literarisches Vorbild?»

«Weiß ich nicht. Niemand.» Er merkte, dass er immer unwirscher auf sie reagierte. «Ich habe keine Lust, über mein Leben nachzudenken.»

«Das sollen Sie ja auch mir überlassen. Aber dazu müssen Sie mir schon ein paar Fakten liefern.»

Er lachte bitter. «Damit Sie nachher alles gegen mich verwenden können.»

«Wie kann ich denn meinen Verriss nur wiedergutmachen?», fragte sie.

«Sie müssen nichts wiedergutmachen», sagte er schnell, denn Ophelia Ochs lächelte so, dass es fast schon nach Verführung roch. Nein, bloß das nicht!

«Schön, kommen wir also zu den harten Fakten ...»

Bei mir gibt es keine harten Fakten, dachte er – jedenfalls nicht, wenn ich dich vor mir habe.

«Gut, ich lese Ihnen mal vor, was ich schon über Sie zusammengetragen habe ...» Sie zog ein paar karierte und engbeschriebene Blätter aus ihrem Rucksack. «Sie wurden am 2. Dezember 1943 in Vierraden an der Welse geboren, wohin Ihre Mutter evakuiert worden war. Ihre Eltern stammen aus Berlin. Beide haben bei Siemens gearbeitet, Ihre Mutter als Buchhalterin, Ihr Vater als Mechaniker. Prägend für sie war eine Großmutter in Neukölln, die mit Romanheften handelte und eine kleine Leihbücherei betrieb. Aufgewachsen sind Sie aber in Siemensstadt. Einschulung 1949. Hochbegabt, aber faul, bleiben Sie 1959 in der

10. Klasse sitzen und fangen bei der BVG an. Erst arbeiten Sie als Bahnhofsaufsicht, dann werden Sie Zugbegleiter und schließlich Fahrer bei der U-Bahn. 1969 machen Sie das Abitur in der Abendschule und beginnen, Psychologie zu studieren. Schon während Ihrer Zeit bei der BVG haben Sie zu schreiben begonnen, während des Studiums wollen Sie mit Macht gedruckt werden. Sie brechen das Studium ab, um nur noch zu schreiben. 1977 erscheint Ihr erster Roman, *Licht am Ende der Tunnel*, in dem Sie Ihre Erlebnisse bei der U-Bahn verarbeiten ...» Ophelia Ochs war am Ende ihrer ersten Seite angekommen und sah ihn an. «Stimmt das so weit alles?»

«Es wird schon korrekt sein, Sie sind ja geübt im sorgfältigen Recherchieren.»

Sie überhörte den aggressiven Unterton. «Nun zum Privaten. 1965 lernen Sie auf einem U-Bahnhof Brigitte kennen, 1967 heiraten sie und ziehen nach Charlottenburg. Brigitte ist Bibliothekarin und revolutionär gestimmt. Was hat Sie denn an Brigitte so fasziniert?»

Lakenreißer zögerte mit einer Antwort. «Nicht das Körperliche, da war ich vorher von Simona ganz anderes gewohnt ...»

«Sondern?»

«Eher der Intellekt. Ich hatte gehofft, von ihr ...» Er suchte lange nach einer passenden Wendung, für einen Schriftsteller viel zu lange. Als er endlich doch noch eine Formulierung fand, hatte er seinen Deutschlehrer vor Augen, der *Ausdruck!* an den Heftrand kritzelte. «... von ihr befruchtet zu werden.»

«Der Intellekt also ...» Ophelia Ochs schmunzelte und sah nach, ob ihr Aufnahmegerät auch wirklich funktionierte. «Da kann ich ja bei Ihnen auch noch hoffen.»

Sofort verkrampfte sich alles in ihm. Worauf spielte sie an? Tapfer fragte er, worauf sie denn noch hoffen könne.

«Na, dass Sie mich auch als Frau wahrnehmen.»

«Wieso? Meinen Sie etwa, ich nehme Sie jetzt als Mann wahr?»

«Ja.»

«Inwiefern?»

«Jetzt bin ich schon fast seit einer Stunde hier – und Sie haben noch nicht einmal ansatzweise einen Versuch unternommen, mich zu verführen oder wenigstens mit mir zu flirten.»

Er warf einen Blick gegen die Decke und hoffte, Melusine Mockenhaupt würde den irgendwie wahrnehmen und nach unten kommen.

«Alles hat seine Zeit», sagte er schließlich bedeutungsschwer.

Sie lachte. «In Ihrem Alter soll schon alles vorbei sein? Mein Großvater hat immer gesagt: Ein Mann nimmt seine Potenz mit ins Grab.»

«Und – hat er?»

«Ja. Man sagt ja auch, dass regelmäßige Betätigung im Bett dem Prostatakrebs vorbeugen soll.»

Lakenreißer versuchte, souverän zu wirken. «Schön, wie Sie sich um meine Gesundheit kümmern. Wozu eine Biographin so alles gut ist ...»

«Eine Biographin muss alles ganz genau wissen, zumal wenn sich ihr Subjekt mit einem ganz bestimmten Körperteil sozusagen weit aus dem Fenster gelehnt hat.»

«Ein schönes Bild ...» Lakenreißer kam nicht umhin zu schmunzeln. «Aber können wir bitte zum Thema zurückkehren?»

«Das Thema heißt *Ruhm und Ehre der baltischen Flotte* und wie daraus *Rumbalotte* geworden ist.»

«Ich bin nicht mein Protagonist Sixtus Tenhagen!», rief er mit einiger Heftigkeit.

«Aber nicht dessen Penis haben wir zu sehen bekommen, sondern Ihren!», hielt sie ihm entgegen.

«Woher wollen Sie das wissen?»

Ihre Augen verengten sich. «War das also doch eine Fotomontage?»

Er merkte, dass er ein Selbsttor geschossen hatte. «Nein, aber ...»

Sie zog die Aufnahmen aus ihrem Rucksack. «Das sollten wir nun doch einmal mit aller wissenschaftlichen Gründlichkeit überprüfen.»

Lakenreißer sprang auf. «Das geht nun aber doch zu weit, Frau Ochs!»

«Ich verstehe, Ihnen ist es zu hell hier.» Sie ging zum Fenster, zog die Vorhänge zu und zündete dann eine Kerze an, die neben dem Fernseher stand.

Er starrte düster vor sich hin. «Das funktioniert doch nie und nimmer.»

«Das werden wir ja sehen ...»

«Ich rufe um Hilfe!»

«Dir wird ja schon geholfen», sagte sie und kniete sich neben ihn auf den Fußboden.

«Suchen Sie was?», fragte er irritiert.

«Sicher, ich bin schließlich investigative Journalistin. Meine große Leidenschaft ist es eben, Geheimes zu enthüllen.» Schnell hatte sie ihre Hand an seinem Reißverschluss.

«Nicht mit mir!» Er schlug ihre Hand zur Seite und sprang auf.

«Verzeih mir bitte», sagte sie mit einem naiven Augenaufschlag.

«Nun versuchen Sie es nicht auf diese Tour!»

«Welche Tour ist dir denn lieber?», fragte sie.

«Ich bin ein altmodischer Mensch», sagte er.

«Das heißt, dass die Initiative immer vom Mann ausgehen muss?»

«Nein, aber dass man erst ins Kino oder in ein Lokal geht.»

«Wie romantisch», spottete sie. «So, nun weiß ich doch schon eine Menge über dich. Danke, das reicht fürs Erste.»

Er zog sie an sich, nun doch von aufschießender Lust gesteuert. «Gleich wirst du noch einiges mehr über mich wissen!»

Sie entzog sich ihm. «Jetzt muss *ich* nein sagen.»

Lakenreißer ließ von ihr ab. «Und was machen wir jetzt?»

«Erst einmal weiter mit dem Interview.»

Der U-Bahnhof Heidelberger Platz war im Jahre 1913 eröffnet worden und galt mit seinen gedrungenen Granitpfeilern bei vielen Berlinern als der schönste der ganzen Stadt. Kam man die acht Meter von der Straße herab, glaubte man, in einen unterirdischen Dom zu treten. Ein Gewölbe folgte dem anderen, und von der Decke hingen große schmiedeeiserne Ampeln. Fahrgäste gab es hier nicht viele, was die feierliche Stimmung noch förderte.

Lakenreißer stieg aus einem Zug der U3. Dass die Strecke zwischen Nollendorfplatz und Krumme Lanke seit Jahren diese Liniennummer trug, irritierte ihn noch immer. Als er bei der U-Bahn angefangen hatte, drei Jahre vor dem Mauerbau, hatte man sich noch am Alphabet orientiert, und zwischen Krumme Lanke und Warschauer Brücke waren die Züge der alten Bauart A1 auf der Linie B gefahren, grün in der Netzspinne. Die Linie A (rot) hatte ihren Anfang am Breitenbachplatz und ihr Ende in Pankow (Vinetastraße) gehabt. Zwischen Breitenbach- und Nollendorfplatz waren sowohl die Züge der Linie A wie auch der Linie B im Einsatz, was ihn zunächst ein wenig verwirrt hatte. 1966 hatte man die West-Berliner Linien durchnummeriert, und zwischen Krumme Lanke und Gleisdreieck fuhr man nun auf der Linie 2 (rot). Später war ein U dazugekommen, um eine Unterscheidung zur S-Bahn zu schaffen. Nach der Wende war aus der U2 die U1 geworden, und nun hatte man die U3. Sicherlich hatten sich kluge Menschen viel dabei gedacht, für ihn jedoch war das Ganze ausgemachter Schwachsinn.

Er war erst um 18 Uhr verabredet, hatte also noch etwas Zeit, aber auch nicht so viel, dass es sich gelohnt hätte, vorher noch nach Hause zu gehen. Da es anhaltend regnete, erschien ihm ein Spaziergang auf den matschigen Wegen des nahen Volksparks nicht allzu verlockend. Also setzte er sich auf eine der historischen Bänke, um das U-Bahn-Leben zu genießen. Zehn Jahre lang war das seine Welt gewesen.

«Jetzt tut's dir wohl leid, dass du damals alles aufgeben hast», höhnte seine innere Stimme. «Henrys Flucht ins Höhere.» – «Werde der, der du sein kannst», dozierte er. – «Okay, dieser Grundsatz mag für viele Menschen hilfreich sein, ganz sicher aber nicht für die, die Schriftsteller werden.» – «Was wäre aus mir geworden, wenn ich bei der U-Bahn geblieben wäre?» – «Bei deinen Talenten ein Vorstandsmitglied mit mindestens 200 000 Euro im Jahr.» – «Aber ‹Rumbalotte› wäre nie geschrieben worden ...» – «Das Glück liegt

im Führerstand eines U-Bahn-Zuges. Guck dir doch mal diese herrlichen neuen Züge an, Baureihe H!»

Es wurde langsam Zeit aufzubrechen, wollte er nicht zu spät kommen. Am Schwimmbad in der Mecklenburgischen Straße kam er ans Tageslicht. Hundert Meter weiter war in die Paretzer Straße abzubiegen. Rechts lag der Klotz des Sankt Gertrauden-Krankenhauses. Am liebsten wäre er mit geschlossenen Augen an ihm vorübergeeilt, denn wenn er einmal starb, dann höchstwahrscheinlich hier. Wie viel Zeit blieb ihm noch? Sein Vater war mit 65 Jahren gestorben, sein Neuköllner Opa mit 49 und der Lampen-Opa mit 72 Jahren. Das ergab ein Mittel von 62 Jahren. Als er das errechnet hatte, verspürte er heftige Stiche in der Herzgegend, denn das war haargenau sein Alter.

Schnell überquerte er den Birger-Forell-Platz, der eigentlich gar keiner war, und die Blissestraße, in der es inzwischen so viele leerstehende Läden gab, dass er sie gar nicht mehr zählen konnte. Alles kaufte in den großen Passagen, und den kleinen Händlern liefen die Kunden davon. Früher waren Kitas in ihre Räume eingezogen, heute eröffnete man physiotherapeutische Praxen. Wer keine Arbeit hatte, wurde krank, und wer welche hatte, erst recht, weil er für die anderen mitarbeiten musste.

Als Lakenreißer die Hildegardstraße entlangging, dachte er an die alten Zeiten, als hier noch eine Straßenbahn gefahren war, die 44, wenn er sich recht erinnerte. Auf der hatte die BVG Verbundtriebwagen vom Typ TM 36 eingesetzt, deren mächtige Starkstromkabel unter dem Führerstand ihn immer entzückt hatten. Er hatte die Kollegen von der Straßenbahn beneidet, weil sie bei der Arbeit so viel sahen. Andererseits hatten sie auch wesentlich mehr Stress wegen des Verkehrs als er unten im Tunnel, auf der Hochbahnstrecke oder auf der Einschnittbahn nach Krumme Lanke.

Er war mit Torsten und Tamara Pint in einem Restaurant an der Ecke Hildegard- / Schrammstraße verabredet, das andauernd seinen Namen und seinen Besitzer wechselte. Er konnte sich noch an die «Tiroler Stuben» erinnern, auch an das «La Med», das «Al Capone» und das «Da Vinci». Irgendwann hatte es auch ein Inder gepachtet gehabt. Lakenreißer hatte längst aufgegeben, sich den jeweils aktuellen Namen zu merken.

Er betrat das besagte Lokal unbekannten Namens, das L-förmig angelegt war. Von Überfüllung konnte keine Rede sein. Wer konnte es sich in diesen lausigen Zeiten auch noch leisten, groß essen zu gehen! Die Pints waren noch nicht da. Lakenreißer wandte sich nach links. Der Raum erinnerte ihn an das Kaminzimmer im Literaturhaus in der Fasanenstraße, nur dass man hier die Wände bis hoch zur Decke mit dunklen Regalen bestückt hatte. Weinflaschen sowie eine Geige samt Kasten und ein altes Grammophon dienten der Dekoration. Einziges Bild war ein Druck von der Größe eines länglichen Fernsehbildschirms, das er sofort als das *Abendmahl* erkannte. Jeder gebildete Mensch hätte nun sofort den Judas ausmachen können, nur er schaffte es nicht. Auch der um Rat gefragte Kellner musste passen, brachte aber immerhin den Katalog einer Leonardo-Ausstellung. So konnte sich Lakenreißer, während er wartete, kundig machen.

Pint rauschte herein wie ein Filmmogul. Seine Frau begrüßte den Chef in fließendem Italienisch, doch der war ein urdeutscher Mensch und sah sie nur mit großen Augen an. Sie begrüßten Lakenreißer mit großem Ballyhoo, schließlich war man prominent.

Das Essen war exzellent, Lakenreißers Zanderfilet auf Wirsing ein Gedicht und das hausgemachte Tiramisu geradezu unvergesslich, aber das war auch das einzig Positive an diesem Abend. Pint begann mit der Hiobsbotschaft, dass Tinz mit den Vorbestellungen für *Der Schiefe Fritz* sehr unzufrieden sei.

«Viel zu wenig Vormerker, die großen Ketten haben kaum etwas genommen.»

«Die werden von *Rumbalotte* noch genug liegen haben», vermutete Lakenreißer.

Pint sah es anders. «Ich glaube eher, dass sie enttäuscht sind. *Der Schiefe Fritz* ist ein historischer Roman wie tausend andere, aber keine Fortsetzung von *Rumbalotte*.»

Lakenreißer wurde zynisch. «Wenn es wieder um den Pint ... äh, den Penis gehen soll, kann ich ja das, was Friedrich II. widerfahren ist, auf Friedrich I. übertragen.»

«Worum geht's denn da?»

Lakenreißer zog ein dünnes Buch hervor, *Das Komma von SANS, SOUCI* von H. D. Kittsteiner, und referierte: *«Kurz vor seiner Vermählung im Jahre 1739 zieht sich Friedrich eine Geschlechtskrankheit zu, er leidet unter einem äußerst heftigen venerischen Samenfluss. In seiner Not wendet er sich an den Markgrafen Heinrich von Schwedt, und der verweist ihn an seinen Leibarzt, den Doktor von Malchow, wie man ihn nennt. Der nimmt einen Eingriff vor, und zunächst ist auch alles in Ordnung, und der Kronprinz kann die Ehe mit Genuss vollziehen, dann aber bricht die Krankheit wieder aus, und die Symptome werden immer schlimmer. Johann Georg Zimmermann, einer der berühmtesten Ärzte dieser Zeit, berichtet später, dass sich der Zustand der Wunde so sehr verschlimmert habe, dass der kalte Brand nahe war und man, um Friedrich das Leben zu retten, einen grausamen Schnitt vornehmen mußte.»*

Pint stöhnte auf. «Alles also amputiert?»

«Ja.» Auch Lakenreißer litt nicht unbeträchtlich. «Und so übersetzt Kittsteiner das *SANS, SOUCI.* am Portal des Schlosses auch mit *Ohne Rütchen*.»

«Es wäre schön, Henry, wenn du das in den neuen Roman noch einbauen könntest», sagte Tamara Pint, die es verständlicherweise nicht ganz so schwer hatte, der Geschichte emotionslos zu folgen.

Lakenreißer lachte etwas gequält. «Meinetwegen, aber nur, wenn ich die Garantie bekomme, mich nicht wieder ablichten lassen zu müssen: vorher / nachher.»

«Das wäre aber der große Coup, den wir brauchen, um das Feuer am Lodern zu halten», sagte Pint. «*Rumbalotte* erweist sich leider nur als Strohfeuer. Wenn wir dich weiter groß im Geschäft halten wollen, Henry, dann muss es bald wieder ein gewaltiges Spektakel geben.»

«Du bist doch der große PR-Fachmann», sagte Lakenreißer. «Du musst dir was einfallen lassen.»

«Das mit der Amputation wäre doch was ...»

«*Der Schiefe Fritz* geht morgen in die Druckerei!», rief Lakenreißer. «Wie soll ich den noch umschreiben?»

«Eine Nacht ist lang», sagte Tamara Pint.

«Und was sagt Tinz dazu?»

«Tinz würde schon mitmachen, ehe er einen Flop riskiert», erwiderte Pint.

Lakenreißer war nahe daran, aufzuspringen und aus dem Restaurant zu stürzen. «Das ist völlig unmöglich – und außerdem gewaltiger Schwachsinn! Friedrich I. stirbt 1713 und ist zwar verwachsen, aber unten herum total intakt, Friedrich II. wird 1739 verstümmelt – wie soll ich das zusammenbringen?»

«Lass doch Friedrich den Großen auf dem Totenbett

liegen und über das Schicksal seiner Familie jammern», schlug Pint ihm vor. «Er selber amputiert, sein Großvater verwachsen ... Das sind nur ein paar Seiten, die schaffst du doch spielend bis morgen. Und zwischendurch musst du nur immer wieder ein paar Sätze einfügen, dass Friedrich I. unter Kastrationsängsten leidet, also das Schicksal seines Enkels quasi gedanklich vorwegnimmt. Mal sehen, was Tinz dazu sagt und ob es reicht, wenn du ihm die geänderte Fassung bis morgen Mittag mailst.» Er riss sein Handy aus der Tasche.

«Nein!», schrie Lakenreißer. «Nein und abermals nein!»

«Sei doch vernünftig!» Tamara Pint legte ihm die Hand auf den Arm.

«Wir brauchen den großen Coup», beharrte Pint. «Wir brauchen den direkten Anschluss an *Rumbalotte*, an unser bestes Stück.»

«Wenn wir den großen Coup brauchen, dann zünde ich lieber eine Buchhandlung an, als dass ich meinen Roman umschreibe!», schrie Lakenreißer und stürzte nun wirklich aus dem Restaurant. Tamara Pint wollte ihn noch aufhalten, aber er war erheblich schneller als sie.

Innerlich furchtbar aufgewühlt, lief Lakenreißer durch die Wilmersdorfer und die Friedenauer Straßen. Er kam sich vor wie der junge Jäger Max im *Freischütz*. Der hatte seine Seele dem Teufel verkauft, um beim Probeschuss zu treffen. Lakenreißer fragte sich, ob Pint sein Samiel war. Zugleich lenkte die Oper ihn ab. Wie hatten sie sich während des Psychologiestudiums darüber gestritten, ob Carl Maria von Weber den guten Sigmund Freud vorweggenommen hatte: Die Wolfsschlucht als Symbol für die Vagina, Max' Angst, beim entscheidenden

Schuss zu versagen, als Hinweis auf seine latente Impotenz?

«Gut, dass dir das nicht vorhin im Restaurant eingefallen ist», verhöhnte ihn seine innere Stimme. «Sonst hätte Pint verlangt, dass du es auch noch in deinen Roman einbaust.»

Gegen zwei Uhr war Lakenreißer so erschöpft, dass er meinte, nun endlich Schlaf finden zu können, und machte sich auf den Heimweg. Um halb drei, es dämmerte schon, war er zurück in der Livländischen Straße. Nachdem er noch ein Glas Rotwein getrunken hatte, sank er ins Bett und war so schnell eingeschlafen, als hätte ihm jemand eine Narkosespritze verpasst.

Er erwachte gegen elf Uhr, als an seiner Wohnungstür heftig geklingelt wurde. «Ja doch, sofort!», schrie er und fluchte in mindestens drei Sprachen. Es war ein Reflex, denn seit Jahren nervten ihn die Boten diverser Kurierunternehmen, die Pakete und Päckchen für nicht anwesende Nachbarn abgeben wollten. Dazu kamen Spendensammler und Werber für Zeitschriften und religiöse Gruppen. Wer vormittags zu Hause war, hatte erheblich zu leiden.

Diesmal waren die Besucher aber weder Kuriere noch Werber, sondern von der Kriminalpolizei, wie sie ihm durch die geschlossene Tür mitteilten.

«Ich besitze kein Auto», gab Lakenreißer zurück, «und habe also auch niemanden totgefahren.»

Er sah durch sein Guckloch. Draußen standen ein Mann, der nicht viel jünger als er sein mochte, und eine Blondine, die seine Tochter hätte sein können und ihn vom Aussehen her an die deutsche Boxweltmeisterin erinnerte, die andauernd im Fernsehen zu bewundern war. Beide hielten ihre Marken in der Hand. Er drehte den

Schlüssel herum, öffnete die Tür und erwartete ihre Spieleröffnung.

Sie stellten sich vor – «Mannhardt, Mordkommission» und «Yaiza Teetzmann», verstand er – und fragten, ob sie eintreten dürften.

«Ja, gerne, aber bitte nicht meine Tür ...» Lakenreißer gab sich heiter, denn er hatte nicht die geringste Ahnung, warum sie ihn aufgesucht hatten, und war sich auch nicht des kleinsten Vergehens bewusst. Und dann auch noch die Mordkommission! Erst jetzt erschrak er. Vielleicht war Melusine Mockenhaupt oder eine andere Nachbarin ermordet worden. Er entschuldigte sich dafür, nicht extra aufgeräumt zu haben, und legte jenes Maß an Selbstironie an den Tag, das Menschen im Allgemeinen erst erträglich machte. «Aber bei einem Genie wie mir muss es so chaotisch aussehen.»

«Ist *Rumbalotte* schon ein Geniestreich?», fragte Mannhardt, während er und seine Begleiterin sich setzten.

Lakenreißer befreite den dritten Stuhl von abgelegten Büchern. «Sie kennen mein Buch?»

«Einige Passagen jedenfalls. Nämlich die, wo ihr Held Sixtus Tenhagen loszieht, um die Buchhandlungen abzufackeln, in denen seine Bücher nicht verkauft werden.»

Lakenreißer nickte. «Ja, das tut er. Aber wo ist da der Zusammenhang mit Ihrem Besuch bei mir?»

«Sie haben heute noch kein Radio gehört?», fragte Yaiza Teetzmann ruhig.

«Nein, Sie haben mich doch eben erst aus dem Schlaf gerissen.»

«Gut, dann ganz kurz: Heute Nacht ist ein Brandanschlag auf eine Buchhandlung in der Bundesallee verübt worden ...»

«Oh», murmelte Lakenreißer, «ein Nachahmungstäter sozusagen.»

«Damit nicht genug», fuhr die Beamtin fort. «Im Hinterzimmer hatte der Buchhändler Cornelius Bierbaum geschlafen, und er ist zu Tode gekommen. Erst eine Rauchvergiftung, dann verbrannt.»

«Das ist ja fürchterlich!», rief Lakenreißer, denn er konnte sich noch genau an seine Begegnung mit Bierbaum erinnern.

«Sie kannten ihn?», fragte Mannhardt.

«Ich war einmal bei ihm im Laden, habe aber nichts gekauft.»

«Und warum haben Sie nichts gekauft?», fragte Yaiza Teetzmann.

«Weil ... Er hatte nichts da, was ich ... Ich habe nach einem passenden Geschenk für einen Freund gesucht ...»

Mannhardt sah ihn prüfend an. «Wissen Sie, was uns aufgefallen ist, Herr Lakenreißer?»

«Nein, wie sollte ich!»

Langsam wurde Lakenreißer doch ein wenig mulmig zumute. Er las zwar aus Prinzip keine Kriminalromane, hatte aber trotzdem das Gefühl, dass die beiden Kriminalbeamten ihn verbal in die Ecke zu treiben versuchten. Schlagartig begriff er, was das alles zu bedeuten hatte: Sie verdächtigten ihn, den Brand gelegt zu haben – in der Absicht, den Buchhändler umzubringen!

«Hinten im Büro ist nicht alles verbrannt, und da haben wir in den Unterlagen etwas sehr Interessantes gefunden», fuhr Mannhardt fort. «Nämlich seine Bestellunterlagen. Dabei ist uns aufgefallen, dass Bierbaum nicht ein einziges Ihrer Bücher geordert hatte.»

«Und?», fragte Lakenreißer. Er wollte souverän wirken, wusste aber, dass seinen Besuchern nicht entgangen sein konnte, wie bleich er geworden war und wie sehr er am ganzen Körper zitterte.

Yaiza Teetzmann nahm den Faden auf. «Dieser Sixtus Tenhagen aus *Rumbalotte* soll Ihr Alter Ego sein, haben wir in Rezensionen gelesen. Und ihr Protagonist hat alle Buchhändler fürchterlich gehasst, die seine Romane nicht im Laden stehen hatten. Und Ihnen, Herr Lakenreißer, ist das ganz sicher bei Bierbaum auch sofort ins Auge gefallen: kein *Rumbalotte* in den Regalen und auch nichts anderes von Ihnen.»

«Das weiß ich nicht mehr ...»

«Und Sie wissen auch nicht mehr, wo Sie heute Nacht zwischen ein und zwei Uhr gewesen sind?»

Lakenreißer machte eine hilflose Geste. «Wo soll ich schon gewesen sein!»

«Hier im Bett?», fragte Mannhardt.

«Nein, ich habe mit einem befreundeten Ehepaar, den Pints, in einem Restaurant in der Hildegardstraße gegessen und bin danach noch ein paar Stunden durch die Straßen gelaufen.»

«Auch durch die Bundesallee?»

«Wahrscheinlich auch durch die Bundesallee.»

Jetzt kam Mannhardts entscheidender Zug. «Mehrere Augenzeugen haben Sie kurz vor Ausbruch des Brandes vor Bierbaums Buchhandlung stehen sehen.»

«Ich bleibe vor jeder Buchhandlung stehen ...»

«Um zu sehen, ob Ihre Bücher im Schaufenster stehen?»

«Auch das, aber vor allem, um zu sehen, was es Neues auf dem Markt gibt.»

Mannhardt zog ein sehr amtlich aussehendes Schreiben aus seinem Jackett und hielt es ihm hin. «Wir dürfen uns dann einmal etwas genauer in Ihrer Wohnung umsehen ...»

Dort fanden sie nichts, was ihr Interesse geweckt hätte. Im Keller aber stand eine halbvolle Flasche mit Brennspiritus. Die Fingerabdrücke auf der Staubschicht ließen erkennen, dass Lakenreißer sie vor nicht allzu langer Zeit in der Hand gehabt haben musste.

«Bestens geeignet für einen Brandsatz», stellte Yaiza Teetzmann fest.

Lakenreißer wurde derart schwindlig, dass er sich am Bretterverschlag festhalten musste. Er wusste, dass man allen Leuten seines Alters zutraute, in ihrer Jugend Molotowcocktails gebastelt und geworfen zu haben. Er raffte sich auf zur letzten Gegenwehr. «Nur ein Idiot lässt doch die halbe Flasche zu Hause stehen, wenn er ...» Er brach ab, denn bei aller Angst davor, festgenommen und in U-Haft genommen zu werden, lockte ihn die Chance, die darin lag, wieder groß in die Medien zu kommen und damit die ideale Starthilfe für *Der Schiefe Fritz* zu haben.

«Sie haben nicht damit rechnen können, dass wir so schnell bei Ihnen auftauchen.»

«Blödsinn!», schrie Lakenreißer. «Ich habe den Brennspiritus für das Grillfest bei uns auf dem Hof gekauft.»

«Das werden wir alles genau überprüfen, Herr Lakenreißer», sagte Mannhardt. «Zunächst aber möchten wir Sie bitten, uns zu begleiten. Der Untersuchungsrichter soll dann entscheiden ...»

«Bin ich also festgenommen?»

«Vorläufig festgenommen.»

«Mit meinem Anwalt darf ich aber telefonieren?», fragte Lakenreißer.

«Ja, das dürfen Sie natürlich.»

Sie gingen wieder in seine Wohnung, und er ließ sich mit einem Freund seines Sohnes verbinden, der am Hackeschen Markt eine Anwaltskanzlei betrieb. Dabei ging es ihm weniger um den Rechtsbeistand als darum, dass Pint und Tinz von seiner Festnahme erfuhren und die Redaktionen benachrichtigen konnten. Endlich gab es wieder Schlagzeilen mit seinem Namen! Das war der neue große Coup, von dem Pint gestern geträumt hatte.

Im Gefühl, umjubelter Sieger zu sein, ertrug er die nächsten Stunden frohgemut. Richtig fröhlich war er, als er schließlich allein in einer Zelle lag. Plötzlich verlor er jedes Gefühl für Zeit und Raum. Was war Traum, was war Wirklichkeit? Was war daran so unwahrscheinlich, dass er Cornelius Bierbaum getötet hatte? Natürlich hatte er dessen verdammten Laden in Brand gesteckt. Er steht vor dem Schaufenster, sieht keines seiner Bücher und ist so wütend darüber, dass er die Scheibe einschlagen will. Aber womit? Natürlich nicht mit der bloßen Hand. Mit dem Fuß kommt er nicht hoch genug. Kein Stein liegt in der Nähe. Da kommt er auf die Idee, einfach an der Klinke zu rütteln. Und siehe da, die Tür springt auf. Das Nachtlicht ist hell genug, um sich drinnen zu orientieren. Kein Bierbaum im Laden. Kein Wunder, es ist ja weit nach Mitternacht. Schnell alles anzünden und dann wieder raus. Streichhölzer hat er immer bei sich. Schon lodern die Flammen. Papier brennt ja ganz wunderbar.

Irgendwann kam jemand und führte ihn zum Untersuchungsrichter. Der sah, obwohl er keinen Kittel trug, so aus wie ein Schraubenverkäufer im Baumarkt und gab sich ebenso überlegen. Ohne großes Vorspiel kam er zur Sache.

«Ihr Streit mit dem Buchhändler Cornelius Bierbaum ist ja durch alle Zeitungen gegangen, Herr Lakenreißer. Wollen Sie sich dazu noch äußern?»

«Nein.»

«In den Zeitungen stand unter anderem, dass Ihre Romane von Bierbaum als Schund bezeichnet worden sind.»

«Das entspricht der Wahrheit.»

«Und dass Sie ihm daraufhin die Pest an den Hals gewünscht hätten ...»

Lakenreißer überlegte einen Augenblick. «Sicher. Aber ich kann mich nicht erinnern, das jemandem gesagt zu haben.»

Der Untersuchungsrichter blätterte in seinen Unterlagen. «Dass Sie kurz vor Ausbruch des Brandes am Tatort gewesen sind, haben Sie schon zugegeben.»

«Vor der Buchhandlung habe ich gestanden, ja!», rief Lakenreißer. «Aber ich habe sie nicht betreten, und ich habe sie nicht angesteckt.»

«Obwohl Sie in Sixtus Tenhagen ein Vorbild hatten?»

Lakenreißer stöhnte auf. «Gott, zwischen uns besteht doch wohl ein gewaltiger Unterschied: Sixtus Tenhagen ist furchtbar erfolglos gewesen, ich aber habe mit *Rumbalotte* einen Bestseller geschrieben.»

Der Untersuchungsrichter lächelte. «Man hat mir gesagt, dies sei eine Eintagsfliege gewesen, und *Der Schiefe Fritz*, Ihr nächster Roman, drohe ein Reinfall zu werden. Da haben Sie sich gedacht, eine brennende Buchhandlung könnte das vielleicht aufhalten? Dass Bierbaum im Hinterzimmer geschlafen hat, konnten Sie ja nicht ahnen. Oder wussten Sie das?»

«Jetzt wollen Sie sogar auf Mord hinaus! Ich dachte, man wirft mir nur irgendwas mit Todesfolge vor.» Lakenreißer lehnte sich wieder zurück. «Am liebsten wäre mir ja, Sie würden mir die Vortäuschung einer Straftat vorwerfen. Aber das geht wohl nicht mehr, nachdem die Kripo zu mir gekommen ist.»

«Das könnten Sie so kalkuliert haben, aber darauf falle ich nicht herein.»

Lakenreißer wurde wieder sachlich. «Ich bin kein Mörder, und ich bin nicht einmal ein Brandstifter, auch wenn ich nicht verhehle, dass mir der Vorfall durchaus zupasskommt, weil er auf meinen neuen Roman aufmerksam macht. Anders kommt man heute kaum mehr ins Gespräch. Aber ... ich habe zwar in meinem Leben nicht mehr als zwei Kriminalromane gelesen, dennoch weiß ich, dass es in Ihrer Beweiskette zumindest zwei Lücken gibt: Erstens ist durch nichts bewiesen, dass mein Brennspiritus wirklich als Brandbeschleuniger benutzt worden ist, und zweitens müssen erst einmal Einbruchsspuren gefunden werden, denn irgendwie muss ich ja in die Buchhandlung gelangt sein. Dass ich Bierbaum vorher die Schlüssel geklaut oder mit einem Nachschlüssel gearbeitet habe, wäre ja wohl eine zu absurde Annahme.»

«Dennoch: Vielen Dank für den Hinweis!»

«Vielleicht hat er mir auch selber geöffnet. Sie dürfen nichts außer Acht lassen ... Dann habe ich ihn vielleicht niedergeschlagen, nach hinten getragen und schließlich alles angezündet.»

Der Untersuchungsrichter ließ sich nicht provozieren. «Die Gerichtsmedizin wird feststellen, ob sich am Leichnam Spuren irgendeiner Gewaltanwendung finden lassen.»

Lakenreißer machte Anstalten aufzustehen. «Muss ich mich in der Zwischenzeit zu Ihrer Verfügung halten?»

Der Untersuchungsrichter murmelte ein paar Standardsätze und nannte eine Reihe von Paragraphen, dann hatte Lakenreißer begriffen, dass er bis zum nächsten Haftprüfungstermin in U-Haft zu verbleiben hatte.

So blieb er für weitere 23 Stunden in seiner Einzelzelle eingeschlossen. Er nahm es gelassen. Viel einsamer hatte er sich vor seinem Durchbruch mit *Rumbalotte* auch nicht gefühlt. Und mit sich und seinen Gedanken allein zu sein, hatte er im Führerstand der U-Bahn gelernt. Wie ein Mönch fühlte er sich, der freiwillig allem Weltlichen entsagt hatte, und nicht wie ein Häftling.

Seinetwegen hätte es noch lange so weitergehen können, und so war er nicht eben glücklich, als ihn zwei Wochen nach der Unterredung mit dem Untersuchungsrichter sein Anwalt aufsuchte und ihm freudestrahlend eröffnete, dass er aus der U-Haft entlassen und vom Tatverdacht entlastet sei.

«Es ist ein tragischer Beziehungskonflikt gewesen. Ein Exfreund von Bierbaum hat gestanden, die Buchhandlung in Brand gesteckt zu haben.»

«Ich werde schauen, ob ich einen Roman daraus machen kann», sagte Lakenreißer.

«Und wissen Sie, wem Sie Ihre Freilassung zu verdanken haben?»

«Der Bundeskanzlerin?»

«Nein, Torsten Pint. Er hat 10 000 Euro für die Ergreifung des Täters ausgesetzt, und das hat dazu geführt, dass Bierbaums Exfreund verpfiffen worden ist.»

Der Schriftstellerverband hatte einige Kulturpolitiker zu einer Podiumsdiskussion ins Literaturhaus gerufen, und da sich Henry Lakenreißer als eine Art Ehrengast fühlen durfte, war er der Einladung gefolgt und hatte in der ersten Reihe Platz genommen. Viele wollten ihm die Hand drücken und ein paar Worte mit ihm wechseln. Spätestens seit seiner Festnahme im Mordfall Bierbaum kannte ihn jeder. Das Thema des Abends lautete «Die Literatur geht Wasser saufen», und der Vorsitzende begann mit einem längeren Statement zur Lage der Berliner Schriftstellerinnen und Schriftsteller, die er als katastrophal bezeichnete.

«Von unseren fast 500 Mitgliedern können von ihren Honoraren nicht einmal zwei Prozent nach den Standards der mittleren Mittelschicht leben, obwohl fast alle höhere Bildungsabschlüsse aufweisen. Die meisten verdienen deutlich weniger als 1000 Euro im Monat.

Die materielle Verelendung rührt zunächst daher, dass es immer weniger Lesungen gibt. Die städtischen Bibliotheken haben kein Geld dafür, und die Buchhandlungen können die abendlichen Veranstaltungen auch kaum mehr finanzieren. Die zusätzlichen Personalkosten werden durch die Buchverkäufe bei solchen Veranstaltungen nur noch selten abgedeckt.

Der ganz normale Berliner Autor, der bei uns organisiert ist, kann sich nicht der Gunst der großen Buchhandelsketten und der Literaturhäuser erfreuen. Die literarische Kleinkunst ist in dieser Stadt nicht sehr gefragt, und es bürgert sich immer mehr ein, dass ein Autor umsonst lesen soll und dies auch tut. Es wird immer schwerer, die von uns einmal als Mindesthonorar festgelegten 256 Euro pro Lesung durchzusetzen.

Vom Lesen also kann man, wenn man nicht zu den wenigen Bestsellerautoren gehört, nicht leben – vom Schreiben aber noch viel weniger, denn die Verkaufszahlen und damit die Honorare sinken zusehends. Wer heute überhaupt noch einen Verlag findet, der muss sich mit wenig zufrieden geben. Selbst ein renommierter Autor bekommt von einem führenden Taschenbuchverlag kaum mehr als 4000 Euro für einen Roman, an dem er ein Jahr gesessen hat. Kleine Berliner Verlage – und hier sind ja alle Verlage klein – zahlen für ein Hardcover kaum mehr als 2500 Euro, für ein Taschenbuch noch erheblich weniger, manchmal auch gar nichts. Rechnet man die Zeit für das Ausbrüten des Plots, die Verhandlungen mit dem Verlag, das Recherchieren, das Schreiben, das Durchsprechen des Manuskripts mit der Lektorin, die Korrektur der Rohfassung und das Lesen der Druckfahnen zusammen, kommt man auf Stundenlöhne von schätzungsweise drei Euro.

Zur materiellen Misere kommt die Entwertung des durchschnittlichen Schriftstellers. Im Berlin der Nachwendezeit ist es schwer bis unmöglich, mit einer literarischen Hervorbringung überhaupt wahrgenommen zu werden. Ein Werk, das in einer Kleinstadt ausreicht, ein Star zu werden, genügt in Berlin im Allgemeinen nicht einmal, um in einer der großen Tageszeitungen auch nur mit drei Zeilen gewürdigt zu werden.

Was erhoffen wir uns nun von der Politik? Nicht viel, denn einerseits wissen wir um die Sparzwänge, und zum anderen gehört es zur Freiheit des Schriftstellers, sich nicht vom Staat aushalten zu lassen. Doch löblich wäre es, wenn ein Etat geschaffen würde, aus dem die städtischen Bibliotheken regelmäßig Lesungen für in Berlin ansässige Autorinnen und Autoren finanzieren können – etwa unter dem Motto ‹Berlin lässt lesen›. Eine Lesung ist für uns ja nicht nur eine Verdienstmöglichkeit, sondern auch die Chance, wahrgenommen zu werden. Man braucht nur von den Großveranstaltungen, für die von der Stadt wegen der Außenwirkung sechsstellige Summen aufgebracht werden, ein wenig abzweigen, um viele kleinere Veranstaltungen mit einem Zuschuss von 500 Euro zu bedenken.

Hat es etwa keine Außenwirkung, wenn 500 Schriftstellerinnen und Schriftsteller in vielleicht 250 Romanen und 1000 Kurzgeschichten, Essays und dergleichen Gutes oder Schlechtes über Berlin und seine Politiker verbreiten? Doch, es hat!»

Alle klatschten und wussten doch genau, dass sich nichts an ihrer Lage ändern würde. Wenn die Gesellschaft auf etwas zu verzichten bereit war, dann auf die deutsche Literatur. Was man wirklich an Romanen brauchte, importierte man. Das kam die Verlage billiger.

Lakenreißer bewunderte seine Kolleginnen und Kollegen, denn es hatte etwas Heroisches, in diesen Zeiten und unter diesen Umständen noch Bücher und Kurzgeschichten zu schreiben und sich Schriftsteller zu nennen.

«Nur gut, dass es noch einige wenige Leuchttürme unter uns gibt», sagte der Vorsitzende jetzt. «Henry Lakenreißer zum Beispiel. Sein Leben war Kampf, aber er hat sich durchgebissen.»

«Ohne seinen Pint wäre er doch auch nicht so groß herausgekommen!», ertönte ganz weit hinten ein rauchiger Bass. «Der ist doch nur Pints Medien-Clown!»

Empört fuhr Lakenreißer herum. Schließlich hatten Menschen immer anderen Menschen das zu verdanken, was sie hatten und waren: den Eltern ihr Leben, einer Jury ihre Preise, den Verehrern ihrer Künste die Einnahmen. Doch je länger er über den Vorwurf nachdachte, desto mehr musste er einsehen, dass der Kollege recht hatte.

Die Sache eskalierte erst, als Pint ihn anrief. «Du weißt ja, dass wir nächsten Freitag 25 Jahre Topi Toys feiern, und Tamara meint, du sollst noch schnell eine Geschichte über einen Eisenbahnliebhaber schreiben und dann bei unserer Feier vorlesen. Es werden etwa hundert Leute da sein.»

Lakenreißer sah auf seinen Terminkalender. «Vielen Dank für das Vertrauen in mich und meine Kunst, aber am Freitag sind mein Sohn und ich mit dem Motorboot auf der Müritz.»

«Das wird sich doch verschieben lassen», sagte Pint.

«Nein, er hat nur an diesem Wochenende Zeit, vorher ist er in Paris, nachher in Italien. Und außerdem habe ich keine Zeit und keine Einfälle für eine Kurzgeschichte. Dass Kurze ist immer das Schwerste. Und Pufferküsser und Nietenzähler sind mir als ehemaligem U-Bahner ohnehin suspekt.» Lakenreißer hatte einen regelrechten Widerwillen gegen diese an sich ja liebenswerten Narren.

Pint wurde langsam ungehalten. «Entschuldige, dass ich dich einmal um was bitte!»

«Ein anderes Mal gerne», beschwichtigte ihn Lakenreißer, «aber nicht am nächsten Freitag.»

«Ich habe für dich immer Zeit gehabt», warf Pint ihm vor.

«Aber doch nicht nur aus reiner Nächstenliebe!» Lakenreißer dachte daran, wie Pint mit Hilfe von *Rumbalotte* von seinem Trauma losgekommen war und wie er es genossen hatte, mit Prominenten auf Du und Du zu sein.

«Du hast doch wohl am meisten profitiert von allem!», schrie Pint. «Ohne mich wärst du ein Nichts!»

Lakenreißer zuckte zusammen. Er wusste sofort, dass das Feuer ihrer Freundschaft damit erloschen war. Es gab in jeder menschlichen Beziehung Worte und Taten, die unheilbare Wunden rissen.

Jedenfalls verletzten Pints Worte ihn derart, dass er ihn von Tag zu Tag mehr zu hassen begann. Schon im Studium hatte er gelernt: Je enger eine Beziehung, desto größer die Scherben, wenn sie zerbrach.

Alles, was er an Torsten Pint bislang so geschätzt hatte, bekam nun ein negatives Vorzeichen. Sein gewinnendes Lächeln erschien ihm nur als Mittel, andere in die Falle zu locken. Und wenn er jemandem half, dann, so wurde Lakenreißer klar, nicht aus Nächstenliebe, sondern einzig mit dem Zweck, Macht über ihn zu erlangen. Pint wurde zum Teufel, der in der Gestalt des barmherzigen Samariters daherkam.

Um definitiv zu klären, ob er Torsten Pint wirklich hasste, suchte Lakenreißer in allen psychologischen und psychiatrischen Standardwerken, die er in seinen Regalen stehen hatte, nach einer verbindlichen Definition von Hass, aber er fand nichts. Unfassbar! Also suchte er im Internet. Auch das schien wenig ergiebig zu sein. Die meisten Eintragungen betrafen Firmen, die Hass oder Haß hießen, oder galten Prof. Dr. Hans Hass. «Hass ist Gift für den Verstand», sollte Ernesto Cardenal einmal gesagt haben, aber als Lakenreißer den Beitrag anklickte, wurde ihm nur mitgeteilt: *Die Seite kann nicht angezeigt werden.* Erst Wikipedia half ihm weiter, zumindest ein wenig. Dass Hass etwas mit Emotionen zu tun hatte, überraschte ihn kaum, eher schon, dass er als Gegensatz zur Ataraxie zu verstehen sei. Denn er wusste nicht, was Ataraxie war. Wieder musste er lange blättern, ehe er herausfand, was darunter zu verstehen war: die Unerschütterlichkeit, die Seelenruhe. Das brachte ihn zwar nicht weiter, ließ ihn aber an Mephistopheles denken: *Nachher, vor allen andern Sachen, / Müsst Ihr Euch an die Metaphysik machen! / Da seht, dass Ihr tiefsinnig faßt, / Was in des Menschen Hirn nicht passt; / Für was drein geht und nicht drein geht / Ein prächtig Wort zu Diensten steht.*

Hass ist die Bezeichnung für die stärkste Abneigung, die ein Mensch für einen anderen empfinden kann – ein Gefühl absoluter und tiefer Antipathie, las er im weiteren Verlauf bei Wikipedia. Und: *Bemerkenswert ist, dass Hass auch versteckt oder ungewollt auftreten kann.*

Warum war im Falle von Torsten Pint die Sympathie so dramatisch umgeschlagen in Antipathie? Half ihm die Unterscheidung von Erich Fromm in den «reaktiven» und den «charakterbedingten» Hass? Lakenreißer überlegte lange: Wohnte ihm eine latente Feindseligkeit inne, eine in der Persönlichkeitsstruktur angelegte Bereitschaft zu hassen, die durch eine bestimmte Situation aktualisiert werden konnte? *Ein solcher Mensch*, heißt es bei Fromm, *zeigt eine besondere Art von Befriedigung und Spaß, wenn er hasst ...* Nein, das traf es nicht, denn er litt ja darunter, Pint nun zu hassen. War es bei ihm also die andere Form von Hass? Unter reaktivem Hass verstand Fromm eine Reaktion *aufgrund eines Angriffs auf mein Leben, meine Sicherheit, auf meine*

Ideale oder auf eine andere Person, die ich liebe oder mit der ich identifiziert bin.

Das war es schon eher. Pint hatte mit seinem Ausruf «Ohne mich wärst du ein Nichts!» seine Identität gefährdet. Er konnte es nicht ertragen, als Pints Humunculus zu gelten. Er allein, Henry Lakenreißer, hatte die Idee zu *Rumbalotte* gehabt, er hatte das Buch geschrieben, er hatte sich vom kleinen U-Bahn-Fahrer zum berühmten Schriftsteller hochgearbeitet. «Ich bin ich!», rief er. «Ich habe mich selber geschaffen und bin nicht die Kreatur eines anderen.»

Lakenreißer geriet immer mehr in Rage. «Pint, du bist ein mieser, kleiner Identitätsräuber!», schrie er schließlich. «Ein dreckiger kleiner Promifledderer. Der Vampir, der mich aussaugt und von mir lebt. Pint, ich bring dich um!»

Er sprach von Pint fortan nur noch von einem Promifledderer und war sehr stolz darauf, diesen Begriff erfunden zu haben. Sein Essay über Promifledderer an und für sich wurde von vielen Zeitungen und Zeitschriften gedruckt, und der Kernsatz *Ich bin du – und deshalb bin ich* machte überall die Runde. Natürlich nannte er den Namen Pint nicht ein einziges Mal.

Obwohl er sich durchaus bewusst war, dass die Psychologen Denken als Probehandeln betrachteten, machte er sich mit einiger Lust daran, gedanklich einen perfekten Mord zu planen. Wie konnte er Torsten Pint umbringen, ohne als Täter ermittelt zu werden? In der zweiten Phase war er sogar bereit, fünfzehn Jahre im Gefängnis zuzubringen, wenn es ihm nur gelang, Pint aus der Welt zu schaffen.

Pint war ein schlechter Schwimmer. Wenn er ihn nun mitnahm zur Tour auf der Müritz und unauffällig über Bord gehen ließ?

Pint war sehr interessiert am U-Bahn-Betrieb. Wenn er ihn nun in eine Werkstatt einlud und dafür sorgte, dass er eine Stromschiene anfasste, die «versehentlich» nicht abgeschaltet war?

Kein Tag verging, ohne dass sich Lakenreißer nicht an solchen Mordszenen berauschte. Sein ganzes Trachten konzentrierte sich nur noch darauf, den anderen zu eliminieren. Und womöglich hätte er schon in den nächsten Tagen seine Pläne zu realisieren versucht, wenn ihn nicht etwas gehindert hätte, das er als einen Warnschuss Gottes verstand.

Es war ein Morgen wie jeder andere, und er stand in der Küche, um sich seinen Kaffee zu kochen. Als er dabei war, den fünften Messlöffel mit Kaffeepulver in den Filterbeutel zu schütten, krachte es plötzlich, als würde eine Rakete einschlagen, dann er wurde er von einer Druckwelle gegen seinen Kühlschrank geschleudert. Sekunden später war er in eine so dichte Wolke aus Staub und zerfallenem Mörtel eingehüllt, dass er kaum noch atmen konnte. Ganz in seiner Nähe schrie eine Frau erbärmlich. Er war so benommen, dass er sich nicht rühren konnte. Du bist gelähmt, schoss es ihm durch den Kopf. Einen Atemzug lang war es so ruhig, als wäre eben die Welt zum Stillstand gekommen, dann wirkten die weiblichen Schreie wie kleine Explosionen. Die Frau schien mitten in seinem Wohnzimmer zu liegen.

Erst langsam begriff er, was geschehen war: Die Decke zur Wohnung über ihm war eingestürzt, und Melusine Mockenhaupt war mit ihr in die Tiefe gerissen worden. Er wollte zu ihr hin, um ihr zu helfen, doch seine Küchentür war vom herabgefallenen Schutt blockiert. Er kam also weder auf den Flur, um die Wohnungstür zu öffnen, noch zum Telefon, um die Polizei anzurufen.

«Frau Mockenhaupt, was ist?», schrie er. Es kam keine Antwort. Sie war also tot oder hatte zumindest das Bewusstsein verloren. Er hatte es ja kommen sehen, dass die Decke eines Tages einstürzen würde, und konnte nur Gott danken, dass ihm selbst nicht ernsthaft etwas passiert war.

Eine Ewigkeit verging, bis die von Nachbarn alarmierte Feuerwehr endlich zur Stelle war. Die Männer schlugen seine Wohnungstür ein.

«Da liegt eine Frau in meinem Wohnzimmer!», rief er ihnen zu. «Um die müssen Sie sich zuerst kümmern.»

Melusine Mockenhaupt wurde ins Krankenhaus gebracht, Näheres über ihren Zustand erfuhr er nicht. Er selber raffte zusammen, was in der Eile greifbar war, denn die Polizei evakuierte das ganze Haus. «Akute Einsturzgefahr!»

Wer keine Verwandten hatte, bei denen er unterkommen konnte, bekam die Turnhalle der nahe gelegenen Marie-Curie-Oberschule zugewiesen. Lakenreißer überlegte, ob er bei seinem Sohn anrufen solle, entschied sich dann aber doch für ein Hotel Garni in der Handjerystraße, also nicht weit von seiner Wohnung entfernt.

In der Nacht verstarb Melusine Mockenhaupt an den schweren Verletzungen, die sie beim Sturz in seine Wohnung davongetragen hatte.

«Wissen Sie, warum die Decke heruntergekommen ist?», fragte ihn der Sachverständige vom Landeskriminalamt.

«Nein.»

«Sie hatte sich hundert Exemplare Ihres neuesten Romans gekauft. Damit *Der Schiefe Fritz* kein Flop wird.»

Lakenreißer weinte bitterlich - zum ersten Mal seit langer Zeit. Sie musste ihn geliebt haben.

Vierzehn Tage später wurde sie beigesetzt, und zwar auf dem Friedhof in der Stubenrauchstraße, nicht weit entfernt von Marlene Dietrich und Helmut Newton. Als Lakenreißer am Rand des Grabes stand und seine drei Hände Sand auf ihren Sarg warf, schwor er sich, seinen Hass auf Pint zu vergessen und ein besserer Mensch zu werden.

Torsten Pint hatte einen ungeheuren Nachholbedarf, und als er morgens mit Nadja Moschinas in jenem Hotel, in dem sie gemeinsam genächtigt hatten, am Frühstückstisch saß, sagte sie, sie müsse gerade an einen Witz denken, den ihr Vater oft erzählt hatte.

«In einem Hotel, das besonders von frischvermählten Paaren frequentiert wird, treffen sich nach einer heftigen Hochzeitsnacht zwei Männer draußen auf dem Balkon. Fragt der eine: ‹Und wie geht es Ihrer Frau?› Antwortet der andere: ‹Danke, die liegt noch auf dem Bett und raucht.›»

Pint lachte. «Ich habe nur das getan, was mir meine Therapeutin geraten hat.»

«Deine Therapeutin kann ich nach der Ethik unseres Standes ab heute nicht mehr sein», erklärte sie mit einer gewissen Feierlichkeit.

«Kein Problem, denn ich bin ja nun geheilt. Herzlichen Dank dafür!»

Pint war bester Laune, als er das Hotel verließ und abzuhaken begann, was auf seinem Terminkalender stand. Zuerst der Besuch im Tinz-Verlag in der Schmargendorfer Straße.

Bei seiner Fahrt war es unvermeidlich, dass er auf den Straßen alle hundert Meter Tamara ins Gesicht sehen musste. Sie blickte von den Wahlplakaten ihrer Partei. Man versprach sich viel von «Tamara Charity», wie sie überall genannt wurde. Sie war jetzt mit jenem Staatssekretär liiert, dem sie in der Hanauer Straße über seine schwersten Stunden hinweggeholfen hatten, und wollte ihn sofort nach der Scheidung, die sie mit Eifer betrieb, heiraten.

«Wie habe ich es nur so lange mit dir aushalten können!», waren die letzten Worte, die er von ihr zu hören bekommen hatte.

Umgekehrt fragte er sich dasselbe. Die Hanauer Straße war die biedermeierliche Idylle gewesen, aber alles hatte sich im Leeren gedreht. Das kleine Glück war nur die Hölle in anderer Form. Ohne Lakenreißer und sein *Rumbalotte* hätte er sich nie aus ihr befreit, ihm hatte er seinen Aufbruch zu neuen Ufern zu verdanken.

Als er Immanuel Tinz gegenübersaß, kamen sie automatisch auf Lakenreißer zu sprechen.

«*Der Schiefe Fritz* liegt wie Blei in den Regalen, und wir bekommen jeden Tag kistenweise Exemplare zurück», klagte der Verleger. «Und die Lakenreißer-Biographie von Ophelia Ochs will auch keiner haben, ich habe sie aus dem Programm nehmen müssen.»

«Und der Mordverdacht hat sich für Lakenreißer auch nicht positiv ausgewirkt?», fragte Pint.

«Auf seinen Bekanntheitsgrad schon, aber nicht auf seine Buchverkäufe. Jeder kennt seinen Namen, aber niemand kauft seinen neuen Roman. Alle wissen, dass er den Erfolg von *Rumbalotte* nie wird wiederholen können. Aber so ist es Patrick Süskind mit seinem *Parfum* ja auch gegangen.»

Pint lächelte. «In meiner Jugend gab es die Tausend-Schuss-Theorie, die uns vom pausenlosen Onanieren abhalten sollte, und jetzt formulieren Sie die Ein-Schuss-Theorie, um die Leute am pausenlosen Schreiben zu hindern.»

«Das gilt nicht für alle», schränkte der Verleger ein, «aber ganz sicher für Lakenreißer. Er hat mit einem großen Roman sein gesamtes Pulver verschossen und sollte lieber aufhören. Ich vertrete ohnehin die Theorie, dass der erste Roman eines Autors immer sein bester ist, da legt er alles hinein, da wächst er über sich hinaus.»

«Danke für die Vorlage», sagte Pint. «Wie sieht es denn nun mit meinem eigenen Debütroman aus?»

Er hatte endlich das getan, was Nadja Moschinas ihm schon seit langem geraten hatte: Er hatte die Erinnerungen an seinen Vater und sein Leben im Rotlichtmilieu zu Papier gebracht. Schreiben ist die beste Therapie, hatte sie immer gesagt, und so war sein Roman *Die Geishas von Berlin* entstanden.

Tinz holte Petra Kruppke dazu und ließ sie referieren, was man von Pints Erstling hielt. Es ließ sich in einem Wort zusammenfassen: Nichts.

«Ihre Protagonistin, diese Mascha, ist alles andere als eine Geisha. Sie ist ungebildet, sie kann mit keinem Mann geistvoll über Politik und Kultur plaudern, ja nicht einmal über Fußball. In Japan verstehen sich die Geishas als Kunstwerk, Mascha ist aber nichts weiter als ein attraktiver Körper mit einer etwas zu engen Öffnung.»

«Aber das ist doch der Clou an der Geschichte!», rief Pint.

Die Lektorin blieb gelassen. «Unsere Bücher werden zu siebzig Prozent von Frauen gelesen, und die würden das als überaus geschmacklos empfinden.»

«*Rumbalotte* haben Sie doch auch verlegt!»

«Manchmal macht eben der kleine Unterschied den großen Unterschied aus», sagte Tinz.

«Und noch etwas», fuhr Petra Kruppke fort. «Das Milieu ist bei Ihnen nichts als Klischee.»

«Aber ich habe doch alles selber miterlebt!», rief Pint. «Das ist alles hundertprozentig authentisch.»

Sie konterte mit Fontane. «*Das Poetische hat immer recht; es wächst weit über das Historische hinaus.*»

«Das klingt nach Lakenreißer», sagte Pint.

«Auch wenn Lakenreißer pausenlos Fontane zitiert: Dieser Satz ist absolut wahr. Bei Ihnen findet sich nun gar nichts Poetisches, alles bleibt trockene Historie. Das ist in Dutzenden von Büchern über das alte West-Berlin besser beschrieben. Auch in Lakenreißers früheren Romanen. Er war nie der große Hochliterat, aber er war ein sehr ordentlicher Schriftsteller, der auch schon vor *Rumbalotte* Beachtenswertes geschrieben hat. Ihnen aber merkt man allzu sehr den Laien an. Es ist eben doch ein Unterschied zwischen Profi und Amateur.»

«Wie wäre es mit einem Ghostwriter?», fragte Tinz, der genau wusste, wie stark Pint mit seiner Medienagentur für sein eigenes Buch trommeln könnte. Bei der erwarteten PR war *Die Geishas von Berlin* bestimmt für 7000 Exemplare gut. Aber ein bestimmtes Niveau durfte er nicht unterschreiten, sonst war der Ruf seines Verlages dahin. «Wie wäre es, wenn wir Lakenreißer Ihr Manuskript geben und ihn bitten, es sozusagen zu veredeln?»

«Das hat keinen Sinn», widersprach die Lektorin, «denn alle würden sofort Lakenreißers Stil erkennen.»

«Trotzdem ...» Tinz griff schon zum Telefon. «Wären Sie damit einverstanden, Herr Pint?»

Pint schwankte. Einerseits könnte das eine Lösung

sein, andererseits fürchtete er, Lakenreißer würde ihm eines Tages die eigenen Worte an den Kopf werfen: «Ohne mich wärst du doch ein Nichts!» Um Zeit zu gewinnen, bat er Tinz, erst einmal bei Lakenreißer nachzufragen, ob der das wirklich machen würde.

«Bitte.» Tinz wählte Lakenreißers Nummer, aber es meldete sich niemand. Da fiel ihm ein: «Klar, der lebt ja noch in einer Pension, bis seine Wohnung wieder ... Aber ich weiß nicht, wo das ist.»

«Dann lassen wir es eben.» Pint erhob sich, und man sah ihm unschwer an, wie gekränkt er war. «Wenn Sie mir mein Manuskript bitte wieder mitgeben würden! Andere Verlage werden es mir aus der Hand reißen.»

«Aber nur Verlage, die von Ihnen hohe Druckkostenzuschüsse verlangen werden», sagte Tinz und nannte ihm auch gleich einige Adressen.

Das nun war für Torsten Pint entschieden zu viel. So ließ er nicht mit sich umspringen! Wozu kannte er den Bankmenschen, der über die Verlängerung von Tinz' Krediten zu entscheiden hatte? B. war ein Narr alter Modellbahnen, und ein kleines Geschenk bei einem stimmungsvollen Abendessen würden viel bewirken können. Es galt, Immanuel Tinz in die Pleite zu treiben und seinen Verlag billig aufzukaufen. Pint rechnete. Zwar hing er sehr an Topi Toys, aber diese Zeit war mit der Trennung von Tamara unwiederbringlich vorüber, und wenn er seine Firma veräußerte, hatte er allemal das Kapital, den Tinz-Verlag zu kaufen. Nadja Moschinas konnte dann dort psychologische Ratgeber veröffentlichen, und das würde sie für immer aneinander binden. Wenn er die Tinz-Villa in der Schmargendorfer Straße auch noch kaufte, konnten sie oben gleich noch ihre Wohnräume einrichten. Besser ging es gar nicht. Im nächsten Jahr war *Die Geishas von Berlin* ein Bestseller, und nach der Verfilmung konnte er darangehen, echte Geishas aus Japan nach Berlin zu holen und sein Haus in der Hanauer Straße für sie herzurichten. Unten ein Sushi-Restaurant und oben die Räume, um mit den Geishas ... über Literatur zu reden.

Vierraden lag ein paar Kilometer nördlich von Schwedt und nannte sich die «Stadt des Uckermärkischen Goldes», was den Tabak meinte, den Ende des 17. Jahrhunderts die Hugenotten hierher mitgebracht hatten. Mit rund 1000 Einwohnern war es heute zwar nur die viertkleinste Stadt Brandenburgs, aber stolz auf sein Tabakmuseum, den imposanten Speicher des Tabakgroßhändlers Lange, das Rathaus und die Ruine der Pfarrkirche. Von der ehemals pommerschen Grenzburg waren nach dem Dreißigjährigen Krieg nur noch der Bergfried und kleinere Reste erhalten geblieben. Über die Welse, ein Flüsschen, das sich nördlich der Stadt durch die Wiesen schlängelte und ein Stückchen weiter in die Oder mündete, führte eine überdachte Holzbrücke, wie der welterfahrene Wanderer sie von Luzern her kannte. In früheren Zeiten hatte es hier eine Wassermühle gegeben.

Hier am Ufer der Welse saß nun Henry Lakenreißer und kühlte sich die Füße. Am 2. Dezember 1943 war er in Vierraden geboren worden, und seine ersten drei Lebensjahre hatte er in einem Haus in der Breiten Straße verbracht. Obwohl damals noch Kleinkind, standen ihm unendlich viele Bilder aus dieser Zeit vor Augen. Natürlich wusste er, dass es gar keine eigenen Erinnerungen sein konnten, so jung, wie er damals gewesen war. Vermutlich hatte er das, was Martin Grambauer erlebt hatte, der Held aus Ehm Welks wunderbaren Romanen *Die Heiden von Kummerow* und *Die Gerechten von Kummerow*, der eigenen Biographie einverleibt. Ehm Welk war in Biesenbrow zur Welt gekommen, das lag nach Angermünde hin, und höchstwahrscheinlich hatten seine Werke in Lakenreißer den Wunsch erweckt, Schriftsteller zu werden. Angermünde hatte Ehm Welk ein Literaturmuseum geweiht, in Vierraden hingegen gab es nicht einmal eine Gedenktafel für ihn, Henry Lakenreißer. Und mit wem er auch gesprochen hatte, niemand konnte sich an ihn erinnern.

Eine alte Dame, die im Rollstuhl durch die Straßen gefahren wurde, hatte sich noch an seine Mutter erinnern können. «Die Heidi, ja, die hat doch meiner Tochter die Bücher geführt, als mein Schwiegersohn im Feld gestanden hat. Ja, die Frauen aus der Uckermark ...»

«Eine von ihnen ist ja sogar Bundeskanzlerin geworden», sagte Lakenreißer.

«Hören Se auf mit der! Die ist doch weg von hier und in den Westen gegangen. Erst die teuere Ausbildung hier, und dann flüchten aus unserer Republik!»

Lakenreißer schmunzelte noch Stunden danach über diese Aussage. So etwas musste für die Nachwelt festgehalten werden, und darum war er eigentlich glücklich, Schriftsteller zu sein. Obwohl sich *Der Schiefe Fritz* derart miserabel verkaufte und von der Kritik so mit Hohn und Spott überschüttet worden war, dass es eigentlich sinnlos war, noch weiter zu schreiben. Es sei denn für die Schublade.

So hing er, die Füße noch immer in der Welse, seinen Gedanken nach, als oben auf der hölzernen Brücke lautes Geschnatter erklang. Eine Wandergruppe aus Berlin, das war deutlich zu hören, zog an ihm vorbei.

«Passen Sie bloß auf, dass Ihnen nicht die Beine abgebissen werden!», rief ihm einer von oben zu. «Die Welse heißt nicht umsonst so, da gibt es besonders viele Welse.»

«Det is doch 'n Berliner», sagte jetzt ein anderer. «Det is doch der Lakenreißer.»

«Dann soll der ma uffpassen, det ihm die Welse nicht seine Rumbalatte abbeißen.»

«Rumba*lotte*!»

Daraufhin lehnte sich eine Frau über das Brückengeländer, die ihm irgendwie bekannt vorkam. Vor Ewigkeiten musste er sie einmal gekannt haben. Ihr schien es nicht anders zu gehen als ihm, doch sie hatte es ungleich leichter, weil sein Name schon gefallen war.

«Henry!», rief sie schließlich. «Das darf doch nicht wahr sein!»

«Simona!»

Endlich hatte er sie erkannt. Er sprang derart abrupt auf, dass er vom unbefestigten Ufersaum abrutschte und zum Gaudi der anderen in die Welse stürzte. Schon war Simona heran, um ihm aus den Fluten zu helfen. Sie lachte so hell wie vor vierzig Jahren.

«Diesmal bin ich pünktlich zur Stelle.»

Lakenreißer eilte mit der Wandergruppe ins nahe gelegene Gatow, wo man im besten Restaurant am Platze einen Tisch reserviert hatte. Der Wirt lieh ihm seinen Bademantel, die Wirtin warf seine nassen Sachen in den Trockner.

Es wurde noch ein vergnüglicher Nachmittag, und danach fuhr er mit der Wandergruppe zusammen nach Berlin zurück. Im Zug saß er neben Simona, und im Nu war die alte Vertrautheit wieder da.

«Wie ist es dir denn in den letzten vier Jahrzehnten so ergangen?», fragte er. «Seit wir auf dem Bahnhof Wittenbergplatz auseinandergegangen sind, habe ich ja nichts mehr von dir gehört.»

«Ich dafür umso mehr von dir.»

Er verzog das Gesicht. «Hör auf mit *Rumbalotte*!»

«Warum denn das?»

«Langsam ist mir das alles nur noch peinlich. Dieser ganze Rummel, dieser Exhibitionismus. Nicht die Qualität des Buches hat mir den Platz auf den Bestsellerlisten eingebracht, sondern das Getöse, das Pint veranstaltet hat. Aber lassen wir das, reden wir von dir. Du bist glücklich verheiratet?»

Simona zögerte einen Augenblick mit ihrer Antwort. «Eher unglücklich ... Aber das ist Geschichte. Werner war Alkoholiker und hat sich vor fünf Jahren erhängt.»

«Oh ... Und Kinder?»

«Zwei. Sabrina und Alexander. Und beide haben mich schon zur Oma gemacht.»

Lakenreißer stutzte. «Erst siebzehn - und schon Oma?»

«Du Schmeichler. Ich bin gerade mal zwei Jahre jünger als du.»

«Da hätte ich doch jede Wette verloren.» Er nahm sie in den Arm. «Und beruflich?»

«Ich schreibe auch ...»

«Was denn?» Er hatte den Namen Simona Saborowski nie irgendwo gelesen. «Unter einem Pseudonym?»

«Nein, unter dem Namen Simona Meier. Meier hieß mein Mann.»

«Irgendwie kommt mir der Name bekannt vor. Was schreibst du denn: Liebesromane, Sachbücher?»

«Nein, Artikel für unsere Zeitschriften.»

Es stellte sich heraus, dass sie bei der Gewerkschaft

Karriere gemacht hatte. Erst hatte sie bei der BVG im Betriebsrat gesessen, dann war sie zur ÖTV gewechselt – «heute ver.di».

Er fand sie ungeheuer attraktiv und hatte das Gefühl, dass auch bei ihr das alte Feuer wieder entfacht worden war. Jedenfalls sagte sie sofort zu, als er sie fragte, ob sie sich nicht am nächsten Tag treffen sollten.

«Um 17 Uhr auf dem Bahnhof Wittenbergplatz.»

«Und um wie viele Minuten darf ich zu spät kommen?», fragte sie lächelnd.

«Nachdem ich vierzig Jahre auf dich gewartet habe, ist mir das völlig egal.»

Sie war fünf Minuten vor der Zeit zur Stelle, und er umarmte sie so stürmisch, wie er es damals vor vierzig Jahren vorgehabt hatte. Hand in Hand liefen sie zum Tiergarten und setzten sich ins Café am Neuen See.

«Eine neue Liebe ist wie ein neues Leben, heißt es so schön», sagte Lakenreißer. «Und wie ist es mit einer alten Liebe?»

«Noch schöner. Es bleibt uns noch genügend Zeit, vieles nachzuholen, wenn es auch mit einem gemeinsamen Kind nichts mehr werden dürfte. Obwohl ich mir ja geschworen hatte, mich nie mit einem Schriftsteller einzulassen. Das war damals der eigentliche Grund, warum ich mich von dir getrennt habe. Ich habe keinen Abschiedsbrief geschrieben, weil der ja doch nur voller Fehler gewesen wäre ...»

«So war das also ...» Lakenreißer rührte nachdenklich seinen Kaffee um. «Und jetzt?»

Sie lachte. «Mir wäre schon lieber, wenn du wieder im Führerstand eines U-Bahn-Zuges sitzen würdest.»

«Meinst du denn, die nehmen mich in meinem Alter noch?»

«Ich habe da meine Beziehungen ... Außerdem wäre es für die BVG ein schöner PR-Gag.»

«Na, dann mache ich das eben.»

Es war als Scherz gemeint, aber Lakenreißer kam in den nächsten Tagen und Nächten von diesem Gedanken nicht mehr los. Er erinnerte sich an einen Ausspruch von Pearl S. Buck, der bei seiner Buch-Oma im Laden gehangen hatte: *Viele Menschen versäumen das kleine Glück, während sie auf das große vergeblich warten.* Sein *Rumbalotte* war ein wunderschöner Kick gewesen, aber nicht das große Glück.

So verfestigte sich der Gedanke in ihm, für immer Abschied vom Schreiben zu nehmen und in den Führerstand zurückzukehren. Zwei Wochen nach dem Ausflug in die Uckermark setzte er sich an seinen Computer, um der Geschäftsstelle seines Schriftstellerverbandes eine Mail zu schicken.

Lieber Vorsitzender, hiermit erkläre ich meinen Austritt aus dem Verband zum Monatsende. Das geschieht nicht aus Protest gegen die Arbeit des Vorstandes, die ich ausgezeichnet fand und für die ich Euch herzlich danke, sondern hat ausschließlich persönliche Gründe. Das Schreiben war für mich immer eine Sucht, und nun ist es mir gelungen, mich von dieser Sucht zu befreien. Zudem habe ich unter narzisstischer Unersättlichkeit gelitten, aber auch das ist vorbei, seit ich durch «Rumbalotte» eine ausreichend große Dosis davon bekommen habe. In mir bleibt kein Gefühl der Bitterkeit zurück, ich genieße nur das wunderbare Gefühl, frei zu sein. Ich muss mich nicht mehr damit abmühen, die Gunst der Verleger, der Leserinnen und Leser und der Rezensenten zu erringen, ich muss nicht mehr um annehmbare Honorare kämpfen, ich muss nicht mehr leiden, wenn ich meine Bücher in keinem Schaufenster sehe. In meiner Zeit als Schriftsteller war ich nichts weiter als der Insasse eines Gefängnisses, nun bin ich entlassen worden und kann mich des Lebens wieder erfreuen. Euch, die ihr noch viele Jahre absitzen müsst, gilt mein Mitgefühl. Wer schreibt, der bleibt – im selbstgewählten Elend. Herzlich, Henry Lakenreißer

Er musste einen mehrwöchigen Kurs absolvieren, dann saß er wieder im Führerstand seiner U-Bahn. Jetzt sogar im Großprofil. Das Gleichmaß der Fahrten von Station zu Station war Balsam für seine wunde Seele, und er genoss sein Leben.

Sprach ihn jemand auf *Rumbalotte* an, dann sagte er lächelnd, dass er nicht wüsste, wovon die Rede sei. Und sah er auf den Bahnhöfen die riesige Reklame für *Die Geishas von Berlin*, dann berührte ihn das nicht im mindesten. Dass Torsten Pint den Tinz-Verlag gekauft hatte, wusste er von Simona, die im Gegensatz zu ihm regelmäßig das Feuilleton las.

Das Geld, das er mit *Rumbalotte* verdient hatte, reichte aus, um sich ein Wochenendhäuschen in der Uckermark zu kaufen. Es lag am Lübbesee, nicht weit von Templin entfernt, und immer, wenn das Wetter es zuließ, fuhren sie mit ihrem kleinen Motorboot umher. Er hatte es auf den Namen *Rumbalotte* getauft.

Und auf der *Rumbalotte* fragte er Simona, ob sie ihn nicht heiraten wolle.

«Aber ja!»

Ihre Umarmung geriet so stürmisch, dass sie fast gekentert wären.

Als Ophelia Ochs von diesem Schluss erfuhr, konnte sie nur aufstöhnen. «Gott, wie trivial! Hochliteratur sieht anders aus.»